SUA ALTEZA REAL

Her Royal Highness

Rachel Hawkins

SUA ALTEZA REAL

Her Royal Highness

Rachel Hawkins

Tradução

Vic Vieira

Título original: *Her Royal Highness (Royals #2)*

Editora responsável **Veronica Gonzalez**
Assistente editorial **Lara Berruezo**
Diagramação **Gisele Baptista de Oliveira**
Projeto gráfico original **Laboratório Secreto**
Preparação de texto **Fernanda Marão**
Revisão **Lorrane Fortunato e Samuel Lima**
Ilustração da capa **Sara Herranz**
Capa **Jessica Jenkins**

Texto fixado conforme as regras do Acordo Ortográfico da Língua Portuguesa (Decreto Legislativo nº 54, de 1995).

CIP-BRASIL. CATALOGAÇÃO NA FONTE
SINDICATO NACIONAL DOS EDITORES DE LIVROS, RJ

H325s
Hawkins, Rachel
Sua alteza real / Rachel Hawkins ; tradução de Vic Vieira. - 1. ed. - Rio de Janeiro : Globo Alt, 2020.
; 21 cm.

Tradução de: Her royal highness
ISBN 978-65-88131-03-9

1. Romance americano. I. Vieira, Vic. II. Título.

20-65805 CDD: 813
CDU: 82-31(73)

1ª edição, 2020 – 7ª reimpressão, 2022

Direitos de edição em língua portuguesa para o Brasil
adquiridos por Editora Globo S.A.
R. Marquês de Pombal, 25
20.230-240 — Rio de Janeiro — RJ — Brasil
www.globolivros.com.br

Para Jules

Quando o assunto é colégios internos da Escócia, nenhum consegue superar o 4º lugar da nossa lista, Gregorstoun. A fortaleza intimidadora nas Terras Altas da Escócia tem sido o lugar escolhido para matricular a nobreza e a realeza escocesas desde o começo do século 20, mas nunca teve o mesmo brilho que outros colégios internos tiveram em nossas listas, possivelmente por conta de sua localização remota. Pode ser também que a fama do colégio de ser rigoroso e austero tenha afastado alguns nomes notáveis. De qualquer maneira, o colégio ocupa um terreno de 200 acres e já foi um dia propriedade da família McGregor, por isso o nome. Os estudantes de Gregorstoun têm que lidar com chamadas de manhã cedo para acordar, enfrentando exercícios nos invernos frígidos das Terras Altas, e uma competição particularmente exaustiva, nos moldes da Outward Bound, conhecida como "o Desafio", mas eles podem fazer isso imersos em uma das paisagens mais estonteantes da Escócia e entre os moradores mais famosos do país – o príncipe Alexander se graduou em 2009, e seu irmão Sebastian está matriculado. No próximo ano, o colégio será integrado, dando as boas-vindas para a primeira turma feminina em seus cem anos de história.

("Melhores colégios internos para conquistar a realeza", *Prattle*)

CAPÍTULO 1

— Olha, tem um unicórnio aqui.

Abrindo um sorriso, pego a carta das mãos de Jude e me recosto no ninho de sacos de dormir e travesseiros que arrumamos dentro da pequena barraca laranja que montei no quintal. O sol se pôs há uma hora, e o único foco de luz é o da minha lanterna Coleman, que está presa em um pequeno gancho no teto da barraca. Desde o sexto ano não fazíamos um acampamento no quintal, mas é verão e estávamos entediadas, então montar a barraca pareceu ser algo divertido a fazer.

— Está vendo agora por que eu queria estudar lá? — pergunto enquanto guardo a carta de volta no envelope. — Qualquer lugar que usa um unicórnio na correspondência oficial é um bom lugar pra mim.

— Obviamente — Jude reforça, se recostando também.

Seu longo cabelo loiro está tingido de turquesa nas pontas e, conforme ela se ajeita nos sacos de dormir, aquelas mechas azuis e brilhantes encostam no meu braço, acelerando meu batimento cardíaco e soltando uma revoada de borboletas no meu estômago.

Apoiando-se nos cotovelos, Jude olha para mim, as sardas em seu nariz se sobressaindo sob a luz da lanterna.

— E você entrou!

Concordando com a cabeça, eu olho para o envelope de Gregorstoun, um colégio interno sofisticado nas Terras Altas da Escócia, me segurando para não pegar a carta de novo e reler o cabeçalho.

Cara senhorita Amelia Quint:
Temos o prazer de oferecer uma vaga em Gregorstoun...

A carta está guardada na minha bolsa há mais de um mês. Ainda nem contei para meu pai. E não tinha planejado falar disso com Jude também, mas ela a achou quando estava procurando um hidratante labial.

— Então *por que* você não vai? — ela pergunta, e eu dou de ombros, pegando a carta e guardando de volta no bolso da frente da bolsa surrada que eu carrego comigo para todo canto.

Uma leve brisa sacode o náilon da barraca, trazendo o cheiro das noites de verão texanas – grama recém-cortada e o aroma defumado de alguém fazendo churrasco.

— Millie, você fala desse colégio o tempo todo já tem, tipo, um ano — Jude insiste, me empurrando com a mão livre. — E agora você foi aceita e não vai?

Dou de ombros de novo enquanto suspiro e mexo com o cabelo.

— É supercaro — digo, o que é verdade. — Então eu precisaria conseguir uma bolsa. E é bem longe.

O que também é verdade. Apesar disso não ter me impedido de sonhar em ir para lá o ano passado inteiro. Gregorstoun está no pico nas Terras Altas da Escócia, rodeado de montanhas e lagos – quer dizer, *lochs* –, além de todas as amostras de rochas que uma doida por geologia que nem eu poderia querer.

Mas as coisas eram diferentes com Jude no ano passado.

Somos amigas desde os nove anos, e eu tenho uma queda por ela desde os treze, quando percebi que sentia por ela a mesma coisa que sentia pelo Lance McHenry de Boys of Summer (olha, todo mundo gostava de Boys of Summer naquela época, não era tão vergonhoso quanto parece).

E minha queda pela Jude tinha tanta chance de ser correspondida quanto a paixonite que eu tinha por um garoto de cabelos bagunçados de uma banda.

Pelo menos, era o que eu achava.

Agora ela se aproxima de mim sobre o saco de dormir estampado com margaridas que tem desde o primeiro acampamento do sexto ano. Diferentemente de mim, Jude não curte muito acampar.

Ela acaricia meu braço com os dedos, deixando as unhas arranharem a pele de leve, e minha respiração tremula quando fico arrepiada. Cada unha está pintada num tom diferente de roxo, o polegar em lavanda claro, o mindinho num violeta tão escuro que parece preto. Ali, naquela barraca, com a noite de verão ao nosso redor, sinto que poderíamos ser as únicas duas pessoas no mundo.

— Você não está recusando por minha causa, né? — ela pergunta, e meu coração dá uma cambalhota dentro do peito.

Essa… coisa entre Jude e eu tem rolado desde o começo do verão, mas ainda não me acostumei. Estar com ela ainda faz com que eu me sinta numa montanha-russa: com o coração acelerado e um frio na barriga.

— Como assim? — pergunto, tentando forçar uma risada, mas sou a pior mentirosa do mundo e a palavra sai quase um grasnido.

Jude chega bem perto, tão perto que nossos joelhos se tocam sobre o saco de dormir.

— Tudo bem se você quiser admitir que não aguenta ficar longe de mim — ela provoca e eu tento empurrá-la, mas ela segura meu pulso e me puxa para um beijo.

Seus lábios têm gosto de hidratante labial de cereja e baunilha e, naquele momento, apenas Jude, sua boca e o jeito que ela arruma o cabelo atrás da minha orelha enquanto me beija existem.

Quando terminamos, ela sorri com as bochechas coradas e nossas pernas estão juntas sobre os sacos de dormir.

— Eu não vou porque é muito caro — digo a ela. — Como já expliquei.

— Eles te dariam uma bolsa — ela rebate. — Você é, tipo, a pessoa mais inteligente do colégio.

— Isso não quer dizer muita coisa.

Meu colégio não é horrível, nem nada, mas é gigantesco e às vezes as aulas se parecem mais com exercícios de controle de distúrbios civis. Isso é parte do motivo pelo qual eu comecei a pesquisar por colégios de elite em outros países.

Isso e meu pai ter me levado para ver *Valente* quando eu tinha dez anos. E o fato de que geologia, minha disciplina favorita, foi praticamente inventada na Escócia. E a maneira como eu me senti quando vi fotos de todos aqueles morros rochosos enormes rodeados por mata verde, como um cenário de contos de fadas. Tem um local chamado Applecross que eu...

Tá bom, não. Sem mais devaneios sobre isso. Já me convenci a ficar, até porque, apesar de ter sido aceita, fugir para a Escócia é insano, certo? E não é algo que as pessoas fazem. Estarei perfeitamente feliz concluindo meu último ano letivo em Pecos com Jude e meus outros amigos, Darcy e Lee. Não faltam universidades boas para eu entrar aqui no Texas, e um colégio interno na Escócia não contará mais do que minhas notas incríveis da prova ACT e meu histórico escolar imbatível. Vai ficar tudo bem.

Mas Jude ainda está me observando com uma expressão estranha, formando três pequenas rugas em seu nariz.

— Estou falando sério, Millie — ela diz. — Se o motivo for eu ou a gente...

Ela suspira e sinto seu hálito quente próximo ao meu rosto, com cheiro do chiclete de menta e limão que ela sempre traz no bolso.

— Não é — digo novamente, puxando uma linha do tecido quadriculado do saco de dormir. — E, de qualquer maneira, não somos um *nós*. Quer dizer, somos no sentido de que eu sou uma pessoa e você é uma pessoa e, juntas, somos duas pessoas, o que significa que a definição gramatical de *nós* se aplica, mas...

Jude tapa minha boca com as mãos e ri.

— Sem tagarelar de nervoso, Millie — ela diz, e eu concordo com a cabeça e murmuro um "desculpa" abafado pela palma dela.

Esse tipo de coisa acontece às vezes, quando fico nervosa e as palavras escapam fora da ordem certa e, na metade das vezes, não são as palavras que eu gostaria de dizer, mas elas saem assim mesmo, uma enxurrada de palavras entre Jude e eu, mais uma vez.

Mas, quando ela abaixa as mãos, aquelas rugas voltam.

— Somos um *nós* — ela diz, entrelaçando os dedos com os meus. — Talvez ninguém saiba, mas eu sinto que faço parte de um... nós.

Com as bochechas pegando fogo, aperto sua mão de volta.

— *Nós* demais.

Jude volta a brincar com as pontas dos meus cabelos.

— O mais próximo de fazer parte de um *nós* que eu já senti com alguém — ela diz.

— Mais do que com o Mason?

Digo as palavras antes que possa pensar sobre o que estou dizendo e imediatamente quero retirá-las. Mason é o ex de Jude, o garoto que ela namorou desde o primeiro ano, e eles terminaram na primavera passada. Isso foi um pouco antes de tudo começar entre nós. Desde nosso primeiro beijo, no mês passado, sentadas no chão do quarto dela, não falamos de Mason. Tem sido fácil, já que ele ficará no acampamento de futebol ou algo assim durante parte do verão, mas às vezes imagino como vai ser quando ele voltar. Sempre gostei de Mason, mesmo *sabendo* estar apaixonada pela namorada dele, mas não há dúvidas de que as coisas têm sido mais fáceis entre Jude e eu sem ele por perto.

Jude recosta-se nas almofadas observando o teto da barraca.

— Não éramos um tipo de *nós* mesmo quando o Mason estava aqui?

Ela se vira de lado para me olhar e eu sinto minhas bochechas corarem de novo porque, bom, nós éramos, sim. Não existia nada disso de se beijar, mas ela definitivamente era minha pessoa favorita de estar por perto.

— Talvez — reconheço, e ela sorri antes de me abraçar pela cintura.

Jude me beija mais uma vez e pensamentos sobre Mason, Escócia e colégios chiques com brasões de unicórnio se dissolvem no ar quente do verão.

CAPÍTULO 2

— Mason voltou.

Estou na sala de jogos da casa de Darcy, sentada no chão e encostada no sofá com um controle de Xbox nas mãos.

Na TV gigante à minha frente, um dragão agarra meu avatar, lady Lucinda, pela cabeça, sacudindo-a tão agressivamente que o corpo sai voando para fora da tela.

Ótimo.

Descanso o controle na barriga com um suspiro enquanto a tela fica branca.

— Aquela era minha última vida — resmungo, pegando a lata de Sprite Zero ao meu lado.

Darcy cutuca meu pé com o dela, suas unhas pintadas num roxo vívido.

— Millie, você me ouviu?

Do meu outro lado, Lee se apruma, pegando o controle de mim e recomeçando o jogo.

— Ela te ouviu, Darce. Ela não se importa.

— Eu me importo — confirmei —, porque gosto do Mason e é legal que ele tenha voltado. Só acho que isso não tem nada a ver comigo.

Cruzando as pernas, Darcy endireita a coluna e olha para mim sobre os óculos. São novos, a armação verde-ácido brilhando em volta de seus olhos escuros.

— Millie — ela diz, e eu movo os ombros, desconfortável.

— Eles terminaram — eu a lembro enquanto me endireito também. — Acabaram. E eu e Jude somos...

— Um caso de verão que vai partir seu coração — Darcy completa, e fecho a cara para ela.

Darcy tem batido nessa tecla desde que contei a ela sobre nós: que Jude é inconstante, que ela muda de ideia mais vezes do que muda a cor do cabelo, que eu sei como Jude é.

Sei que ela diz isso porque se importa comigo, mas, ainda assim, não é o que mais gosto de ouvir e, além disso, ela está errada. E talvez tenha um pouco de ciúmes. Jude e Darcy eram muito próximas alguns anos atrás, mas, conforme Jude e eu nos aproximamos, Darcy acabou ficando um pouco de fora. Nosso Quarteto de Amigos está em constante transformação.

O fato de Jude e eu estarmos juntas agora mudou mais ainda as coisas.

— Jude é meio excêntrica — Lee reconhece enquanto seus dedos voam sobre os botões do controle.

Ele olha para mim, os cabelos ruivos sobre um dos olhos.

— Desculpa, Mill, mas você sabe que é verdade. É uma das coisas que amamos nela, mas dá pra ver que isso pode fazer dela uma namorada ruim.

— Você não é exatamente um especialista em namoradas, Lee — digo, e ele abre a boca fingindo ofensa, o olhar ainda grudado no jogo.

— Como *ousa*, Amelia Quint? — Então seu rosto abre um sorriso. — E, sim, justo. Mas sou um especialista em *você* e não quero ver seu coração esmagado. A Darcy está sendo meio chata, mas ela não está necessariamente errada, o que em geral acontece com Darcy, sejamos sinceros.

— Por que eu ainda te chamo pra vir aqui? — Darcy resmunga, pegando a lata de refrigerante e bebendo um longo gole.

— Porque você me ama e quer apoiar meu vício em jogar — Lee diz, e então solta um grito triunfante quando o dragão cai morto na tela.

Jogando o controle sobre o tapete grosso, ele se inclina sobre mim para alcançar o pacote de salgadinhos de queijo que foi parar debaixo do sofá.

— É um desperdício você ter esse videogame, Darce — ele diz. — Você nem joga.

Darcy dá de ombros e eu pego um salgadinho do Lee, com cuidado para não derrubar farelo no tapete. Não que Darce ou seus pais se importem. Mas a casa deles é tão bonita que sinto que *eu* devo me importar.

O pai de Darcy trabalha para alguma empresa de petróleo em Houston, o que significa que sua família tem muito mais dinheiro do que a minha ou a do Lee. Isso nunca foi um problema, mas ainda fico impressionada com o piso lindo, as TVs enormes e como Darce tem seu próprio banheiro no quarto.

Agora ela me observa com os olhos semicerrados.

— Jude disse que você passou para aquele colégio sofisticado na Escócia.

— Quê? — Farelos cor de laranja voam da boca de Lee enquanto ele leva uma mão à boca, e eu olho de um para o outro com o estômago embrulhando.

— Ela te contou isso? — pergunto, e Darcy pega o pacote de salgadinhos de queijo de Lee.

— Sim — Darcy me diz. — Você não vai por causa dela?

Pego meu refrigerante de novo, mais para ter algo para fazer com as mãos do que por sede.

— Não — digo finalmente. — Não vou porque é cara.

Lee solta uma risada debochada.

— Sei, porque uma bolsa de estudos não está à sua altura, ó lady Espertona.

— Exatamente — Darcy concorda e eu apenas dou de ombros.

Fico incomodada que Jude tenha comentado sobre isso com a Darcy, especialmente porque eu ainda não tinha contado para mais ninguém.

Mas apenas falo:

— Provavelmente já é tarde demais pra conseguir ajuda financeira. E, de qualquer maneira, foi uma ideia estúpida me inscrever. Eu só... queria ver se conseguiria passar. Eu não queria ir *de verdade*.

— Pois eu acho que isso é tudo mentira, Mill — Lee diz, apontando os dedos do pé para mim. — Você ficou falando da Escócia o ano passado inteiro.

— A gente viu *Valente* pelo menos três vezes durante as férias de inverno — Darcy complementa, e direciono aos dois o que espero que seja uma expressão severa.

— As pessoas têm direito a mudar de ideia — digo, e observo enquanto eles se olham.

— Eu só estou dizendo — Darcy finalmente diz antes de pegar o controle do chão e desligar o Xbox — que você não deveria abandonar uma grande oportunidade por causa da Jude.

— Não estou fazendo isso por causa dela — respondo, mas lá está aquele olhar entre Lee e Darcy de novo e, fechando a cara para os dois, eu pego o controle de volta e ligo o videogame.

Ainda tenho duas horas antes de precisar ir para casa e, *quer saber?*, vou matar um dragão.

— Isso não é sobre a Jude, e, mesmo que fosse, quem se importa? A volta do Mason não muda nada.

CAPÍTULO 3

— **Eu abriria mão de vasos sanitários** com descarga por um homem desses.

Tiro o olho do celular para olhar para a imagem na TV que minha tia Vi está apontando ou, mais especificamente, para o cara superlindo usando um kilt ao qual ela se refere.

É meu terceiro dia no apartamento da tia Vi, comendo biscoitos SnackWell's e vendo um seriado chamado *Os mares do tempo*, sobre uma mulher que viaja no tempo e se apaixona por um *highlander* gato. Fiquei viciada no ano passado, durante a minha Febre Escocesa, e trouxe os DVDs para cá como apoio moral. O final do namoro da tia Vi (com Kyle, o atendente do bar), a abalou pesado e, por isso, estamos assistindo a esse seriado sexy de viagem no tempo enquanto comemos biscoitos.

Franzindo a testa, eu observo o cara na tela.

— Gosto muito do Callum — digo, finalmente. — Especialmente do cabelo dele. Mas sinto que gosto mais de vasos sanitários com descarga. Talvez?

Do seu lugar no sofá, tia Vi dá um suspiro. Ela tomou banho hoje, o que já é alguma coisa, pelo menos, e seu cabelo preto está preso num coque bagunçado.

— Você não tem noção alguma de romance, Amelia — ela diz e, mais uma vez, resisto à vontade de olhar para o celular.

Já faz duas semanas desde que vi Jude pela última vez, duas semanas desde que estávamos nos beijando na barraca em meu quintal, e ela já deveria ter voltado da casa da avó há três dias. Estou esperando por uma mensagem, mas, até agora, nada.

É difícil não fazer uma conexão entre o retorno de seu ex-namorado e esse silêncio repentino, mas acredite quando digo que esses são dois pontos que eu estou realmente *tentando* não conectar, não importa o que Darcy disse.

Eu sei o que tenho com Jude e não é apenas "uma distração", ou seja lá o que for. É um nós, como ela disse...

O celular apoiado na mesa vibra, me inclino para pegá-lo e me acomodo de volta na desconfortável, porém-extremamente-estilosa, cadeira de couro branco da tia Vi.

É uma mensagem, mas é do Lee, me perguntando se Jude já deu sinal de vida.

Não, eu digito de volta, tendo gaitas de fole e respiração pesada como música de fundo. *Mas ela ainda está na casa da avó?*

Outra vibração e recebo uma série de ☹☹☹.

Obrigada pelas vibes positivas, respondo, franzindo a testa.

O celular vibra mais uma vez, mas eu ignoro e me concentro no seriado, no qual Callum e Helena estão deitados e cobertos, ainda bem.

— Tudo bem, menina? — tia Vi pergunta, e eu balanço a cabeça indicando que sim e forçando um sorriso.

— Uhum, só... você sabe, preocupada com Callum e Helena. Logo, logo, aquele cara inglês, lorde Harley, deve aparecer, e ele não é coisa boa.

Tia Vi me olha com uma cara estranha enquanto arruma uma mecha de cabelo atrás da orelha. Ela é a irmã mais nova do meu pai e nasceu quando ele estava no ensino médio, então, às vezes, ela é mais uma irmã mais velha para mim do que uma tia. Mas, de vez em quando, ela também tenta fazer Coisas de Mãe só para variar, e percebo que isso está prestes a acontecer.

— Você não parece bem — ela diz, se virando no sofá para me encarar. — É o colégio?

— Estamos nas férias de verão, tia Vi, lembra? Mas, sim, em geral, está tudo bem no colégio. Está sempre tudo bem no colégio pra mim, você sabe disso.

Ela faz uma careta, se parecendo demais comigo.

— Eu não sei de onde veio seu gene nerd — ela diz —, mas é dos fortes.

Dou de ombros.

— Talvez da minha mãe?

E o rosto de tia Vi imediatamente se transforma numa expressão simpática.

— Claro — ela diz. — Sua mãe era superinteligente. Até demais pra ter se casado com meu irmão, era o que eu pensava, mas gosto não se discute.

Sorrio, pois não quero que ela se sinta desconfortável, algo que pode acontecer quando você menciona pais mortos, já aprendi isso. Até mesmo com outros membros da família. Então eu suavizo meu tom, cruzo as pernas e digo:

— E ser boa no colégio significa conseguir bolsas, o que significa dinheiro, e você sabe que eu curto isso.

Tia Vi ri.

— Disso você gosta.

Pegando uma das quase cinco mil almofadas decorativas no sofá, essa num tom ligeiramente diferente de branco – tia Vi adora o visual monocromático –, ela a aperta contra o peito.

— Então não é o colégio. Um garoto?

Eu quase dou uma bisbilhotada no celular de novo, mas consigo evitar.

— Nenhum garoto — digo, o que é verdade se levarmos a pergunta de tia Vi ao pé da letra.

Percebo que ela está prestes a insistir, mas então, graças a Deus, Helena e Callum começam a se pegar de novo e a atenção dela é desviada.

— Sinto falta do Kyle — ela diz com um suspiro e, beleza, esse é o fim do papo.

Enquanto levanto, guardo o celular no bolso e aponto para a caixa de biscoitos vazia na mesinha de centro.

— Ah, olha só. Acabou o biscoito. Vou sair e comprar mais.

Com o foco de volta na televisão, ela concorda distraída e acena na direção da cozinha.

— Tem uma nota de vinte naquela tigela de sal do Himalaia perto da porta de entrada.

Eu ando até a tigela que ela mencionou e pesco a nota de vinte do mar de moedas e elásticos de cabelo. Assim que a guardo no bolso, olho de novo para a tigela, segurando-a brevemente e, depois de um segundo, tocando-a cuidadosamente com a língua.

— Isso não é sal de verdade — grito para ela. — Provavelmente é só um quartzo rosa.

— Nerd! — ela grita de volta, mas eu sorrio, coloco a tigela no lugar e saio pela porta.

Está quente do lado de fora – bem quente, na verdade –, e o céu é de um azul intenso sobre o horizonte. O condomínio de tia Vi fica numa nova comunidade que foi construída para recriar a experiência de viver numa pequena cidade, então, seguindo uma calçada com tijolos vermelhos, há uma pequena praça com uma farmácia, alguns restaurantes e um punhado de lojas.

Faço um caminho que passa pelo chafariz e deixo minhas mãos deslizarem pela grade de ferro forjado, os anéis fazendo um ruído prazeroso. Acho que meu pai se sente mal porque não fomos a lugar nenhum nesse verão, mas minha madrasta teve que trabalhar e meu irmão pequeno não tem nem um ano ainda, então esse não parecia o melhor ano para as Férias da Família Quint. Mas não me arrependo. Ganhei a chance de estudar mais para a prova AP de Ciências Ambientais do próximo ano, e ainda pude passar tempo com a tia Vi, que claramente precisa de mim.

E tem a Jude.

Quando piso no capacho, ativando as portas automáticas da farmácia (mais uma loja de uma rede qualquer, mas com uma entrada de tijolos vermelhos e toldo listrado para parecer mais bonita do que é), meu celular vibra de novo no bolso, e me atrapalho com as mãos para pegá-lo.

Ainda não é Jude, e meu coração afunda um pouquinho.

Você pode comprar absorventes internos também?, tia Vi pergunta, e eu escrevo de volta que sim.

Dentro da farmácia, o ar-condicionado está ligado no máximo, me deixando com os braços e as pernas arrepiados, e eu me apresso para pegar os biscoitos e os absorventes, voltando à luz do sol com um suspiro de alívio, a sacola balançando ao meu lado.

Tomo meu caminho de volta e, quando olho, vejo duas pessoas perto do chafariz.

A garota está de costas para mim, mas eu reconheço aquele cabelo em qualquer lugar.

Jude.

Como se toda minha angústia pela falta de notícias a tivesse invocado ou algo do tipo.

Exceto que estou convencida de que, se tivesse magicamente feito Jude aparecer, eu *não* teria invocado também o Mason Coleman.

E eles certamente não estariam se beijando.

Meu coração está batendo tão acelerado no peito que é quase doloroso, um rugido seco em meus ouvidos.

Eles estão se beijando. Jude e Mason. Se beijando. Perto do chafariz porque sim, clichê, eu acho, e se beijando, se beijando. Jude está beijando alguém e não sou eu, e eu sou uma idiota.

Com o rosto ardendo e um nó na garganta, abaixo a cabeça e tento passar por eles o mais rápido possível, os olhos marejados de lágrimas.

E talvez por isso eu não enxergue o painel tão-charmoso-tão-das-antigas de sanduíches na frente do *Y Tu Taco También* até colidir com ele, derrubando-o no chão com um barulho estridente.

— Não — sussurro, possivelmente em direção ao universo.

Mas o universo não está do meu lado hoje, porque eu ouço Mason me chamar pelo nome.

Fechando os olhos e tomando fôlego, eu conto até três antes de me virar para ver Jude e ele andando na minha direção, seus dedos entrelaçados enquanto Mason a puxa para perto dele.

Claro que Mason não faz a menor ideia de que isso é esquisito. Até onde ele sabe, nós somos todos amigos. Desde o ensino fundamental. Não deveria existir nada de esquisito sobre eu ver Jude e ele juntos, e também *juntos*.

Mas Jude tinha dito que éramos um *nós*.

Nós demais.

E agora ela parece formar um *nós* mais que demais com Mason. Mais uma vez.

— Oi — falo alto demais, mexendo os dedos ao acenar para eles.

Infelizmente, quando levanto a mão, ainda tenho a sacola da farmácia pendurada e a fina alça de plástico escolhe aquele segundo para deslizar do meu pulso, derrubando duas caixas de Teddy Grahams e um pacote de Tampax direto nos pés de Mason.

Eu odeio… absolutamente tudo da minha vida neste momento.

Mason, para ser sincera, não age estranho ao pegar os biscoitos e produtos de higiene feminina. Sinceramente, isso só deixa tudo pior. Se ele fosse o tipo de babaca que parece ter medo de absorvente, eu poderia pelo menos me sentir superior.

Sorrio, pegando minhas coisas e enfiando de volta na sacola plástica.

— Obrigada. Isso não é pra mim. Os biscoitos ou o… quer dizer, eu como biscoitos e uso absorventes, porque, né, mas eu só estava… Minha tia…

— Sem problemas — Mason diz alegremente. — Eu tenho irmãs.

— Certo — respondo, mas ainda estou olhando além dele, para Jude.

Ela está sorrindo para Mason, mas enxergo a tensão em seus ombros e como ela fica brincando nervosamente com os dedos dele.

Eu não posso chorar agora nessa pracinha falsa, segurando absorventes e biscoitos na frente de uma taqueria, então aceno com a cabeça e sinalizo a próxima quadra com o polegar.

— Bom, espero que tenham um ótimo verão. Eu vou só... voltar pra casa. Até mais!

Recuperei o máximo de dignidade que pude como uma garota que acabou de, basicamente, arremessar absorventes na garota que ela gosta e no garoto que a garota escolheu em vez dela.

Estou na esquina quando meu celular vibra e, dessa vez, finalmente, é a mensagem que eu estava esperando.

Mas tudo que Jude diz é: *Desculpa*.

Não me preocupo em responder e tomo o caminho de volta para a casa de tia Vi o mais rápido que minhas pernas são capazes de me carregar.

Ao destravar a porta, eu jogo a sacola perto do pote que não é de sal do Himalaia e vou para a sala, me desmilinguindo de volta na cadeira desconfortável com o rosto ainda em chamas e os olhos ardendo.

Na tela, Callum e Helena, dessa vez, não estão se pegando ou sendo ameaçados por ingleses maléficos. Em vez disso, eles estão montados em cavalos, galopando sobre terreno pedregoso, os montes recortados ao redor deles e desaparecendo no nevoeiro.

Algo salta em meu peito ao ver essa cena e penso de novo na carta que levo na bolsa. O colégio que eu estava declinando por Jude.

O celular em meu bolso vibra de novo.

Ignoro.

— Eu trocaria vasos sanitários com descarga por *isso* — digo para tia Vi, apontando para a tela. — Você pode ficar com o cara gostoso.

Tia Vi olha para mim com uma cara de quem acabou de perceber que eu voltei, então ela ri, sacudindo a cabeça.

— Ah, sim, você e essa coisa da Escócia. Você não se inscreveu pra um colégio lá?

Movimento a cabeça indicando que sim. Estamos agora em modo completo de cenário cinematográfico, Callum e Helena atravessando vales e aparecem cada vez mais daqueles morros verdes e pedregosos, mais luz do sol por detrás das nuvens, mais brilho de um oceano cinza no horizonte. Se eu estivesse ali, caminhando pelas Terras Altas em 1780-e-sei-lá-quando, definitivamente não esbarraria em Jude e Mason. Eu não arremessaria absorventes por acidente para cima de ninguém. Eu seria… uma nova Millie, provavelmente.

— Bom, aí está — tia Vi diz, levantando-se e indo pegar os biscoitos. — Você não precisa viajar no tempo pra chegar na Escócia.

Ela volta para a sala com a caixa de biscoitos, franzindo a testa um pouco quando vê que eu comprei Biscoitos de Verdade, não aqueles livres de açúcar que ela costuma comprar. Mas ela dá de ombros e abre a caixa mesmo assim.

— Literalmente a uma viagem de avião de distância — ela diz com a boca cheia de ursinhos de canela. — Você poderia estar lá amanhã se tivesse um passaporte e dinheiro suficiente.

Eu a encaro por um segundo, então volto o olhar para a tela. Ela está certa. A Escócia é um lugar de verdade. Um lugar relativamente fácil de alcançar. Um lugar com um colégio que já me aceitou.

— É — digo para tia Vi, mas ainda estou olhando para a tela com o coração descompassado dentro do peito.

Dar o fora daqui. Não precisar lidar com Mason e Jude se beijando no corredor de armários da escola. Não ouvir os *eu te disse* da Darcy ou encarar os olhares compassivos do Lee.

Eu posso ir para outro lugar.
Recomeçar.
Eu.
Escócia.

CAPÍTULO 4

– Voltamos à Escócia?

Meu pai está perto do fogão com uma expressão confusa no rosto, espátula na mão – oba, Terça das Panquecas –, e eu balanço um maço de papéis para ele ver.

— Não apenas à Escócia, mas a um *colégio* na Escócia — digo. — Você é professor, pai. A Anna é orientadora. A gente vive e respira educação.

Antes que ele possa responder, eu folheio os papéis impressos. Nos últimos dias, desde o Incidente Jude e minha epifania na casa da tia Vi, eu virei uma Máquina de Pesquisa sobre Assistência Financeira.

Ao achar o papel que queria, o puxo do maço, exibindo-o.

— Gregorstoun oferece todos os tipos de bolsas. E é um dos melhores colégios do mundo, pai. Gregorstoun "já educou reis, príncipes e primeiros-ministros" e este é o primeiro ano em que eles admitem mulheres. Eu seria parte da primeira classe de mulheres, o que significa que *tecnicamente* eu faria história. Minha foto provavelmente estaria nos livros de história.

— Nos livros de história escoceses — meu pai retruca, e eu concordo.

— Melhor ainda. Você já leu sobre a história escocesa? É uma loucura. Seremos eu e *Coração Valente*, lado a lado.

Aquilo fez meu pai sorrir, como suspeitei que faria, mas, quando ele se vira para o fogão, está sacudindo a cabeça.

— Eu só achei que isso estivesse fora de questão, filha. Duas semanas atrás, você parecia tão decidida a *não* ir.

Ele só me chama de "filha" quando está se sentindo meio por fora de suas capacidades parentais. O que não acontece com frequência. Embora eu, às vezes, me pergunte que tipo de pai ele seria se minha mãe ainda estivesse entre nós. Mas pensar nisso parece injusto com ele, falta de lealdade, ou algo assim. Como se eu não o achasse suficiente.

Colocando os papéis na mesa, me aproximo dele e ponho as mãos em seus ombros.

— Eu só... mudei de ideia — digo. — Quanto mais pensei sobre isso, mais parecia que eu tinha desistido muito cedo. Eu me assustei com a distância tão longa, mas não posso deixar que o medo me impeça de fazer algo incrível.

Chegando mais perto, completo:

— E, repito, é um *colégio*, pai. Não é como se eu estivesse pedindo pra ir atrás de uma banda em turnê pela Europa por um ano.

Ele ri num tom de zombaria, virando-se um pouco para me olhar.

— Sinceramente, acho que eu saberia lidar melhor se fosse esse o caso. Isso eu consigo entender.

Sorrindo, dou um tapinha nos seus ombros com as duas mãos e me afasto.

— Talvez seja esse meu modo de me rebelar. Uma garota tragicamente chata que é filha de pais muito legais.

— Eu acho que você é *muito* legal — meu pai retruca, lealmente, virando uma panqueca. — Tão legal, na verdade, que eu estava pensando que poderíamos acampar nesse fim de semana. Só você e eu, como costumávamos fazer. Também vi um anúncio sobre um evento de pedras preciosas e minerais em Houston na próxima semana que pode ser divertido. Já faz tempo que não vamos em um desses.

Olho para ele.

— Pai, você está tentando me subornar com ciência?

— Um pouco — ele admite e acena com a cabeça para Gus, meu irmão mais novo, que está sentado no cadeirão e batendo a colher de plástico na bandeja alegremente.

— Quer dizer, se você for embora, quem vai acampar comigo? Esse carinha aqui é péssimo na montagem de barracas. E você devia ter visto a bagunça que ele fez na vez que pedi a ele que juntasse lenha.

Gus grita uma palavra que soa mais ou menos como "BARRACA!" e eu dou um peteleco de leve em seu queixo.

— A honra da família em manter a montagem de barracas e o fogo do acampamento recai sobre você, meu irmão.

Gus abre um sorriso, inclinando a cabeça ao tentar colocar meu dedo na boca e, atrás de mim, meu pai dá um suspiro.

— Você não... Se isso é sobre a Anna, ou o Gus, ou você pensando que...

Interrompo meu pai erguendo a mão.

— Não — digo. — Não tem nenhuma história trágica por trás disso.

Meu pai se casou com Anna há três anos e eles tiveram o Gus no ano passado. Isso foi uma mudança drástica, deixei de ser filha única de um pai solo e passei a ter uma madrasta e um bebê em casa, mas foi uma boa mudança. Eu ando até a mesa da cozinha, pego uma caixa de cereais açucarados, despejo um punhado para Gus e sou recompensada com outro sorriso. Meu coração inteiro derrete enquanto eu faço um carinho em seu cabelo ruivo. Gus se parece mais com minha madrasta do que com meu pai ou comigo – nós dois temos olhos e cabelos castanhos comuns.

Ele também é a melhor coisa da minha vida, então meu desejo de tentar estudar em outro país não tem nada a ver com sentimentos de inadequação ou desconforto.

— Espantalho, acho que vou sentir sua falta mais do que tudo — digo carinhosamente para Gus, que balbucia em resposta, enfiando um punhado de cereais na boca, e eu suspiro. — Não acho que ele já entenda minhas referências de cultura pop.

— Dá uma folga para o Padawan — meu pai responde e eu sorrio para ele.

Ele é um bom pai. Um ótimo pai, até, e a ideia de deixá-lo, mesmo que temporariamente, é a única nuvem escura pairando sobre meu plano perfeito. Bom, deixar todos: ele, Gus e Anna. Acho que passar meu último ano fora do país seria muito mais fácil se eu não gostasse da minha família.

— Isso não é sobre ninguém além de mim — digo para meu pai, e isso é quase uma verdade completa.

Quer dizer, algumas partes também dizem respeito a Jude, mas ainda não decidi entrar nesse assunto com meu pai. Não é que ele não aceitaria o fato de eu gostar de garotas – é só que as coisas têm sido complicadas e bagunçadas e não quero conversar com ele até ter tudo bem organizado dentro da minha cabeça.

Jude me enviou mais algumas mensagens desde que a vi com Mason perto do apartamento de tia Vi. Eu não sabia como responder, então me convenci de que estou muito ocupada para responder e que preciso focar em Gregorstoun.

O que não é uma mentira completa. Quer dizer, vou deixar para trás a minha casa e tudo que me é familiar. Sim, pode ser assustador. Sim, existe uma parte de mim que talveeeez, possivelmente, esteja fugindo. Mas também existe uma parte de mim que fica mais animada a cada vez que olho para o panfleto do colégio.

Sentando-me de volta à mesa, afasto um descanso de panela para abrir mais uma vez meu Arquivo do Colégio Escocês, tamborilando com os dedos sobre as diferentes imagens. St. Edmund, em Edimburgo, seria legal. Morar em uma cidade que está sob as sombras de um antigo vulcão? Definitivamente é algo diferente.

Tem também St. Leonard, um grande e espaçoso prédio de tijolos vermelhos sobre o gramado mais verde que já vi. Não é longe de St. Andrew, que também é lindo e, uau, eles adoram santos na Escócia, acabo de perceber.

Gregorstoun é uma antiga mansão, uma construção maravilhosa de tijolos erguendo-se sobre as colinas, com paredes cobertas por hera e uma atmosfera muito Hogwarts. Eu me apaixonei na primeira vez que vi, pesquisando à toa por colégios na Escócia mais de um ano atrás.

Puxo o papel para perto de mim, então percebo que a cozinha ficou em silêncio.

Quando levanto o olhar, meu pai está me observando com uma expressão curiosa no rosto.

— Você não vai me dizer que sou a cara da mamãe, vai? — eu pergunto e ele sorri de leve, sacudindo a cabeça.

— Não, na verdade, você se parece com a Vi — o que, lembrando os anos adolescentes dela, me dá uma queimação no peito.

Então ele aponta para os papéis com a espátula.

— Vá em frente e se inscreva — meu pai diz. — Se você conseguir a bolsa, a gente cuida do resto.

— Quando eu conseguir — corrijo, pegando a caneta e apontando para Gus, que dá um gritinho de satisfação antes de arremessar a colher ao chão.

— *Quando*.

CAPÍTULO 5

Pelas duas semanas seguintes, um cantinho da minha cabeça está sempre na Escócia, esperando e imaginando. Enviei os papéis de inscrição da bolsa no dia seguinte ao da conversa com meu pai, completos com uma redação sobre por que eu sou a Garota Perfeita Para Gregorstoun (que consistiu basicamente em "Olha minhas notas de GPA e PSAT"). Revi *Os mares do tempo*, li guias de viagem e comecei a me imaginar vestindo mais roupas xadrez.

Mas, a não ser pelo ruído baixo e constante de "Escócia Escócia Escócia" ecoando na minha cabeça, o verão se desenrola normalmente. Amigos, cuidar do Gus, trabalhar na biblioteca três vezes por semana.

Evitar Jude.

Isso tem sido fácil de fazer, já que ela e o Mason estão Totalmente De Volta, então, ela não está passando muito tempo com Lee e Darce como costumava fazer.

Bom, não com o Lee, pelo menos. Eu vi algumas fotos dela com a Darcy no Instagram, e minha última mensagem para a Darce estancou em "Lido" há dois dias, sem resposta.

Então, no geral, eu aguardo e tenho esperança. Gregorstoun deve me enviar uma carta dizendo o quanto das minhas despesas escolares eles estão dispostos a cobrir – tão tradicional da parte deles –, o que significa que eu fico de tocaia na caixa de correio todos os dias, desejando que não tivesse demorado tanto para me inscrever na bolsa, desejando que meu relacionamento com Jude não tivesse determinado uma decisão de vida tão grande. Eu confiro a caixa de correio de novo quando saio em direção à biblioteca numa manhã quente no fim de julho, mas é cedo demais para que o carteiro já tenha passado.

A biblioteca fica a apenas alguns quarteirões da minha casa, daí boa parte do atrativo desse trabalho, e eu estaciono meu carro na vaga de funcionários. Tecnicamente, é o carro da Anna, mas posso usá-lo aos fins de semana, o que é legal.

Quando estou saindo do carro, uma das bibliotecárias, a sra. Ramirez, está destrancando a porta da frente e acena para mim.

— Tem notícias? — ela pergunta, mudando a bolsa de um ombro para o outro.

Com seu corte de cabelo moderno e os óculos num tom forte de rosa, a sra. Ramirez é *#goals* total e eu queria ter boas notícias para compartilhar com ela.

— Nada ainda — digo. — Mas ainda tenho tempo.

Seu rosto muda para uma expressão de simpatia enquanto ela me dá um tapinha no ombro.

— Qualquer colégio que não te der uma chuva de bolsas não é digno da sua presença — ela diz.

Eu sorrio, mas vacilo um pouco.

— É o que eu acho também — respondo antes de entrar na biblioteca.

A minha tarefa de hoje é reorganizar os livros devolvidos nas prateleiras, então, assim que entro, tomo meu rumo até a sala dos fundos, pego o carrinho de metal cheio de livros e o empurro entre as pilhas.

Depois de mais ou menos uma hora, estou no fundo da biblioteca, meu lugar preferido, onde o cheiro de livros velhos é mais forte.

É um lugar silencioso, o que é sempre uma vantagem, e é um dos pontos mais frescos do prédio inteiro.

E digo isso literalmente. O ar-condicionado parece que é mais forte aqui do que em qualquer outro lugar na biblioteca.

Eu deveria estar organizando alguns livros antigos de referência, mas, na verdade, estou olhando meu e-mail a cada cinco segundos. Talvez eu não receba a resposta pelos correios. Talvez, no fim das contas, eu receba um e-mail. Até mesmo colégios internos antiquados nas Terras Altas da Escócia precisam fazer parte do século 21, certo?

Mas, a não ser por uma mensagem do Lee perguntando se quero sair para tomar um frozen yogurt mais tarde (eu quero, óbvio), meu celular está em silêncio.

Acabo de guardar o último livro do carrinho quando ouço passos.

Provavelmente é alguém querendo usar uma das salas de estudo, mas também poderiam ser pessoas em busca de um lugar discreto para... fazer o que for (acredite, já vi de tudo), então eu me preparo para isso ou aquilo.

Mas não é um jovem estudioso ou estudantes excitados.

É o meu pai.

E há uma carta em suas mãos.

— É a... — pergunto, mas eu sei que é.

Meu pai não viria até aqui para me entregar uma carta irrelevante.

E, quando ele vira o envelope para mim, eu vejo o unicórnio de Gregorstoun no canto superior.

— *Aimeudeus* — digo baixinho e meu pai concorda balançando a cabeça.

— Ai, meu Deus, de fato.

Eu dou alguns passos para a frente com a mão estendida e ele abre um sorriso de leve.

— Millie, você sabe que isso é só um colégio, né? Isso não é a sua carta pra Hogwarts.

— E você não é uma coruja — eu o lembro —, mas isso é o mais próximo que eu vou conseguir chegar de receber uma carta de Hogwarts na vida, então me dá.

Meu pai me entrega a carta, mas seu sorriso se apaga um pouquinho.

— Millipeia, se eles não oferecerem nada, ainda podemos achar um jeito de fazer isso dar certo. Ou podemos tentar achar.

Eu me obrigo a sorrir, mesmo sendo difícil. Eu *preciso* ter conseguido a bolsa. Gregorstoun estava me chamando por algum motivo, eu sei, e lugares não chamam pessoas apenas para rejeitá-las, certo?

Mas minhas mãos ainda tremem quando abro o envelope, meu peito se contrai enquanto meu olhar varre a carta, pousando na parte que diz:

Estamos felizes em oferecer uma bolsa integral para a próxima...

O grito que eu deixo escapar provavelmente é a causa de pelo menos três ataques do coração na sala de leitura, e ouço um dos velhos nas poltronas reagir com um "quem-está-aí?" assustado.

Tapando a boca com as mãos, eu olho para meu pai, mas ele está rindo sem fazer barulho, seus ombros sacudindo enquanto ele enxuga os olhos com a mão.

— Imagino que você conseguiu, então? — ele pergunta quando acaba de rir e eu olho para o papel, relendo com cuidado, na esperança de não ter lido nada errado por engano por querer demais aquilo.

Mas, não, está lá em preto e branco.

A viagem completa, acomodações, tudo coberto.

Eu vou para a Escócia.

Ah.

Eu vou para a Escócia.

AAAAAAH GALERAAAAA!!

Eu tenho algumas NOTÍCIAS INTERESSANTES PARA COMPARTILHAR! *Okay*, vocês sabem como o Príncipe Seb foi para aquele Colégio Interno Sofisticado Mas Totalmente Aterrorizante nas Terras Altas? Um daqueles lugares onde seu colega de quarto provavelmente é uma ovelha e você precisa acordar às 4 da manhã todo dia? BEM.

Parece que Seb está CANSADO DISSO. A Academia de St. Edmund, em Edimburgo, acabou de anunciar que Seb vai fazer o último ano do ensino médio com eles e, APARENTEMENTE, a fofoca é que a Rainha Clara quer Seb beeeeeem mais perto de casa, por causa do Grande Casamento Que Acontecerá Em Dezembro. Anjinhos, vocês lembram o que aconteceu no último verão, né? Com o Chato Príncipe Alex se transformando em DESCHATO por um minuto e derrubando o Seb na lama? Parece que AQUELE pequeno drama fez com que Seb fosse sentenciado à Vigilância Perpétua Sob o Nariz da Mãe.

Então, desculpa a todas vocês Garotas das Terras Altas que vão a Gregorstoun este ano e estavam na esperança de dar uma olhada no Seb, o Sonho/Desgraça! Pelo menos vocês terão belas paisagens para apreciar. E ovelhas? Sinceramente, uma ovelha seria um namorado melhor do que aquele cara, vamos falar a verdade.

("Sonhos! Destruídos!!", *Crown Town*)

CAPÍTULO 6

— **Você vai ter que usar** roupa xadrez o tempo todo?

Lee está sentado na beirada da minha cama, com as mãos sobre os joelhos enquanto me observa tirar as coisas do armário. Estamos no meio de agosto, o que significa que é difícil imaginar um clima em que precisarei de casacos pesados, mas o aplicativo do clima no meu celular me informa que, se eu estivesse na Escócia agora, estaria enrolada numa manta de lã. Além disso, não voltarei para casa até dezembro, então eu jogo na cama meu casaco mais pesado de inverno junto com o restante das coisas que estou arrumando na mala.

— Os uniformes são quadriculados — digo ao Lee. — Mas é um quadriculado escuro, então não é feio.

Lee tenta sorrir, mas seus olhos estão fixos na minha mala.

Aproximando-me, coloco a mão em seu ombro.

— A internet existe — eu o lembro. — E-mail, FaceTime, Facebook e provavelmente alguma tecnologia nova de conversa por vídeo que vão inventar enquanto eu estiver por lá...

A piadinha causa um sorriso natural e ele passa as mãos no cabelo.

— FacePrato — ele sugere. — Rostos aparecendo no fundo do prato para as pessoas jantarem juntas.

Rindo, jogo outro par de meias na mala.

— Nojento. Eu não quero comer direto do seu rosto.

Lee dá um sorriso de canto de boca.

— Então acho que você não vai nem querer ouvir sobre o PrivadaTime, porque aí é que a tecnologia vai deslanchar mesmo.

— Por que eu sou amiga de um garoto? — questiono ao meu pôster de Finnigan Sparks, batendo com os dedos em seu capacete espacial.

— Porque você me ama — Lee responde e eu dou um suspiro.

— Infelizmente, sim.

Lee não está lidando bem com toda essa Coisa de Eu Ir Para a Escócia, mas ele está tentando, pelo menos, e por isso esse apoio moral enquanto arrumo a mala. O primeiro dia do Gregorstoun começa mais tarde do que o do Cólegio Pecos, então ele já estava de volta às aulas, enquanto eu tenho uma semana até começar o ano letivo.

É estranho pensar que vou me graduar em outro lugar. Não me entenda mal, estou animada para terminar minha experiência no ensino médio em outro país, mas ainda sinto que é bizarro, ainda mais depois de ver as fotos do pessoal no Primeiro Dia do Colégio nas redes sociais na semana passada.

— Você já falou com a Darcy? — ele pergunta, e eu me viro e dou de ombros.

— Um pouco.

Aquilo não era bem verdade. Ela finalmente tinha respondido minha mensagem com um *EI, GAROTA! Desculpa, ando OCUPADÍSSIMA!*, mas só isso. É verdade que ela e eu nunca fomos tão próximas quanto Lee e eu (ou Jude e eu, ou Darcy e Jude), mas ainda doía, e não consigo evitar a sensação de que ela pode estar meio feliz de ter estado certa. Eu vi mais fotos dela e da Jude no Instagram e no Snapchat durante as duas últimas semanas do que já vi em mais de um ano.

Agora que Jude e eu não somos mais amigas – ou Mais Que Amigas –, parece que Darcy tomou de volta Seu Lugar de Direito.

— E já falou com a Jude? — Lee pergunta, me tirando dos meus pensamentos, e eu aponto para ele.

— Você sabe que qualquer menção a Jude ainda está proibida.

Normalmente, meu Dedo Acusador da Justiça é suficiente para dissuadi-lo, mas ele apenas o segura, empurrando o dedo para longe do seu rosto.

— Nós tivemos uma Zona Livre-da-Jude por duas semanas — ele diz. — Acho que o prazo de prescrição já acabou. Você falou com ela?

Com um suspiro, eu solto meu dedo da mão dele e me deixo cair na cadeira perto da mesa.

— Não. Mas por que eu deveria? Perdeu a sessão em que ela partiu meu coração?

— Primeiro, isso rima — Lee responde — e, segundo, não, não perdi. Eu sou integrante do Seu Time, confia em mim, eu só... não quero que você vá embora sentindo que não resolveu algo. Você merece seu grande momento melodramático no qual você diz o quanto ela não presta e então comete um pequeno crime de vandalismo no jardim da casa dela.

Solto uma risada, sacudindo a cabeça.

— Sei, porque eu e confrontos somos melhores amigos.

— Você poderia ser um pouquiiiinho mais afrontosa, é verdade — Lee fala, posicionando o polegar e o indicador a uma curta distância. — Como você pode ser tão competitiva e ainda odiar discutir?

— Eu não sou tão competitiva — interrompo, e Lee faz um barulho grosseiro.

— Certo, fala isso para o meu pescoço. Você sabe que aquele jogo de Red Rover no sexto ano é o motivo de eu não conseguir virar a cabeça até onde ela deveria ir naturalmente para a esquerda, né?

— Já faz sete anos, Lee, supera — brinco, jogando um par de meias nele. — E por que você está tão preocupado com como eu lido com a Jude? Você não tem uma vida romântica própria pra se afligir?

Lee arremessa as meias de volta contra mim, bufando.

— Minha vida amorosa está livre de aflições no momento. Tenho um encontro com Noah essa sexta, *muitoobrigado*.

— O Cara das Tiras de Frango?

Lee torce o nariz.

— Vocês precisam parar de chamar ele assim.

Rindo, eu me viro para a mala.

— Desculpa, você que começou a chamar ele assim e agora grudou. Não vejo a hora de um dia você passar a se chamar Lee Tiras de Frango.

Com um gemido, Lee se joga de barriga na minha cama, derrubando alguns travesseiros no chão.

— Miiilliiiie — ele resmunga. — Por que você tem que me deixar? O que a Escócia tem que o Texas não tem? Além de estações distinguíveis, eu acho.

— Todo tipo de coisa — digo. — Kilts.

— Eu posso vestir um kilt.

— Gaitas de fole.

— Eu posso aprender a tocar uma dessas.

— Geologia interessante.

— O Texas tem uma porrada de rochas, Mill.

Abrindo um largo sorriso, arrumo outro agasalho na mala.

— É diferente. E estou pronta pra estar num lugar diferente por um tempinho.

— Só me promete que você está fazendo isso porque você quer mesmo ter novas experiências divertidas e excitantes — diz Lee, mexendo no meu edredom. — E não porque você está fugindo.

— Eu só estou fugindo um pouquinho — respondo, segurando meu polegar e o indicador a uma curta distância como ele fez antes. — Uma minúscula parcela de fuga. Toda garota tem direito a isso.

Percebo que Lee quer discutir comigo sobre isso, mas, no fim das contas, ele apenas suspira e diz:

— Tá bom. Então, pelo menos, use bem o seu tempo e vá à caça do monstro do Lago Ness.

— Isso — digo, fazendo arminhas com as mãos — eu definitivamente posso fazer.

Uma batida na porta e minha madrasta aparece.

— Tudo indo bem por aí? — ela pergunta.

Seu cabelo vermelho está amarrado para trás e Gus está em seu colo, apoiado em um lado do seu quadril.

Ao me ver, ele dá um gritinho feliz e estende os braços, então eu atravesso o quarto até eles, pegando uma daquelas mãozinhas rechonchudas e dando um beijo estalado nela.

— Tudo ótimo — digo a Anna. — Quase terminei de montar um cubículo do tamanho do Gus dentro da mala.

Ela sorri, ninando Gus um pouco enquanto ele continua a balbuciar.

— Tenho certeza de que ele adoraria ir com você — ela diz. — E então eu poderia criar uma criança com sotaque escocês, o que seria divertido.

Eu rio e ando de volta até o armário, pegando um suéter.

— Você promete me dar uma palmada se eu voltar toda "*aye*" isso e "*bonny*" aquilo, beleza?

Anna acena com a cabeça, mudando Gus para o outro lado.

— Pela minha honra de madrasta. Agora, vocês querem pizza ou comida chinesa para o jantar?

— Pizza — Lee e eu respondemos em uníssono, e Anna faz um joinha que é imitado por Gus antes de eles saírem de volta para o corredor.

Lee aponta em direção ao meu notebook.

— Me mostra esse colégio de novo, pelo menos — ele diz. — Quero formar uma imagem nítida do lugar que você está me largando para ficar.

— Fácil.

Tenho o site de Gregorstoun salvo nos favoritos e entro nele agora, sentindo o mesmo frio na barriga ao ver aquelas lindas paredes de tijolos com o cenário de tirar o fôlego ao redor.

Clicando nas fotos, Lee pausa em uma que mostra vários garotos vestidos com regatas brancas e shorts compridos que parecem feitos de lona. Todos eles estão fazendo uma leve careta para a câmera com sua pele pálida avermelhada de frio.

— Quem são esses palhaços? — ele pergunta e eu olho para a legenda.

— "Turma de 2009, participantes do Desafio anual."

Lee olha para mim.

— O que diabos é o "Desafio anual"?

Eu abro um sorriso largo, praticamente me remexendo toda na cama.

— *Aimeudeus*, é incrível. Eles basicamente te enviam para as Terras Altas em equipes e você precisa acampar por lá, e então encontrar o caminho de volta para o colégio.

O Desafio, na verdade, foi um dos motivos que me fez escolher Gregorstoun em vez de outros colégios na Escócia. A ideia de poder sair sozinha – bom, quase sozinha – pelas Terras Altas, com o vento em meus cabelos, acampando sob as estrelas escocesas? Sim, por favor.

Lee solta uma risada.

— Um desafio de acampamento parece mesmo algo que combina com você. Espero que o pessoal não seja muito apegado à ideia de ter membros funcionais.

Fingindo que estou polindo as unhas na camisa, eu ergo o meu queixo.

— Vou arrasar, óbvio.

Voltando ao notebook, Lee aponta para a tela.

— Tá bom, mas e se eles não estiverem contando a verdade toda? E se o Desafio envolve ser jogado num Poço de Sarlaccs para servir de comida, hein? Já pensou sobre isso?

— Claramente não envolve isso porque esse cara *aqui* — digo, apontando para um dos garotos mais altos no fundo — é o príncipe Alexander da Escócia e, da última vez que chequei, ele permanecia intacto. E noivo de uma americana.

— Aaaah, sim — Lee diz devagar. — Minha mãe é obcecada por isso. Acorda cedo para ver os casamentos e tudo.

Eu vi o príncipe Alexander e sua noiva nas capas de algumas revistas aqui e ali, e aconteceu algum tipo de escândalo no começo do verão com a irmã da noiva, mas não prestei muita atenção. Fofocas sobre a realeza nunca foram do meu interesse, e não é como se isso fosse me afetar de alguma maneira. O príncipe Alexander já saiu de Gregorstoun, e seu irmão, Sebastian, não vai voltar.

— Millie Quint, indo para o colégio frequentado pela realeza — Lee brinca, ainda olhando para as fotos, e eu balanço a cabeça.

— Millie Quint, indo pra um excelente colégio — corrijo. — Além do mais — acrescento, fechando o notebook —, as chances de encontrar com alguém da realeza são, tipo, zero.

FLORA VAI PARA A ESCOLA!

Vista aqui na Estação Waverly, em Edimburgo, Sua Alteza Real, princesa Flora da Escócia, sobe ao trem que a levará ao norte de Gregorstoun, nas Terras Altas escocesas. Antes uma instituição apenas para garotos, este ano Gregorstoun abre suas portas para garotas pela primeira vez em mais de um século. Embora os dois irmãos da princesa Flora tenham estudado no colégio, este ano Flora será a única Baird em Gregorstoun, já que seu irmão gêmeo, Sebastian, escolheu terminar os estudos perto de casa, em Edimburgo. Há rumores de que a princesa está sendo enviada para o rígido colégio para endireitar alguns dos seus impulsos mais selvagens, que, de acordo com o palácio, são "absolutamente inventados".

("A realeza vai para a escola", *People*)

CAPÍTULO 7

Dizer que é surreal já estar na Escócia apenas uma semana depois de arrumar as malas com Lee não chega nem perto de descrever a estranheza que sinto enquanto me inclino, no banco detrás do Land Rover, e observo a Escócia – o lugar pelo qual fiquei obcecada durante o último ano – se desdobrar à minha frente.

Desde que voei de Houston a Londres, já estive num trem para Edimburgo e, depois disso, para Inverness. Lá, me encontrei com o motorista do Land Rover, um cara barbudo que se apresentou como "sr. McGregor, o jardineiro". Ele parece ter em torno de cem anos de idade, mas estou tão cansada que ele poderia dirigir como se estivesse na versão escocesa de *Velozes e Furiosos* e eu não me importaria. Contanto que eu chegue em Gregorstoun, tudo bem.

Há outros três adolescentes comigo no carro, duas garotas e um garoto, e todos os três parecem mais novos do que eu. Eles estão próximos uns dos outros, conversando em voz baixa. Eu os vi no trem de Edimburgo, reunidos.

Aquela foi uma experiência esquisita, andar de trem, observar o cenário mudar das casas suburbanas para campos e depois para morros pedregosos ao nos aproximarmos do norte. Eu estava tão insegura do que fazer que fiquei paralisada no meu assento a viagem inteira, sem nem mesmo ir ao banheiro.

Todos os três ficam me olhando e, finalmente, quando o Land Rover passa por um morro, eu viro para eles com um sorriso radiante.

— Então, qual casa vocês acham que o chapéu seletor vai escolher pra vocês? — pergunto, e então levanto a mão, cruzando os dedos. — Corvinal, tomaaara.

Os três me olham indiferentes.

O sr. McGregor dá uma risada. Ou talvez esteja se engasgando, é difícil dizer.

— Você é americana — uma das garotas diz.

Ela é miúda, com cabelos loiros acinzentados e enormes olhos azuis.

Dá para ver a cabeça de um cavalo de plástico saindo de um dos bolsos de sua bolsa de couro.

— Sou — digo. — Meu nome é Millie.

A garota me encara sem reação antes de se apresentar:

— Elisabeth. Lissie, na verdade. Essa é a Em — ela aponta para a garota de cabelos escuros ao seu lado — e esse é o Olly.

— Elisabeth, Em, Olly — repito, fazendo um cumprimento com a cabeça para cada um deles.

Todos sorriem educadamente e, tá bom, beleza, eles devem ter uns doze anos, mas talvez esse seja um bom sinal do tipo de pessoa que vou conhecer em Gregorstoun. Talvez não sejam todos Gente Rica Assustadora, mas apenas... Jovens Esquisitos.

Jovens Esquisitos Ricos, mas jovens ainda assim.

De qualquer maneira, a estrada está se assentando agora, e o colégio começa a se erguer no horizonte, igualzinho ao site, só que... real.

Na minha frente.

As fotos não foram capazes de capturar tudo. As pedras de tons perolados contra o verde, quatro andares imponentes, um longo caminho de cascalho na entrada e as janelas reluzindo sob o sol.

— Ah, *uau* — eu me empolgo e o sr. McGregor olha para mim com um brilho nos olhos, se percebo bem.

— *Aye* — ele concorda. — É uma visão e tanto.

Então ele suspira, franzindo a testa.

— Já foi o lar da minha família, sabe, mas agora eu só trabalho aqui, transportando vocês.

Não sei muito bem o que responder, então apenas solto um *uhum* e volto a prestar atenção no colégio.

Há vários estudantes perambulando no gramado, alguns uniformizados, outros, não. Estou de jeans e camiseta, já que ainda não peguei meu uniforme.

Acomodando a mochila no colo, eu pego o e-mail que imprimi. *Quarto 327*, leio, meus dedos deslizando sobre o número. Meu quarto. O quarto em que vou morar pelo resto do ano.

Com outra garota.

Essa é uma das partes mais esquisitas desse experimento de estudar num colégio interno – morar com outra pessoa. Eu fui filha única até dezoito meses atrás e nunca compartilhei meu espaço com uma pessoa desconhecida dessa maneira.

Mas será um bom treino para a universidade, certo?

O sr. McGregor dirige o carro até a entrada do colégio, onde os estudantes já estão entrando, arrastando malas de rodinha imensas. Minha mala gigante está no Land Rover (comprada na promoção na TJ Maxx, muito obrigada) e, antes que eu perceba, estou em pé no enorme salão principal de Gregorstoun, segurando a mala pela alça.

É um caos, as pessoas estão saindo e entrando, e eu olho ao redor, tentando absorver tudo, uma mistura de nervosismo e *jet lag* fazendo com que eu me sinta mais ansiosa do que imaginei que ficaria.

Estou surpresa com a quantidade de garotos que tem por aqui. Todos os tipos de garotos. Garotos que parecem ter doze anos e garotos muito mais altos que eu caminhando para dentro do colégio. Deve ter cinco garotos para cada garota, e eu imagino quantas de nós se inscreveram para fazer parte da primeira turma feminina de Gregorstoun.

O andar térreo ainda parece ser como a casa de alguém. Muitas pinturas nas paredes, mesinhas cheias de quinquilharias e tapetes macios sob os pés.

À minha frente, uma escadaria de madeira se espirala para cima e, engolindo em seco, eu ando em direção a ela, arrastando a mala atrás de mim.

Não há elevadores – ou *lifts*, como eles devem chamar por aqui –, então eu de fato consigo fazer um treino cardiovascular subindo com minhas coisas até o terceiro andar.

A parte de cima é um pouco menos caótica, mas é mais escura. Tem menos janelas e, conforme avanço sobre o tapete, percebo que ele parece quase mofado.

Eca.

Mas encontro o quarto 327 com facilidade e, quando abro a porta, não há ninguém lá dentro.

Parada no umbral, observo duas camas de solteiro, uma cômoda e uma escrivaninha de cada lado da porta. Na verdade, abrindo a porta inteira, ela bate em uma das escrivaninhas e, por alguma razão, eu decido seguir em frente e tomar posse daquele lado do quarto. Isso pode fazer minha colega de quarto gostar de mim, né? Escolher o pior lado?

Puxando a mala para dentro do quarto, eu me sento na pequena cama coberta com lençóis brancos ásperos e uma manta verde de lã.

Consegui. Estou na Escócia e vou ficar até o fim do ano.

Antes que a ficha do que alcancei caia por completo, pego meu celular e ligo o FaceTime para chamar meu pai.

Ele atende quase imediatamente e sorrio aliviada ao vê-lo na sala de estar.

— Você conseguiu! — ele diz, entusiasmado, enrugando seus olhos nos cantos. Eu concordo balançando a cabeça e giro o celular para ele ver meu quarto.

— Vivendo intensamente no luxo, claro — falo, e Anna aparece na tela.

— Meu Deus, é tão… exótico — ela diz levantando uma sobrancelha e eu aceno para ela.

— Se por exótico você quer dizer um pouco assustador e pequeno, então, sim!

Ela franze a testa de leve, se aproximando do celular do meu pai.

— Millie, se isso não for… — ela começa a falar, mas então a porta do quarto se escancara, colidindo com força na minha escrivaninha.

— Não — uma voz insiste. — Isso *não* é o que foi combinado.

Uma garota entra no quarto seguida por um homem de terno escuro e, por apenas um segundo, minha família e meu celular são totalmente esquecidos.

Não é de bom modo ficar encarando, sei disso, mas ela é literalmente a garota mais linda que eu já vi na vida.

Ela é mais alta que eu e seus cabelos são dourados. Tipo. Literalmente dourados, como mel escuro. Está arrumado com uma faixa de cabelo fina para deixar o rosto livre, e esse rosto...

Eu me dou conta enquanto estou olhando para ela de que beleza é mais do que a estrutura do seu rosto, as características estranhas do DNA e normas sociais que nos fazem pensar "esse nariz é o melhor nariz", ou "é por isso que gosto dessa boca", ou algo assim. Essa garota claramente ganhou a loteria genética, não me entenda mal, mas não é apenas isso – é que ela parece *brilhar*. Sua pele é tão impecável e luminosa que quero acariciar seu rosto, como se eu fosse algum tipo de pervertida. Não sei se ela sequer sabe o significado da palavra "poro". Será que ela segue uma daquelas intensas rotinas de cuidado com a pele com dez passos? Ela encontrou máscaras faciais mágicas feitas de pérolas?

Talvez isso seja apenas o que ser rico faz com seu rosto.

Porque não há dúvidas de que essa garota também é muito, muito rica. Suas roupas são simples – um suéter e jeans enfiados em botas de couro de cano alto –, mas elas praticamente cheiram a dinheiro. *Ela* tem cheiro de grana.

Sem falar que apenas gente rica pode curvar a boca da maneira que ela está fazendo agora para o cara de terno que está com ela. Será o seu pai? Ele parece um pouco jovem, e é difícil imaginar que um cara com papada e pele esburacada poderia ser parente dessa verdadeira *anja* que está parada na minha frente com sua bolsa Louis Vuitton na dobra do braço.

— Sua mãe... — o homem começa a dizer e ela levanta os braços.

— Liga pra ela, então.

— Perdão? — o homem pergunta, franzindo a testa grossa.

— Liga para a minha mãe — ela repete, sua voz carregando um leve sotaque escocês.

Seu queixo está levantado e eu posso sentir a tensão vibrar do corpo dela.

— Nós fomos informados… — o homem diz com um suspiro, mas ela não está cedendo.

— Liga para a minha mãe.

No celular, meu pai faz uma cara séria.

— Está tudo bem? — ele pergunta, e eu olho de volta para minha nova colega de quarto, ainda repetindo imperiosamente o mantra "Liga para a minha mãe" a cada vez que o homem tenta dizer algo.

E agora eu percebo que ele pegou o celular, imagino que para ligar para a mãe dela, e ela *continua* dizendo isso, de novo e de novo, como um bebê.

— Liga para a minha mãe. Liga para a minha mãe. Liga para a minha mãe.

Talvez seja o *jet lag*. Talvez seja a estranha sensação que tenho no estômago que se iniciou no momento em que entrei no colégio e a mudança colossal que fiz, mas finalmente bateu.

Eu me viro para olhar para ela e, antes que possa pensar melhor, ouço essas palavras saírem da minha boca:

— Ei. Veruca Salt.

Seus lábios se entreabrem e ela ergue as sobrancelhas ao me encarar.

— Perdão?

Eu nunca quis tanto puxar as palavras de volta para dentro da boca. Lee estava certo sobre eu não gostar de confrontos – é basicamente a coisa que menos gosto, atrás apenas de maionese e jazz. Mas algo sobre o modo de falar dessa garota simplesmente… me incomodou.

Então talvez essa seja eu agora? Millie Quint, Confrontadora de Pessoas.

Eu decido prosseguir.

— Você se importa em fazer menos barulho? — Chacoalho meu celular em sua direção. — As pessoas aqui estão querendo conversar, e parece que esse cara está ligando pra sua mãe, então, tipo, dá uma diminuída boa aí?

Ela continua me encarando, e o homem que está com ela agora está olhando para mim também, seu rosto corado se avermelhando ainda mais.

Que seja. Eu respiro fundo e volto a falar com meu pai.

— Olha, estou aqui, estou segura, tudo está ótimo... mais ou menos, e eu ligo pra vocês mais tarde, tá bom?

Esfregando os olhos, meu pai concorda.

— Tudo bem, Mils. Eu te amo.

— Também te amo.

Ele desliga e eu volto a mexer na mala sobre a cama. Ainda tenho uma tonelada de coisas para arrumar, e vai ser um trabalho e tanto fazer esse quarto se tornar minimamente como um lar, então eu deveria...

— Você realmente me chamou de Veruca Salt?

Eu me viro para observar minha nova colega de quarto, parada ali com os braços cruzados. O cara que estava com ela saiu para o corredor, falando ao celular, provavelmente com a mãe dela, como ela tanto pediu.

Eu levo um segundo para estudá-la agora que não estou cega por sua estrutura óssea e cabelos lustrosos. A cor de seu suéter é um verde pálido que faria qualquer pessoa parecer quase doente, mas apenas realça aquele dourado em seus olhos e, sim, minha primeira impressão de que ela é a garota mais linda que já vi ainda se sustenta, mas o modo zangado com que sua boca se curva tira um pouco do brilho.

— Sim, chamei — digo a ela. — Parecia que você estava a três segundos de irromper num número musical sobre querer coisas, então pareceu apropriado.

Ela crispa os lábios, curvando-os em um sorriso.

— Fascinante — ela diz, finalmente, e então seu olhar pousa em meus jeans, nem de longe tão bom quanto o dela, e minha camiseta de mangas longas.

É a camiseta que consegui trabalhando no anuário do ano passado. Pensei que não tinha sentido em me arrumar, já que receberíamos nossos uniformes assim que chegássemos, mas, agora, ao lado dessa garota, eu me sinto um pouco... relapsa.

— Pelo jeito você é minha colega de quarto — ela diz, e eu cruzo os braços imitando sua postura.

— É o que parece.

Aquele sorriso de novo. É um sorriso digno de vilã da Disney, me lembrando que não importa o quão linda é essa garota, ela é claramente uma bruxa.

— Que encantador pra nós duas — ela diz, e então se vira, andando a passos garbosos para fora do quarto.

Ela provavelmente foi procurar o diretor para pedir uma troca ou algo assim e, francamente, eu acharia ótimo também.

Mas, ei, talvez o colégio nos mantenha tão ocupadas que mal terei tempo para vê-la.

Apenas depois que seus passos duros sumiram no fim do corredor que eu percebi que não perguntei seu nome.

CAPÍTULO 8

De acordo com o itinerário que me enviaram por e-mail, eu tenho "chá" às 4 da tarde e, já que são 3 horas agora, visto o novo uniforme, que estava pendurado no armário, coberto por um plástico, quando cheguei. Tem uma saia quadriculada que vai até os joelhos, uma camisa branca de manga curta e dois suéteres diferentes, um colete e outro de manga comprida. Eu escolho o primeiro, com o brasão de Gregorstoun costurado na frente. Está quente o suficiente, então não preciso me preocupar em vestir meia-calça, escolho as meias três quartos e finalmente calço um par de sapatos sem salto muito simples de cor preta.

Paro um momento para me olhar no espelho pendurado atrás da porta, essa nova Millie. Uma Garota de Gregorstoun.

O mesmo cabelo castanho ordinário caindo em ondas sobre os ombros e os mesmos olhos castanhos. As mesmas covinhas que eu vejo quando forço um sorriso.

A mesma Millie, um lugar diferente.

Dando um suspiro, abro a porta, piso no corredor e ouço, imediatamente, alguém falando em voz alta.

— Estou te dizendo, Perry, ela está nesse andar!

A voz que vem do corredor é claramente a voz de uma princesa da Disney – doce, melodiosa, completa com o sotaque inglês articulado, e imagino que a garota que verei será uma combinação de Bela Adormecida com Cinderela. Talvez até esteja acompanhada por criaturas da floresta.

A garota que aparece de repente é bonita, mas também é... uma gigante.

Tá bom, isso não é justo, mas ela facilmente tem mais de um metro e oitenta de altura. Embora, quando olho para baixo, eu note que ela está usando botas de salto alto. E, apesar de ela não se parecer com a Cinderela ou a Bela Adormecida, ela é linda, com longos cabelos escuros e pele negra.

E, quando ela olha para mim, noto que ela tem adoráveis olhos castanhos que enrugam nos cantos quando ela sorri.

— Ah, olá! — ela diz alegremente. — Nem te vi aí.

Isso deve ser porque eu sou basicamente um esquilo, enquanto ela é uma girafa, e dou um aceno sem jeito.

— Eu costumo sumir na multidão.

— Ah, você é americana! — ela vibra e gesticula atrás de si, impaciente. — OLHA, PERRY, ENCONTREI UMA AMERICANA!

Ela avisa alto o suficiente para doer meus ouvidos.

Sem criaturas da floresta no seu rastro, o garoto que aparece é serelepe como um... coelho.

Isso não é legal de dizer, provavelmente, mas seus dentes são um pouco proeminentes, e ele parece nervoso e agitado, especialmente comparado à garota ao seu lado.

— Meu nome é Sakshi — ela estende a mão para eu apertar e a cumprimento, grata ao ver que alguém neste lugar parece ser uma pessoa normal.

— Millie.

Sakshi abre um largo sorriso, revelando um dente meio torto e, finalmente, um mínimo de imperfeição nessa garota perfeita. Eu estava começando a imaginar se era necessário ser uma supermodelo para entrar neste lugar e se eu era algum tipo de exceção por caridade.

— Millie — ela repete. — Fofo. Gostei.

Nunca pensei que meu nome pudesse ser "fofo", mas Sakshi não parece estar me zoando, então aceito de boa.

— Tecnicamente é Amelia, mas ninguém nunca me chama assim.

Ela aponta com o polegar para um rapaz atrás dela.

— E esse é o Perry, que na verdade é Peregrine.

— Para de contar isso para as pessoas — ele diz, inclinando-se para a frente para apertar minha mão também.

Ele tem uns quinze centímetros a menos que Sakshi, seu cabelo é um vermelho alaranjado forte, e sua pele branca como leite é cheia de sardas até onde posso ver.

— Então você é americana — ele diz ao se aproximar.

Ele também está vestindo o colete de malha de Gregorstoun, mas parece um pouco grande nele.

— Sou — digo, trocando o peso do corpo de um pé para o outro. — Do Texas.

Percebo que isso pode não significar nada para eles e, quando Sakshi diz "Perry e eu somos de Northampton", me dou conta de que o lugar de onde ela veio também não significa nada para mim. Esse é um pequeno momento estranho de choque de culturas que eu não tinha previsto.

Mas eu aceno com a cabeça para os dois e sorrio, pensando que *fingir até entender* vai virar meu novo lema por aqui.

— Bom, vem com a gente — Sakshi diz, enganchando o braço no meu e me puxando de volta para as escadas. — Imagino que você esteja a caminho do Chá das Garotas.

Concordo, me deixando ser levada atrás dela e Perry.

— Costumava ser apenas o Chá do Primeiro Ano — ele diz ao descermos as escadas.

Eu noto algumas molduras com retratos de homens sisudos usando tartã, assim como algumas fotografias em preto e branco de garotos uniformizados posando na frente do colégio.

— Mas eles estão fazendo uma versão especial só para as garotas — ele continua, e Sakshi suspira, acenando com sua mão livre.

— Sim, sim, Perry, estou certa de que Millie conseguiu decifrar o que eu quis dizer com Chá das Garotas, pelo amor de Deus. Ela é americana, não estúpida.

— Obrigada? Eu acho — digo quando chegamos ao pé da escada.

O salão está cheio de garotas perambulando, algumas claramente da minha idade, mas muitas parecem mais novas. Sakshi as observa, os cantos de sua boca se curvam para baixo.

— Pobres coitadas — ela diz. — Não há muitas de nós, damas intrépidas, este ano, e sinto que será mais difícil para as mais novas. Uma delas é até minha colega de quarto, sabe. Uma cavaleirinha.

— Cavaleirinha? — pergunto e Sakshi abana com a mão.

— Sempre aparece um punhado. Garotas que são loucas por cavalos, sabe? Enfim, não há o suficiente de nós pra nos parearem com meninas de nossa própria faixa etária, então algumas precisam dividir o quarto com as mais novas, como acontece ... comigo. — Ela respira fundo, dobrando as mãos à sua frente. — Como eu disse, pobres coitadas. Eu só preciso sobreviver por um ano. Elas ficarão aqui por séculos.

Tudo bem, mas "sobreviver" não é como quero pensar no meu período aqui em minha nova e empolgante vida.

— Não vai ser tão ruim assim — digo, dando de ombros. — Quer dizer, todo mundo escolheu vir pra cá, né?

— Saks escolheu — diz Perry. — Mas eu *nunca* escolhi vir pra Gregorstoun e quero que isso fique registrado. E possivelmente gravado na minha lápide.

Revirando os olhos, Saks se aproxima de mim e diz:

— Perry tem se lamentado sobre esse lugar desde que tinha doze anos, então eu decidi vir pra conferir o motivo de todo esse drama.

Então ela joga os longos cabelos escuros sobre o ombro.

— Além do mais, se é bom o suficiente pra uma princesa, é bom o suficiente pra mim.

Ela se aproxima, abaixando o tom de voz.

— A princesa Flora está aqui — ela diz num sussurro ensaiado. — A *própria* princesa Flora.

— Certo, e não a outra, falsificada — brinco. — Eles dão algum tipo de quarto especial na torre pra ela?

Sakshi torce o nariz.

— Você não a viu? Ela deveria estar no seu andar.

Balanço a cabeça.

— Não vi princesa alguma — digo, e então…

Não.

Com a boca seca, pergunto:

— Algum de vocês tem um celular? Pra me mostrar uma foto dela?

Perry sacode a cabeça, mas Saks olha ao redor antes de enfiar a mão no elástico da saia e puxar um iPhone Rose Gold.

— Saks, isso devia estar no seu quarto! Você vai se meter em encrenca — diz Perry, mas Sakshi apenas levanta um dedo, clicando no celular com o outro.

— Aqui está a princesa — ela diz. — Fazendo compras em New Town, vestindo um casaco verdadeiramente fabuloso.

Antes mesmo de ela virar o celular para mim, eu já sei, mas ainda é um choque ver a foto e reconhecer com clareza a princesa Flora.

Minha colega de quarto.

Quando a princesa Flora entrar em Gregorstoun neste outono, ela será a primeira mulher da realeza a fazê-lo nos cem anos de história do colégio. Porém, Flora não estará sozinha ao deixar sua marca na primeira turma feminina de Gregorstoun! Vamos dar uma olhada em algumas das damas da aristocracia que estão a caminho das Terras Altas este ano.

Lady Elisabeth Graham: Filha mais nova do conde de Dumfries, lady Elisabeth recentemente celebrou seu décimo-segundo aniversário alugando o Zoológico de Edimburgo inteiro durante o fim de semana. Como sua mãe, a condessa de Dumfries, lady Elisabeth é uma ótima equitadora, e ficamos sabendo que ela está ansiosa para refinar suas habilidades em Gregorstoun.

A Honorável Caroline McPherson: A senhorita McPherson é filha do visconde Dunrobbin e, como a princesa Flora, completará seu último ano do ensino médio em Gregorstoun. Outra coisa que a senhorita McPherson tem em comum com a princesa Flora: ela teve um breve relacionamento romântico com Miles Montgomery, o melhor amigo do príncipe Sebastian.

Lady Sakshi Worthington: Como filha do duque de Alcott, lady Sakshi está atrás apenas da própria princesa em termos de posição. Sua mãe, Ishani Virk, é uma notável filantropa e socialite, cujo casamento com o duque foi um dos grandes eventos mais recentes. Ficamos sabendo que lady Sakshi herdou o talento da mãe para o entretenimento, assim como o interesse em trabalhos de caridade.

("Damas de Gregorstoun", *Prattle*)

CAPÍTULO 9

— Você realmente não sabia que estava dividindo o quarto com a princesa? — Sakshi pergunta quando nos sentamos num sofá desconfortável num local que chamam de "a sala de estar leste".

Há uma mesa de comida encostada na parede do fundo com várias xícaras de chá e pires, além de fileiras de bolos e biscoitos, mas definitivamente não estou com fome agora. Eu aceitei o sanduíche de pepino que Saks me ofereceu do seu prato, mas estou mais esmagando o sanduíche no guardanapo do que comendo.

— Eu realmente não sabia — conto para Sakshi num tom de voz baixo. — Mas, sério, isso parece o tipo de coisa que alguém deveria ter me contado. Quer dizer, recebi cinco mil e-mails sobre os tipos de meias que precisava comprar, mas não recebi um aviso de "ei, você vai morar com a realeza".

Eu não conto que estou aqui graças a uma bolsa de estudos e, até onde sei, insultar a família real é motivo automático para que toda a grana da bolsa seja tomada de volta.

Meu Deus, por que escolhi *esse único momento da minha vida* para ser arrogante com alguém?

Perry está empoleirado em uma cadeira de aspecto frágil que ele pegou do outro lado da sala, e ele se aproxima com os cotovelos ossudos apoiados nos joelhos.

— Faz sentido eles terem feito isso de propósito — ele diz. — Juntá-la com alguém que, tecnicamente, não é um subordinado. — Ele levanta os ombros estreitos com indiferença. — É uma boa ideia, na verdade. Deixa tudo menos incômodo.

Recordo do que fiz, de ter chamado a princesa de Veruca Salt e revirado os olhos para ela.

— Eu... já posso ter deixado a situação um *pouco* incômoda — confesso. — Embora ela não tenha agido com o refinamento que se espera de uma princesa, então não é totalmente minha culpa. Eu acho.

Sakshi e Perry arregalam os olhos e Sakshi agarra minha mão.

— O.k., me conta tudo *a-go-ra*.

Nós ficamos sentados no sofá, enquanto belisco o sanduíche mais um pouco e visões de eu sendo destituída do meu novo e sofisticado uniforme logo no dia de estreia circundam meu cérebro enquanto conto a eles o que aconteceu no meu primeiro encontro com Sua Alteza Estressante. Quando chego à parte da Veruca Salt, Perry solta um berro.

— Ai, meu Deus, eu daria tudo pra ver a cara dela quando você disse isso.

— Vai ficar tudo bem, né? — pergunto, amassando meu guardanapo cheio de farelos. — Quer dizer, eles não vão...

— Te jogar numa masmorra? — Sakshi pergunta, e faço uma careta.

— Não, eu não sou uma americana tão ignorante assim. Estava pensando em ser expulsa ou algo do tipo. Estou aqui com uma bolsa, e se a punição por insultar um colega de classe da realeza for a expulsão ou... eu não sei, deméritos ou algo assim?

Perry sacode a cabeça antes de pegar um bolinho de chá do prato da Sakshi.

— Não se preocupe com isso — ele diz antes de engolir o bolinho numa bocada só. — O objetivo todo de enviar os filhos da realeza pra cá é forçá-los a viver como estudantes normais. Sem privilégios especiais, sem frescuras. Se eles não te expulsariam por *me* chamar de Veruca Salt, eles não podem te expulsar porque você disse isso a *ela*. Esse é o esquema.

Falando na dita-cuja, justamente naquele momento Flora entra na sala acompanhada por duas garotas, ambas com cabelos tão brilhantes quanto os dela, mas não tão atraentes. As duas também estão de uniforme, mas Flora ainda está vestindo aquele suéter caro e os jeans de marca.

Seu olhar pousa em mim por um segundo antes de desviar, e eu não estou certa se isso é porque ela está enfurecida ou porque simplesmente não lembra quem eu sou.

Ela vai até o outro sofá, menor do que o sofá em que eu e Sakshi estamos sentadas e já ocupado por três outras garotas mais novas.

Flora nem diz nada para elas. Ela apenas se aproxima, encara as três e, de repente, todas elas se levantam quase tropeçando umas nas outras para dar o lugar desejado à Sua Alteza Real.

Solto uma risada de deboche enquanto Flora se acomoda sob a melhor luz, jogando o cabelo sobre os ombros.

— Eu não sou a única pessoa que quer gritar "Veruca Salt" pra ela, né? — pergunto, e isso faz Perry e Sakshi rirem.

— Ah, querida, *não* — Perry responde. — Eu aposto que metade do país quer dizer isso a ela. Na verdade, eles provavelmente querem dizer algo muito, muito pior.

Sakshi olha para mim com os olhos escuros semicerrados.

— Você… não sabe nada mesmo sobre ela, sabe? — ela pergunta, e dou de ombros.

— Talvez eu devesse ter lido mais. Eu sei que os dois irmãos dela estudaram aqui, mas é só isso.

Com um suspiro, Perry olha para o teto.

— Não saber nada sobre esse povo — ele diz, sonhando. — Que vida maravilhosa seria essa.

— Menos, *drama queen* — Sakshi responde. — é como se sua família sofresse por causa das conexões com esses esquisitos.

Perry abre um largo sorriso e fico surpresa com como ele fica mais atraente assim. Ele tem um sorriso bonito, mesmo sendo um pouco dentuço.

— É verdade, é verdade, nós temos todo tipo de terras e casas adoráveis por causa dos Baird e dos Stuart. Mas, ainda assim, é difícil, até você admitiria isso, Saks.

— Eu não preciso admitir nada — ela diz levantando o queixo. — Além do mais, qualquer dia desses, eu ainda serei uma Baird.

Ela diz isso com tanta confiança que nem questiono, mas Perry revira os olhos.

— Desiste. Ele nunca vai voltar pra cá, não agora que finalmente está livre.

— Desculpa — falo devagar, brincando com a ponta do colete de malha. — Você vai precisar explicar as coisas para a garota americana. De quem estamos falando?

— Seb, o Babaca — diz Perry, mas Sakshi dá um empurrão na perna dele, franzindo a testa.

— Príncipe Sebastian da Escócia, meu futuro marido — ela me informa. — Esse é o único motivo de eu estar aqui.

— Pra... se casar com o príncipe Sebastian?

— Uhum — Sakshi acena com a cabeça, como se fosse perfeitamente normal decidir que quer ter um marido da realeza aos dezessete anos e planejar sua vida escolar de acordo com isso.

— Claro, quando me inscrevi pra fazer parte da primeira turma feminina de Gregorstoun, não era só pelo Seb. Já passou da hora de eles deixarem mulheres entrarem aqui, e eu estava decidida a estar na primeira leva. Mas sempre devemos ter um segundo objetivo, e o meu é virar uma princesa. — Ela levanta um ombro. — Não acho que seja um objetivo ruim de se ter.

— É loucura das brabas — diz Perry, e eu tenho a sensação de que isso tem sido um debate longo entre eles.

Algo deve transparecer no meu rosto, porque Sakshi aponta para Perry e diz:

— Nós nos conhecemos há séculos, né, Perry? Nossas famílias têm casas em terrenos vizinhos na Belgravia, mas esta é a primeira vez que estudamos juntos.

— Azar o meu — Perry murmura, mas posso notar que não há uma animosidade real nas palavras.

Por mais que eles fiquem se provocando o tempo todo, eles parecem mesmo muito bons amigos, e eu sinto uma saudade repentina de casa que é maior do que poderia imaginar. Perry não se parece em nada com o Lee, mas ele me faz sentir falta dele mesmo assim. Do Lee e até da Darcy.

Jude.

Droga, não, Escócia é uma Zona Livre-de-Pensamentos-Sobre-Jude. Estou aqui para estudar e finalmente conhecer mais do mundo, algo diferente das planícies achatadas de casa.

— Então você quer ser uma princesa? — pergunto a Sakshi mas, para minha surpresa, ela sacode a cabeça.

— Não é isso, exatamente. Quer dizer, não me entenda mal, o título, o castelo, as joias, tudo isso será incrível. Mas o verdadeiro objetivo é a oportunidade. São tantas as coisas que eu quero fazer pelo mundo, e ser uma princesa pode abrir todas essas portas. É a melhor maneira de alcançar meus objetivos humanitários. — Ela dá de ombros. — E ele é mais irresistível do que um banquete de chocolate, então tem isso também.

— Inacreditável — Perry murmura, mas, antes que Saks possa responder, uma mulher entra na sala.

Ela está vestindo um terno cinza sem graça, mas seu cabelo é quase tão vermelho quanto o de Perry e está puxado para trás num penteado elegante.

— Moças! — ela diz com animação, juntando as mãos.

Então ela encontra Perry com o olhar, e enruga a testa.

— Moças e sr. Fowler, eu devo dizer.

Balbuciando um pedido de desculpa com a boca cheia de bolo, Perry se levanta, arrastando a cadeira de volta para o lugar antes de se esgueirar para fora com um rápido aceno para mim e Sakshi.

Ela suspira quando ele sai.

— Perry, o Incorrigível.

— Eu espero, pelo bem dele, que isso não seja um apelido — murmuro, e Sakshi ri, tocando meu joelho brevemente.

— Deveria ser.

A mulher de terno cinza gesticula para que nos levantemos e assim o fazemos. Bom, a maioria de nós. Eu olho ao redor e vejo que Flora leva seu próprio tempo para se desenroscar de sua posição confortável no sofá.

Também percebo o modo como a mulher de terno observa que Flora está sem o uniforme, e o leve desagrado que se expressa em seu rosto.

Mas então ela sorri para todas nós com as mãos novamente juntas à sua frente.

— Moças — ela começa de novo. — Eu sou a dra. McKee, a diretora. Bem-vindas a Gregorstoun. Espero que todas vocês tenham se sentido muito bem recebidas no seu primeiro dia oficial.

Todas nós concordamos com a cabeça e fazemos ruídos gerais de aprovação, e então uma voz se destaca, clara e refinada, cadenciada e musical.

— Eu não me senti muito bem recebida, dra. McKee — Flora diz e então olha para mim com os lábios se curvando.

CAPÍTULO 10

Estamos todas lá, na sala de estar, prestando atenção em Flora, o que provavelmente é sua ideia de paraíso. Ela parece o tipo de garota que está sempre muito dedicada em ser o centro das atenções.

E eu fico ali esperando que o chão se abra sob meus pés ou que guardas entrem correndo para me prender por ter me atrevido a chamar a princesa por um apelido maldoso.

Mas então seus lábios se curvam naquele sorriso-de-gato-que-pegou-o-canário, Flora olha para a dra. McKee e diz:

— Sebastian me contou que haveria tocadores de gaita de fole no primeiro dia. — Ela levanta um ombro de modo indiferente e elegante. — Acho que não me sinto bem-vinda em lugares que não providenciam a ostentação apropriada.

E então ela pisca – ela realmente pisca! Para uma professora! Não, não uma professora, uma *diretora* – e risos se espalham pela sala.

Dou um suspiro de alívio, apenas para sentir meus ombros se retesarem novamente quando Flora volta seu olhar para mim.

Ela pisca de novo, mas dessa vez não é fofo ou debochado.

Sacudindo a cabeça, a dra. McKee junta as mãos atrás das costas.

— Tentaremos fazer melhor no futuro, senhorita Baird — ela diz. — Talvez alguém possa tocar o kazoo quando você estiver a caminho do banheiro pela manhã.

Mais risadinhas, e então ela atravessa a sala até uma pesada porta de madeira, abrindo-a e nos chamando a entrar.

— Senhorita Baird? — pergunto a Sakshi em voz baixa conforme caminhamos com o grupo de garotas. — E não Sua Majestade?

— Isso seria para a rainha — Saks responde sobre os ombros. — Flora é uma SAR.

Quando eu apenas a encaro, ela explica:

— Sua Alteza Real. Mas, de qualquer maneira, isso não importa aqui. Sem títulos, essa é a regra. É por isso que sou senhorita Worthingyton em vez de lady Sakshi.

Eu quase tropeço em meus próprios pés, o que provavelmente causaria algum tipo de efeito dominó.

— Você é uma *lady*? — pergunto, e Sakshi acena com a cabeça, tirando a franja pesada dos olhos.

— Meu pai é o duque de Alcott, o que faz de mim uma lady, mas definitivamente não uma SAR — então ela abre um sorriso largo. — Ainda. Mas, enfim, Flora é senhorita Baird enquanto estiver aqui, isso mesmo.

Talvez seja porque passei tanto tempo pensando sobre o que Gregorstoun significaria para mim sem prestar muita atenção em como o colégio funcionava, ou talvez seja porque Gregorstoun faz um bom trabalho minimizando o quão sofisticado realmente é, mas eu não tinha mesmo pensado em como seria estudar com alguém que possui um *título de nobreza*. Os membros da realeza são uma coisa, mas até as pessoas "normais" daqui são mais ricas do que eu acharia que fossem, e isso é...

"Estranho" nem começa a explicar. O que mais eu não sei?

O quarto para o qual fomos levadas é muito menos confortável do que a sala de estar e uns dez graus mais frio. As paredes são de pedra, as janelas são mais grossas e, no centro do piso tem uma mesa redonda de carvalho de tamanho colossal. Os lustres pendurados no teto parecem feitos de... galhadas? Sim, definitivamente são galhadas, e mesmo que usem lâmpadas no lugar de velas, o efeito ainda é terrivelmente medieval.

— É aqui que somos consagradas como cavaleiras? — pergunto a Sakshi e ela ri de deboche enquanto nos sentamos lado a lado à mesa.

Flora senta-se com aquelas duas garotas na outra ponta da mesa e Saks a olha de relance.

— Nossa, ela é abusada demais — Sakshi murmura. — Eu tinha esquecido como ela era.

— Você já conhecia a Flora? — pergunto, e ela balança a cabeça afirmativamente.

— Círculos sociais similares e coisas assim. Mas ela nem sempre foi desse jeito. Na verdade, quando éramos pequenas, eu gostava muito dela, mas, quando ela fez treze anos, a arrogância tomou conta, francamente. Sebastian sempre foi um desajustado. Ele foi banido de um *quarteirão inteiro* de Londres quando tinha só doze anos. É o que dizem por aí.

— E é nessa família que você quer entrar? — pergunto.

— Seb é um projeto com potencial, e não há nada que eu não possa melhorar — Sakshi responde.

Estranhamente, acredito nela. Sakshi provavelmente poderia liderar exércitos inteiros em uma batalha só com o poder de sua confiança.

E, sentada nesta mesa, uma batalha parece algo viável de se planejar.

A dra. McKee está em pé do outro lado da sala, ao lado de uma enorme armadura e bem embaixo de uma daquelas janelas grossas com o vidro ondulado que mal deixa a luz do sol penetrar a sala.

— Senhoritas — ela diz com um sorriso caloroso e sincero —, mal posso expressar o quanto estou animada em receber vocês aqui em Gregorstoun. Esperei por seis anos pra poder me dirigir a uma sala cheia de estudantes com "senhoritas".

Saks se inclina próxima a mim.

— Eles contrataram a dra. McKee pra tirar Gregorstoun da Idade das Trevas — ela sussurra. — Então é claro que ela começou uma campanha a favor da admissão de mulheres, mas levou anos. Por motivos de patriarcado.

Eu aceno com a cabeça. Faz sentido.

A dra. McKee ainda está falando, mas, para dizer a verdade, ainda estou nas garras do *jet lag*, então estou me esforçando para acompanhar até que a ouço dizer: "o Desafio".

Aí eu me aprumo.

— O Desafio é uma das marcas da educação de Gregorstoun. Nos anos passados, foi usado como oportunidade para algumas demonstrações ultrapassadas de masculinidade, então, para se encaixar nos novos tempos e em nossos compromissos atuais com o tipo de colégio que gostaríamos de ser, nós decidimos que o Desafio deste ano será um pouco diferente. Por exemplo, vocês serão divididas em duplas em vez de trabalhar em equipes maiores.

É tão estúpido, tão ensino fundamental da minha parte, mas, assim que a dra. McKee diz "em duplas", sinto o estômago revirar um pouco. Sakshi parece legal, e eu não me importaria de me juntar a ela, mas talvez ela já tenha uma amiga íntima, alguém que ela conheça há mais tempo do que apenas uma hora, alguém com quem ela queira se juntar.

Ou será que os pares serão formados aleatoriamente? Isso pode me salvar da humilhação de tentar achar uma parceira, mas ainda não parece o ideal.

E então a dra. McKee sorri e basicamente acaba com a minha vida.

— E, pra deixar essa experiência mais imersiva, sua parceira será sua colega de quarto.

Não consigo não olhar para Flora do outro lado da mesa, que também está me encarando de volta com uma expressão entediada e levemente irritada.

Eu e Veruca Salt? Juntas no meio da natureza selvagem?

— Claro, o Desafio só começa daqui a um mês — a dra. McKee continua com um sorriso. — Então vocês terão bastante tempo para planejar sua estratégia junto com o restante das tarefas da escola.

No restante do encontro ela fala das regras e dá instruções para conciliar a "vida acadêmica com atividades sociais". E, então, somos liberadas para voltar aos nossos quartos para "descansar um pouco" antes das aulas iniciarem oficialmente amanhã.

Eu me despeço de Saks com um aceno antes de subir pelas escadas, meus braços e pernas pesados e meus olhos arenosos. Só consigo pensar em me jogar na cama e dormir, mesmo que mal tenha dado cinco horas da tarde.

Mas, quando chego no quarto, Flora já está lá, parada ao pé da cama, olhando pela janela.

Ela também está falando no celular, apesar de uma das palestras que acabamos de ouvir ter sido sobre entregar nossos celulares no escritório principal. Nós podemos usá-los nos fins de semana, mas não durante a semana de aulas, algo que eu me lembro de avisar ao meu pai por e-mail.

Mas parece que as regras não se aplicam à Flora.

— Bom, ela vai ter que superar isso — Flora está dizendo agora, com um braço cruzado sobre a barriga enquanto ela continua olhando pela janela. — Eu disse pra ela que essa era uma das condições pra que eu estudasse aqui.

Ela faz uma pausa e olha para mim por sobre os ombros, os lábios se estreitam brevemente. Então ela se vira de volta para a janela.

— Não se preocupe. Estou tão segura quanto um forte aqui e *você* não precisou ter segurança particular. Nem o Seb. Então por que eu sou a exceção? E já vou avisando, se você disser que é porque sou uma garota, vou dizer aos jornais que você dormiu com uma mantinha de bebê até os onze anos.

Eu não quero ouvir a conversa, mas você meio que é *obrigada* a fazer isso quando divide o quarto com alguém, e a curiosidade me faz chegar um pouco mais perto da janela para ver o que ela está observando.

É o cara de antes, o de rosto avermelhado e terno escuro, e ele está guardando bagagens no porta-malas de um SUV preto. Ele tem um celular no ouvido também e, enquanto eu observo, ele larga uma mala, levantando a mão livre na direção do colégio e, imagino, de Flora.

Seus lábios se curvam num sorriso lento enquanto ela levanta a mão para acenar de volta, mas ele não está olhando.

Então, com um suspiro, Flora se vira da janela, sentando-se na cama. Ela tem os mesmos lençóis brancos e cobertor verde sem graça que eu, e posso ver que ela acrescentou algumas almofadas. Ela também ocupou a parte de cima inteira da cômoda, e franzo a testa ao dar uma olhada nas velas aromáticas caras, nas fotografias emolduradas de Flora e um punhado de garotas igualmente lindas usando grandes chapéus e vestidos maravilhosos e... uma mão de porcelana?

Aparentemente um porta-anéis, já que todos os dedos estão decorados com peças reluzentes.

Enquanto Flora continua papeando no celular (*Com um príncipe*, sussurra uma parte do meu cérebro, *que um dia será rei e que é irmão dela, porque ela é uma princesa, você está morando com uma princesa de verdade*), abro o zíper da minha bolsa e tiro a sacola Ziploc que eu trouxe com minhas amostras favoritas de rochas.

Sim, talvez seja um *pouquinho* esquisito ter rochas favoritas, mas enfim. Eu achei algumas delas em viagens com meu pai, e outras são de eventos de pedras preciosas e minerais que eu obriguei ele e Anna a ir comigo. Elas são uma lembrança agradável de casa.

Aproximando-me da cômoda, não olho para Flora quando começo a tirar algumas das velas de lugar e movê-las para o lado mais próximo da cama dela.

— Alex, deixa eu te ligar mais tarde — ouço-a dizer. — Tenho uma disputa de território pra resolver.

Ótimo.

Mas eu a ignoro, mantendo a atenção no que estou fazendo enquanto posiciono minha peça favorita de hematita a alguns centímetros daquela estatueta estúpida de mão.

Encostando-se no armário, Flora me analisa.

— Você é uma bruxa? — ela finalmente pergunta. — Que curte cristais e essa coisa toda?

— Não — respondo, colocando meu citrino à esquerda da hematita. — Sou uma geóloga. Ou serei uma.

— Uma bruxa seria melhor — ela diz. — Ou pelo menos interessante. Enfim, qual é seu nome, ó minha colega de quarto?

— Millie — digo, finalmente olhando para ela.

Eu imagino se algum dia me acostumarei a olhar para alguém tão atraente assim. Porque, sendo um pé no saco ou não – e ela parece ser um pé no saco e tanto –, nunca vi olhos como os dela, num tom tão claro de castanho que parecem ser do mesmo mel dourado de seus cabelos.

Aqueles olhos estão semicerrados para mim agora.

— Millie o quê?

Isso é algum tipo de teste?

— Millie Quint — respondo. — Desculpa, isso é tudo que há. Sem sobrenomes ilustres ou de linhagens reais ou algo assim.

Flora volta para sua cama, zombando.

— E americana pra completar.

— Não apenas americana — digo a ela. — Texana.

— As surpresas de hoje não vão terminar nunca? — ela murmura, se esticando para puxar uma revista da bolsa de mão de couro jogada no chão.

Eu olho para ela por um minuto, então volto à minha coleção de rochas. Tocando a minha favorita com o dedo, uma amostra de hematita que peguei no Arizona ano passado, me forço a dizer:

— Olha, desculpa ter te chamado de Veruca Salt. Eu só estava cansada e você estava falando… muito alto.

Eu tenho certeza de que princesas não dão risos de deboche, mas foi esse o som que pareceu sair de Flora enquanto ela folheava a revista.

— É incrível que você pense que eu ficaria ofendida por algo que alguém como você diz, Quint.

Eu seguro a rocha com força.

— É Millie.

— Na verdade — diz Flora jogando a revista na cama e olhando para mim com um sorriso venenoso —, isso não significa nada pra mim, porque você não será minha colega de quarto por tanto tempo a ponto de o nome pelo qual eu te chamo seja relevante. E isso é uma promessa.

CAPÍTULO 11

Não é que eu me oponha à saúde física como conceito. É um bom conceito, importante para o corpo e a felicidade e tudo isso. Oba, exercício. Mas existe uma grande diferença entre dar uma passadinha numa aula de ioga no sábado de manhã e a ideia que Gregorstoun tem de exercício.

Primeiro, começa no horário sacrílego de seis da manhã.

E, segundo, é uma corrida.

Fizemos corridas no Colégio Pecos, normalmente quando nosso professor de educação física não conseguia inventar outras atividades, e eu nunca fui muito fã, mas pelo menos era dentro do prédio, ao redor da academia, onde era quentinho no inverno, fresco no verão e havia uma chance muito menor de pisar em cocô de ovelha.

O que é exatamente o que acabei de fazer.

A manhã está chuvosa, minha quinta manhã em Gregorstoun e também a quinta manhã em que me encontro fazendo nossas corridas diárias na chuva.

A dra. McKee insiste que isso não é chuva, mas um "nuvisco", uma combinação de chuvisco com neblina que, tá bom, claro, tecnicamente não é um pé-d'água, mas ainda garante que eu fique ensopada em cinco minutos. Também deixa o chão escorregadio, que foi o motivo do meu pé ter deslizado no cocô de ovelha quando fiz a curva.

— Ai, que nojo — murmuro, parando no caminho pedregoso, com o coração acelerado, a pele suada e o tênis talvez destruído para sempre.

Sakshi para atrás de mim, correndo sem sair do lugar, seus longos cabelos escuros presos num rabo de cavalo balançando por sobre os ombros.

— Algum problema, Millie? — ela pergunta, e eu aponto para o tênis sujo.

Ela torce o nariz, mas então dá de ombros.

— Bom, são os ossos do ofício.

E, com isso, ela dá um sorriso animado e continua sua corrida, os cabelos ainda esvoaçantes.

Repentinamente não tenho mais certeza se gosto mesmo de Sakshi.

Perry claramente compartilha dos meus sentimentos, parando ao meu lado, seu peito magro ofegante e a mão pressionada sobre o esterno.

— Estão tentando nos matar — ele diz, ofegante. — É isso que esse lugar realmente faz, eu tentei avisar as pessoas. É um Colégio Assassino.

Olhando para trás, sobre o ombro, onde Gregorstoun se ergue sobre o morro, tenho que admitir que parece um pouco assassino. É definitivamente bem gótico, todo em pedras frias encobertas na névoa. Algumas poucas janelas iluminadas se sobressaem no cinza, o que faz com que o lugar pareça ainda mais assustador.

Tremendo um pouco, eu concordo com Perry.

— É, consigo ver isso. Eles realmente não mostram esse lado das coisas nos anúncios.

Perry ri, ou pelo menos tenta. Não sei se ele tem fôlego suficiente.

— Já imaginei como eles exibem esse lugar para os estrangeiros — ele diz.

— Um pouco mais Conto de Fadas, um pouco menos Castelo da Morte.

Ele acena com a cabeça.

— Justo. Bom, vamos?

Olhando para a frente na direção dos nossos colegas de corrida, respiro fundo, jogo a franja molhada para longe dos olhos e faço um movimento com a cabeça concordando.

— Não nos pegará, Colégio Assassino.

— Duas vítimas a menos para a lista — Perry concorda, e lá vamos nós.

É difícil acreditar que estou aqui há quase uma semana. Também é difícil acreditar o quão rápido comecei a me sentir em casa.

Tá bom, não em casa exatamente. Mas tem algo sobre estar aqui que fez com que eu sentisse, finalmente, que achei um lugar para ser Bem Eu. A Millie mais Millie de todas. Eu adoro de verdade ter aulas em salas que têm centenas de anos. E, por mais que eu não goste de correr –, alguém deveria correr se não está sendo perseguido por um urso? – preciso admitir, enquanto olho ao redor para as colinas se erguendo em direção às nuvens, que isso é, de longe, muito melhor do que a academia do Colégio Pecos.

Parando no caminho, eu coloco as mãos na lombar e respiro fundo, com o peito doendo tanto de correr quanto de ver quão lindo é isso tudo. Do cheiro de chuva e das pedras sobre meus pés. De...

— Você não vai começar a chorar, né?

Eu me viro para ver Flora se arrastando pelo caminho atrás de mim com um cigarro na mão. Ela está vestindo o mesmo casaco e a mesma calça de moletom que eles deram a todos nós para o "exercício diário", mas ela fica muito melhor nessas roupas do que eu.

— Não — respondo, mesmo que eu estivesse me sentindo um tantinho emotiva.

— Cantar, então? — ela diz, levantando uma sobrancelha. — Definitivamente não vai cantar, né?

— Sem cantar, sem chorar, só ficar parada aqui, cuidando da minha vida — respondo, me virando para observar a paisagem à minha frente.

Sinto uma vontade repentina de estar usando minhas botas de caminhada e meus jeans, com minha bússola em mãos. Eu poderia passar horas aqui, explorando os morros. É para isso que eu vim para a Escócia.

Flora dá um suspiro atrás de mim, e ouço o cascalho sendo pisoteado, então ela provavelmente está apagando o cigarro. Eu não sei porque não vou me virar para olhar, porque estou fingindo que ela não está aqui. Sou apenas eu, aqui, na Escócia, em comunhão com…

— Sério, tem certeza de que não vai cantar?

Estreitando os lábios, me viro para olhar para Flora, que se acomodou ao meu lado.

— Tenho — respondo irritada. — Na verdade, estou tentando aproveitar o silêncio.

Faço questão de enfatizar a última palavra, na esperança de que ela entenda o recado, mas Flora apenas cruza os braços sobre o peito e volta a parecer entediada.

— Esse nem é um dos melhores lugares nas Terras Altas, sabe. Glencoe, Skye… esses são lugares dignos de admirar.

— Bom, vou me certificar de visitá-los — digo, mal conseguindo não cerrar os dentes —, mas aqui é agradável também.

Flora ri de deboche.

— Você disse que é de onde mesmo?

— Texas.

— Ahhhh, isso, agora as coisas fazem mais sentido.

— O que isso quer dizer? — pergunto, e Flora dá um peteleco numa bolinha em seu uniforme.

— Só que você não está acostumada a paisagens como essa.

Tá bom. Bom, isso é verdade, mas ainda soa que foi dito com maldade, então me viro para longe dela.

Talvez, se eu não disser nada, ela vai embora? Certamente ser ignorada é um dos piores pesadelos de Flora.

Então observo e ignoro enquanto Flora fica parada ali e me olha, e eu posso praticamente ouvir as engrenagens de sua cabeça se movimentando em busca de algum tipo de comentário provocativo. Nós nos mantivemos fora do caminho uma da outra ao longo dessa primeira semana, mas definitivamente existe uma tensão fermentando em nosso quarto. Eu ainda não sei o que ela quis dizer com aquele papo de "não serei sua colega de quarto por muito mais tempo", e não me importei em perguntar.

Finalmente, Flora revira os olhos e começa a correr meio arrastada de volta à trilha.

— Já posso dizer que esse será um semestre alucinante — ela diz em voz alta, o sarcasmo praticamente escorrendo de sua boca.

Assim que acaba a sessão de tortura da manhã e estou de banho tomado e de volta ao meu uniforme, vou à primeira aula do dia, História Europeia, com o dr. Flyte. Ele parece ter nove mil anos de idade, o que talvez explique ele ser tão bom em história – ele viveu tudo.

Levei uma semana para começar a entender o sotaque dele. Ele é inglês, não escocês, mas cada palavra se espreme da boca fechada e ele não conhece uma única vogal que não goste de esticar além do seu formato natural. Agora, de pé na frente da turma, com as mãos nas costas, suas sobrancelhas prestes a levantar voo, eu olho para meu caderno e rabisco os "????" depois de "William" para adicionar "o Conquistador".

O dr. Flyte continua falando em tom monótono e eu continuo escutando o melhor que posso, mas é difícil fazer isso quando ainda quero olhar ao redor. Essa aula está acontecendo no que eu acho que costumava ser um escritório. As janelas dão para o jardim interno do prédio, então não entra muita luz. A sala tem apenas algumas luminárias, aumentando a atmosfera sombria e, mesmo sentados em carteiras normais, não há quadro branco ou projetor, nenhuma bandeira perto da porta, nenhum cartaz nos lembrando de datas históricas importantes. É como se o único esforço que eles fizeram para transformar esse lugar num colégio tivesse sido jogar algumas carteiras nas salas e pronto.

E eu gosto.

A aula termina e as anotações de hoje têm apenas alguns "????", então considero isso uma vitória enquanto saio da sala, mas imediatamente estou rodeada por Glamazonas.

Tá bom, talvez "rodeada" seja um exagero quando são apenas duas delas, mas elas são extremamente altas e têm cabelos extremamente brilhantes e, quando olho para elas, percebo que são as duas garotas que tenho visto acompanhando Flora.

— Oi — digo, apontando entre elas. — Eu só preciso passar por aqui...

Mas a morena se aproxima da loira, fechando minha saída.

Então vai ser assim.

— Caroline — a loira diz —, essa não é aquela americanazinha que tomou o lugar da Rose?

— Hummm — a morena diz, fingindo pensar. — Sabe de uma coisa, Ilse? Acho que é ela!

Algumas pessoas ainda estão passando por nós, e eu dou uma olhada na esperança de ver Sakshi ou Perry na multidão. Ou qualquer um que não se pareça com uma supermodelo determinada a dar uma de Meninas Malvadas para cima de mim.

Mas todo mundo que passa por nós parece agressivamente focado em não olhar na nossa direção, e percebo que estou sozinha nessa.

— Tenho certeza de que não tomei o lugar de ninguém — digo, e então tento me esgueirar para fora dali de novo. — Então eu vou sóóóó passar...

— Eles só oferecem uma bolsa integral por ano, sabia disso? — Caroline pergunta.

De perto, seus traços são um pouco duros demais para deixá-la bonita, mas há algo na maneira como ela se porta, com os ombros alinhados e o queixo erguido, que a faz parecer mais imponente do que é.

— Não sabia — digo, ainda procurando uma saída.

Ser a Nova Millie Que Enfrenta As Pessoas só tem me arranjado problemas até agora, então vou voltar para a Millie Que Evita Esse Tipo de Coisa daqui em diante.

Mas não aguentei e completei:

— Eu ganhei a bolsa, mas sinto muito que...

Reagindo com escárnio, Ilse se aproxima:

— *Ganhou*. A família da Rose tem enviado estudantes pra Gregorstoun desde sempre. Essa é a primeira vez que não há um Haddon-Waverly na escola.

— Graças a você — Caroline complementa. — Ela ficou arrasada quando descobriu que eles decidiram dar a bolsa a uma oportunista de lugar nenhum.

Fiquei boquiaberta diante delas. Oportunista? Estamos nos tempos Vitorianos? Elas acham que eu estava vendendo flores em alguma esquina?

— Por que alguma amiga de vocês precisaria de uma bolsa? Vocês não têm rios de dinheiro por causa de... camponeses? E opressão?

Caroline estreita os lábios enquanto cruza os braços sobre o peito e me encara.

— Você não tem mesmo a menor ideia de como as coisas funcionam, né?

Dando um longo suspiro, mudo a bolsa cheia de livros para o outro ombro.

— Não, pode acreditar. Agora, *por favor*, posso passar?

Junto as palmas das mãos, apontando para o filete de espaço entre elas, e Ilse se aproxima.

— Meu Deus, Flora não estava brincando quando falou de você.

Ótimo, então estamos na parte em que "insinuam que alguém disse algo ruim sobre você" nessa situação toda, e estou prestes a responder que não me importo com o que Flora disse quando ouço a voz de Sakshi, sobressaindo-se alta e clara.

— Vocês duas já terminaram?

Caroline e Ilse se viram para dar de cara com os cento e oitenta centímetros de Sakshi ali em pé, seus longos cabelos escuros caindo sobre os ombros e a expressão mais perfeitamente entediada e desdenhosa no rosto. É tão boa que eu anoto mentalmente para me lembrar de começar a praticá-la em frente ao espelho. Sinto que vou precisar dessa expressão.

Para a minha surpresa, funciona com Carolina e com Ilse também. Elas me enviam alguns olhares maldosos, mas se esquivam para fora dali sem maiores comentários espertinhos e Saks espana as mãos como se tivesse acabado de completar uma tarefa desagradável, porém necessária.

— Essas duas — ela diz sacudindo a cabeça, e então dá um passo à frente, a expressão preocupada ao tocar no meu braço. — Você está bem?

— Sim — respondo, sorrindo. — Eu ia a um colégio enorme no Texas, então meninas malvadas não são novidade. E, sinceramente, a tentativa delas de bullying foi quase... singela?

Isso faz Saks sorrir, e ela entrelaça o braço com o meu enquanto andamos pelo corredor.

— Eu não acredito que elas ainda estão chateadas por causa da Rose Haddon-Waverly. Já foi, já passou, foca o presente, meu Deus do Céu.

Ela diz tudo com um abano da mão e eu olho para ela.

— Então você ouviu?

Sakshi sacode a cabeça.

— Eu só supus que o assunto era esse. Era meio que um assunto nos nossos círculos, a Rose não entrar — ela dá outro suspiro exagerado. — O pai dela perdeu a fortuna da família em algum fiasco com cavalos alguns anos atrás.

Eu nem pergunto o que "fiasco com cavalos" pode significar aqui, porque não estou certa de que quero saber, mas pergunto o seguinte:

— Então tem gente pobre e fina misturada com gente rica e fina?

Saks acena com a cabeça.

— Mais do primeiro tipo do que você imagina. Não eu, claro, meu pai é dono de metade da Belgravia. E nem Caroline ou Ilse. Ou Perry. É por isso que ele provavelmente vai se casar com uma pop star ou algo do tipo, apesar de todo...

E ela abana a mão novamente, dessa vez acho que para ilustrar tudo que diz respeito a Perry.

Então Saks olha para mim e dá um tapinha em minha mão.

— Mas não se preocupe. Você vai entender as coisas em algum momento.

Ela abre um largo sorriso para mim e sorrio de volta, mesmo pensando, "não espere muito de mim, Saks". O restante do dia passa como sempre – aulas, uma pausa bizarra para o chá das quatro da tarde, à qual eu ainda me esforço para me acostumar, mas lá pelas seis da tarde estou de volta no quarto, lendo *The Mill on the Floss* e dando o meu melhor para ignorar o barulho do computador de Flora.

O que é uma tarefa e tanto, considerando que ela está batendo naquele teclado com tanta força que é como se estivesse imaginando meu rosto nele.

Meu próprio computador está aberto sobre a cama porque estou esperando Lee me ligar no Hangouts e, quando ouço um som de *bloop*, fecho o livro e já me sento com um sorriso.

Mas então eu vejo a mensagem no Hangouts.

Não é o Lee.

É a Jude.

E só uma palavra digitada.

Oi?

Aquele ponto de interrogação faz com que eu franza a testa para a tela, meus dedos indecisos sobre o teclado. Vou responder? Por que ela está me mandando uma mensagem agora? Será que ela...

— Toc-toc — uma voz chama.

Levanto o olhar e Noooossa Senhora. O garoto de pé na nossa porta é gato como um modelo, com aqueles cabelos num tom escuro de ruivo e olhos azuis cintilantes. Ele está vestindo um suéter verde com o melhor par de jeans já criado, e o encaro sem reação, tentando adivinhar de onde saiu um cara tão lindo assim.

Então eu me dou conta.

Ele deve ser o namorado de Flora. Eles combinam muito bem juntos para que ele seja qualquer outra coisa que não dela. Provavelmente é filho de um duque ou visconde ou algo do tipo.

E, como imaginei, Flora pula da cama com um grito, fechando o notebook.

— Seb!

Eu a observo se lançar através do quarto direto nos braços dele, e as expressões de ambos se transformam em algo realmente... doce.

Tipo, eles são assustadoramente lindos, mas sorriem feito bobos um para o outro, e percebo que, por mais que os dois sejam atraentes, não há química entre eles. Eles parecem quase...

— Quem é essa? — Seb pergunta, olhando para mim sobre o ombro de Flora, e Flora se vira para me direcionar seu tradicional olhar de desdenho.

— Colega. Quint — ela diz, parecendo que, se usasse mais palavras para me descrever, sentiria uma dor física.

Ótimo.

— Bom, Colega Quint — diz Seb, andando em minha direção com a mão estendida. — Sou o Irmão Seb. — E então ele abre um sorriso, uma covinha se formando em sua bochecha. — Irmão Seb, isso me faz parecer um monge.

Rindo com deboche, Flora dá um tapa no braço dele.

— E você seria um monge horrível.

Ainda estou presa no "irmão". Esse é o irmão de Flora? Eles parecem ter a mesma idade, claro, mas não se parecem tanto, apesar de ambos terem sido abençoados pela Fada do Gene.

E eu logo me lembro de que ele não é apenas irmão dela.

— Vocês são gêmeos, né? — pergunto, apertando a mão de Seb.

Sua pele é quente e macia e tenho certeza de que muitas garotas já sentiram arrepios com um toque dele.

— Nós não nos parecemos muito, eu admito, mas somos gêmeos, de fato — ele diz antes de sorrir para Flora. — Ela é três minutos mais velha e nunca me deixa esquecer isso.

Então ele olha para a gente com um brilho levemente perigoso em seus olhos.

— Então — ele diz com um sorriso de canto de boca —, vocês duas estão prontas pra se divertir?

CAPÍTULO 12

— É sexta-feira — digo no impulso, e Flora e Seb se viram para me olhar.

Seb sorri de leve, seus dentes praticamente brilhando enquanto ele coloca as mãos nos bolsos de trás da calça.

— Sim, é — ele diz, levantando um ombro. — Mas é só um pulo no pub. Eu não te manteria na rua até tarde, Colega Quint.

Os olhos de Flora ficam semicerrados e sinto minhas bochechas corarem. Repentinamente, a queda de Sakshi por Seb faz muito sentido para mim, mas ainda não vou sair vagabundeando por aí... seja lá onde for com esses dois.

Sou uma seguidora de regras por natureza. Eu nunca desobedeci a horários, nunca matei aula no colégio e nunca fui a um bar.

E a mensagem de Jude continua na minha tela, à espera.

Então agora eu apenas pego o livro sobre a cama e o balanço um pouco.

— Dever de casa — digo. — Mas vocês dois se divirtam.

— Te falei — Flora diz num tom de voz baixo para Seb, e imagino que isso signifique que ela já disse para ele o quanto sou entediante.

Não me importo.

Então ela se aproxima do irmão.

— Estão todos aqui?

Seb balança a cabeça, o que tem o efeito de soltar uma quantidade perfeita de cabelo, fazendo-os cair sobre a testa.

— Nem todos. Spiffy, Dons e Gilly estavam livres, mas Sherbet está ocupado com o colégio e Monters, claro, está morto.

Fico sem reação ao ouvir isso, mas Flora apenas revira os olhos.

— Ele não está morto, e Caroline disse que ele voltou para a Escócia.

— Não, ele está extremamente morto, e é tudo muito trágico, mas estou seguindo em frente. De qualquer maneira, Monters não seria de ajuda alguma neste momento.

Flora pensa no que o irmão disse, inclinando a cabeça para o lado antes de concordar e jogar o cabelo para trás dos ombros:

— Isso é verdade.

— Que seja. Dois é melhor do que nada, acho. Vamos?

Eu finjo que estou lendo enquanto observo Flora pegar uma jaqueta de couro cinza que estava no encosto da cadeira, vestindo-a sobre o suéter e os jeans que ela colocou mais cedo. Então ela entrelaça o braço com o de Seb e eles saem, a porta fechando-se atrás dos dois.

Solto um suspiro de alívio e jogo o livro para o lado, passando minha atenção de volta para o notebook. Talvez eu só responda com um "oi" também. Ou eu poderia mandar uma mensagem para Lee e perguntar o que ele acha. É o que vou fazer.

Eu abro uma aba diferente para escrever para o Lee, mas algo me perturba no fundo da minha mente e, depois de um segundo, percebo que é um Alerta de Amizade.

Saks.

Ela talvez nem saiba que o Seb está aqui e, se eu contar que ele não apenas está aqui, mas veio ao meu quarto e me convidou para sair, ela nunca vai me perdoar. Além do mais, estou devendo uma a ela por ter me resgatado hoje.

Droga.

Eu hesito por apenas um segundo antes de fechar o notebook.

Revirando os olhos para mim mesma, solto um grunhido e saio para o corredor.

— Ei — chamo, e Flora e Seb se viram, quase ao mesmo tempo.

Imagino se eles treinaram para fazer isso, estontear as pessoas com a beleza de seus rostos.

— Eu, é... Eu acho que vou com vocês, no fim das contas — digo, e então, em uma tentativa de parecer casual, boto a mão na cintura. — Tudo bem se eu chamar a Sakshi?

— Saks Worthington? — Seb pergunta, seu rosto se abrindo num sorriso descontraído. — Com certeza.

Flora levanta as sobrancelhas.

— Espera, você e Sakshi são amigas mesmo? Eu achava que ela tinha te adotado como mais um dos projetos de caridade dela.

Que agradável.

— Acredite ou não, amigas de verdade — respondo, sem fisgar aquela isca. — Então posso levá-la?

Flora olha para o irmão.

— Seb — ela começa, mas ele a agarra pelos ombros, sacudindo-a de leve.

— Quanto mais gente melhor, minha irmã!

O lábio superior de Flora se curva um pouco, mas ela me olha e, dando de ombros com indiferença, finalmente murmura:

— *Okay*, tanto faz.

Essa é toda a permissão de que eu preciso, e passo pelos irmãos reais para descer apressada até o segundo andar.

Sakshi abre a porta na minha segunda batida, os cabelos penteados para trás e uma máscara facial no rosto.

— Millie! — ela exclama. — O que...

— *Sebtáaquiequersair* — digo num fôlego só, mas, graças a Deus, em apenas uma única semana de amizade, Saks é capaz de interpretar a Millie Nervosa.

Segurando um dedo em frente ao meu rosto, ela diz:

— Vinte. Segundos.

A porta se fecha e fico ali do outro lado, de boca aberta para a madeira porque não é *possível* que...

A porta se abre novamente e ali está Saks, vestindo um par de jeans perfeito, uma camiseta curta o suficiente para mostrar sua barriga sarada e sem sinal da máscara facial. De fato, ela parece estar...

— Como você conseguiu maquiar o rosto inteiro tão rápido? — pergunto, intrigada, e Sakshi me corta.

— Prática. Agora, onde ele está?

— Onde está quem?

Nos viramos e vemos Perry em pé no corredor com dois doces nas mãos. Sinceramente, eu não sei como Perry é tão magro, considerando que ele come tudo que vê pela frente, mas agora ele tira as migalhas de seu *jumper* – aprendi que é assim que eles chamam os suéteres por aqui – e nos encara.

— Seb — Saks conta para ele. — Seb está aqui com Flora e eles vão para a vila beber.

Olhando para os lados, Perry murmura:

— Bom, então eu também vou — e enfia os doces num vaso de planta.

Com a mão na cintura, Sakshi dá um olhar para ele.

— Se você me atrapalhar, Peregrine...

Ele levanta as duas mãos com as palmas para cima.

— Quem está atrapalhando quem? Eu só quero me divertir com a realeza, só isso.

Não sei se a presença de Perry será tão bem-vinda quanto a de Sakshi, mas eu concordo, apontando para os dois.

— Ótimo, ótimo, essa noite estamos todos vivendo como a outra metade vive. Agora podemos ir?

Seb e Flora estão esperando perto da porta e eu sinto que, se tivéssemos demorado mais dez segundos, Flora já teria puxado Seb para fora e nos deixado para trás, mas ele abre um sorriso quando nos vê e até oferece a mão para Perry.

— Fowler, né? — ele pergunta, e Perry fica vermelho, movimentando entusiasmado a cabeça em afirmação.

— Sim, sim. Fowler. Sou eu!

Quando Seb se vira, Perry comenta olhando para nós, boquiaberto.

— Ele sabe meu nome!

— Você é tão deprimente — Saks responde, indo atrás de Seb e Flora.

Há dois carros estacionados na entrada, um Land Rover brilhante e um carro esporte minúsculo, mas com aparência de ser caro. Os garotos no Land Rover se inclinam para fora da janela. Um deles tem cabelos quase tão vermelhos quanto os de Perry, e ele acena ao nos aproximarmos.

— Flo! — ele chama e eu lanço um olhar para Flora.

Aposto que ela não curte que as pessoas a chamem de Flo. Flora é tão...

— Gilly! — ela acena, abrindo um sorriso largo, e então larga o braço de Seb para correr até o Land Rover, seu rabo de cavalo balançando.

Tudo bom, então talvez ela seja mais tranquila do que eu imaginava.

O garoto inclinado para fora da janela a abraça, enquanto os garotos de cabelo escuro no banco de trás gritam "Flo!".

— Seguinte, parceiros — Seb diz a eles, se aproximando a passos largos com as mãos no bolso. — Vocês vão na frente para o pub e garantem aquela mesa que eu gosto. Vou levar esse povo.

Ele aponta para a gente com o polegar, e me inclino para a frente para perguntar a Saks:

— A gente vai se meter em encrenca por causa disso? Por sair do território do colégio?

Perry me responde:

— Contanto que a gente não mate aula e não vá além da vila, tudo bem pra qualquer um do Ano 13. É parte dessa experiência toda de Gregorstoun. Aprender a fazer escolhas responsáveis.

Não estou certa de que se enfiar no banco de trás do minúsculo carro esporte de Seb conta como "responsável", mas é isso que eu me vejo fazendo, apertada entre Perry e Saks enquanto Flora se senta no banco da frente.

Eu tenho uma vaga memória de passar pela vila a caminho do colégio, mas, para ser honesta, naquele dia minha cabeça era um enxame de pânico e nervosismo, então mal me lembro. Agora, a caminho da vila, espremida no banco detrás do minúsculo carro de Seb, eu tenho um pouco mais de tempo para admirar o cenário.

O colégio fica acima do restante de Dungregor, a vila de fato fica num vale, o que torna todas as pequenas lojas e casas ao longo da estrada principal particularmente charmosas e aconchegantes. Como uma pequena caixinha de joias bem guardada longe do restante do mundo.

É fim de tarde e a luz adquire uma coloração dourada suave que desliza sobre os morros íngremes. Há um pouco de neve bem no topo de alguns dos picos mais altos, e me lembro de que não vai demorar muito para que eu esteja naqueles morros, durante o Desafio.

Seb dá um suspiro.

— Jesus Cristo, esse lugar é deprimente — ele murmura. — Eu sempre me esqueço.

No banco do carona, Flora se vira para olhar para ele.

— Já está com saudades, Sebby? — ela pergunta docemente, e ele ri de deboche.

— A única coisa que sinto falta de Gregorstoun é que eu não estava sob a vigilância da mamãe quando estava lá.

Isso faz com que Flora dê um sorriso de canto de boca, e ela se vira em direção à estrada de novo.

— Bom, se você não tivesse agido que nem moleque, não teria sido convocado a voltar pra casa.

Sakshi está apertada à minha esquerda, seus joelhos praticamente nas orelhas porque esse carro não foi construído para Glamazonas, e ela me cutuca com o cotovelo, me lançando um olhar cheio de significado.

Mas como eu não faço ideia do que aquele olhar quer dizer, o significado se perde, e Sakshi sorri para mim daquele jeito como se sentisse pena, o sorriso que eu vejo toda vez que reforço minha situação de Colona Ignorante.

Dando um tapinha no meu joelho, ela diz só mexendo a boca: "*Explico mais tarde*".

Eu realmente mal posso esperar.

Tento voltar a atenção para a vila, mas agora Perry está se agitando do outro lado de Sakshi.

— Eu fui pra St. Edmund por um tempo — ele diz. — Mas minha mãe achou que eles eram lenientes demais comigo, então fui mandado pra Gregorstoun alguns anos atrás.

Seb encontra os olhos dele pelo retrovisor e um lado de sua boca se curva num sorriso. Flora e ele realmente não se parecem muito, mas aquele sorriso... Aquele é, com certeza, um sorriso de Flora, um que eu vi se formar em seu rosto inúmeras vezes nas últimas semanas.

— Gregorstoun deve ter sido um mundo completamente novo pra você, então, cara — Seb diz com a voz arrastada, e as bochechas de Perry se acendem de tão coradas enquanto ele ri sem jeito.

— É, foi sim, cara — ele diz, em uma tentativa de formar uma Camaradagem Masculina, eu imagino.

Flora se vira para o irmão para perguntar alguma coisa e, enquanto ela faz isso, Perry se inclina sobre os quilômetros de pernas de Sakshi para sussurrar:

— Que inferno, eu sou *hétero*, e essa é segunda vez que ele me deixa corado. Ele deve ser uma ameaça para as garotas.

Eu tento segurar a risada pressionando os lábios, mais por causa da expressão levemente escandalizada de Perry do que da ideia de Seb ser uma ameaça, mas Sakshi só parece confusa.

— Espera, você é hétero? — ela pergunta, e Perry se apruma, seu olhar disparando para o banco da frente.

Flora e Seb ainda estão conversando, imersos naquela bolha que eu já vi Flora criar antes, um espaço em que ela pode fingir que nós, reles mortais, não existimos.

— Sou — Perry diz baixinho. — Espera, você não achava que eu era...? Saks, a gente se conhece desde os *cinco* anos. Como é que você não sabia disso?

Sakshi levanta os ombros com elegância.

— É difícil dizer por causa do seu *tipo*, pra ser sincera.

— Meu tipo? — Perry repete, horrorizado, e Sakshi abana com a mão.

— Você sabe. Aristocratas pálidos e magrelos.

— Magrelos?

Perry está prestes a se engasgar na própria raiva, mas ainda bem que o carro está parando numa vaga bem em frente ao maior dos prédios brancos pelos quais nós passamos, um lugar com os dizeres THE RAMSAY ARMS pintados em grossas letras marrons de um lado.

Seb abre a porta e sai do carro, se vira para dobrar o assento da frente e me oferece a mão dizendo:

— Senhorita?

Fico corada quando coloco minha mão na dele, deixando que me ajude a sair do carro.

— Obrigada — murmuro, e ele pisca para mim antes de se encostar na porta aberta do carro, com o cotovelo dobrado.

Ele realmente é... ridiculamente atraente, e quando olho para o outro lado do carro, vejo Sakshi já na calçada, praticamente se derretendo enquanto olha para ele.

Perry está ao lado dela, com o rosto ainda vermelho e os braços cruzados e apertados sobre o peito.

— E então, a gente vai entrar ou vamos ficar aqui enquanto o Google Earth tira fotos? — ele pergunta, acenando com a cabeça para Seb, e Sakshi dá uma cotovelada forte em suas costelas.

— Peregrine! — ouço ela dizer, e então percebo que ela fala sério. Ela não usa o nome completo dele a não ser em casos de emergência.

Perry fecha a cara, zangado, massageia onde foi atingido, e então lança um olhar sombrio para Seb.

Mas Seb apenas dá outro sorriso para mim.

— Vamos, Colega Quint? — ele pergunta, me oferecendo o braço. Depois de um segundo, eu aceito.

CAPÍTULO 13

— Meu nome é Millie — digo a ele quando andamos em direção ao pub. — Flora só me chama pelo sobrenome porque...

— Porque ela está tentando te manter a distância — ele completa. — Clássico da Flo. Ninguém consegue ser amigo dela até que tenha atravessado mais ou menos cem obstáculos, a maioria deles em chamas.

— Isso não é... nem remotamente perto do que eu ia dizer — digo a ele, olhando de relance para Flora.

Ela está desfilando em direção ao pub. Não há outra palavra para descrever o balanço que ela coloca no quadril ou o modo despreocupado com que ela avança pelo caminho liderando o grupo, sabendo que todos nós a seguiremos.

Então percebo que estou praticamente encarando Flora e acordo do transe, focando a porta de madeira adornada na minha frente.

O pub é basicamente tudo que imaginei que um pub escocês seria – e, acredite em mim, eu passei muito tempo imaginando pubs escoceses. Tenho uma pasta no Pinterest e tudo.

O carpete é bem escuro, com uma estampa apagada demais para eu distinguir o que é depois de tanto tempo (e, imagino, depois de tantos pés e cervejas derrubadas), mesas aconchegantes e um monte de espelhos que também servem de propagandas de uísques e cervejas, as marcas pintadas ao redor das molduras em tinta já descascada. Eu também noto algumas pinturas das Terras Altas, algumas com veados e um ou outro homem de kilt.

Mas mal tenho tempo para absorver tudo porque Saks já está me empurrando em direção a uma mesa circular no canto enquanto aponta Perry para o bar.

— Pede a primeira rodada — ela sussurra para ele e Perry faz uma cara emburrada.

— Por que eu tenho que pedir? — ele sussurra de volta. — Eles que são os ricos. Bom, os *mais* ricos.

— Perry!

Não sei o que é exatamente que faz com que dizer o nome dele dessa maneira tenha um efeito tão forte em Perry, mas ele solta um suspiro e vai ao bar, seguindo a ordem.

— Eu quero um refrigerante! — grito para ele, mas não acho que ele ouviu.

Os garotos que estavam com Seb em Gregorstoun já estão na mesa. Bom, o cara loiro está. Os outros dois, de cabelo escuro e que parecem gêmeos, estão jogando dardos. Saks e eu nos sentamos. Flora e Seb se sentam cada um numa ponta, como se fossem suportes de livros humanos.

Limpando a garganta, Saks se inclina para a frente um pouco, abaixando a cabeça.

— Então, Seb — ela diz —, você sente falta de Gregorstoun?

Ele sorri para ela.

— Não muito, mas o cenário não era tão bonito quando eu estudava lá.

Sakshi sorri de volta, brincando com o cabelo, e Perry escolhe esse momento para voltar à mesa, de alguma maneira conseguindo carregar os vários copos ao mesmo tempo. Deve ser uma habilidade que eles ensinam aos garotos daqui.

— Millie — ele diz para mim, e pego o copo de refrigerante das mãos dele.

Aparentemente ele me ouviu, porque todo mundo, menos eu, tem um copo de cerveja. Bom, todo mundo menos Saks, que está tomando uma sidra de pera cujo doce aroma flutua em minha direção quando ela gira o copo nas mãos.

Seb toma um gole de sua cerveja e faz uma careta.

— Jesus, cara, o que é isso? — ele pergunta.

Perry se afunda no assento.

— Especialidade local, eles falaram.

— Mijo de ovelha? — Seb pergunta sacudindo a cabeça e saindo da mesa. — Vou ver se eles têm Stella ou algo do tipo.

Enquanto ele anda até o bar, eu observo que Saks o encara com um brilho nos olhos.

— Ele não parece ser mais a bagunça que era antes — ela comenta, e Flora ri de deboche, pegando seu copo de cerveja escura.

— Ele só melhorou em disfarçar — ela diz, e Saks dá de ombros, alegre.

— De qualquer maneira, está valendo. E agora — ela continua falando, dando um tapinha na minha mão —, vamos achar um gatinho local pra você. — Ela dá uma piscadela, seus longos cílios batendo. — Você nunca quis saber o que existe por baixo do kilt de um escocês?

Eu giro o copo de refrigerante morno nas mãos, sorrindo sem muita vontade.

— Por mais intrigante que pareça a solução desse mistério, na verdade, eu não estou interessada em me envolver com ninguém agora.

— Ela não disse se envolver. — Flora entra na conversa, se inclinando para a frente de maneira que seu suéter cai no ombro, revelando a alça de um sutiã rosa-choque. — Mas não há mal nenhum em provar dos produtos locais de maneira casual, Quint. Divirta-se um pouco.

Luto contra a vontade de encarar Flora, porque sinto que faço tanto isso que meu rosto pode ficar paralisado nessa expressão. Em vez disso, falo:

— Também não tenho interesse em provar. Eu terminei com alguém recentemente.

Tecnicamente, Jude e eu não terminamos, já que tecnicamente a gente nunca "começou", mas é a maneira mais fácil de explicar o que aconteceu entre a gente.

Oi?

Ainda posso ver a palavra em meu notebook, mas afasto o pensamento para longe.

Esse pessoal não precisa saber tudo sobre essa história triste. Eu só espero que isso seja uma desculpa aceitável para desfrutar do meu refrigerante em paz e tranquilidade, em vez de jogar *Tumble in the Heather* com algum cara local aleatório.

Mas Saks me olha com uma cara exageradamente triste, os cantos de sua boca curvando para baixo, fazendo um beicinho. Em qualquer outra pessoa, eu acharia que ela estivesse zoando com a minha cara, mas tudo que Saks faz é um pouco exagerado, então isso parece sincero.

— Pobre coitado — ela diz, dando um tapinha na minha mão de novo. — Qual era o nome dele?

Ah. Aqui vamos nós. Eu passei algum tempo pensando sobre esse momento antes da viagem. Como contaria para as pessoas sobre essa situação de eu ser bi. Eu não estava fora do armário em casa. Quer dizer, Lee e Darcy sabiam, Jude obviamente sabia, mas não era um assunto que tinha vindo à tona. Antes daquela coisa toda com a Jude, eu tinha me envolvido apenas com dois garotos, Matt Lawrence, no primeiro ano (por dois meses inteiros), e Diego Lopez, no ano seguinte (*quatro* meses inteiros). Mas, na Escócia, decidi que, se o assunto surgisse, eu seria sincera. Até mesmo casual. Como se essa fosse a minha chance de ser eu mesma por completo, eu acho.

Então apenas dou de ombros.

— O nome *dela* era Jude — digo, e o olhar de Flora pousa em mim por um segundo antes de ela voltar a observar os outros clientes com aquela expressão entediada tão cuidadosamente treinada que ela faz tão bem.

— Ah, então quando você decidir voltar a se envolver com alguém, precisamos te achar uma moça em vez de um rapaz, entendido. — Saks está animada, abre um sorriso ao se levantar, e não consigo não rir um pouco enquanto balanço a cabeça.

— Podem ser rapazes, também — digo a ela. — Gosto de rapazes e moças, em geral, mas não estou interessada em nenhum dos dois no momento. Eu vim aqui pra estudar, não namorar.

— Dá pra fazer as duas coisas, sabe — Flora, de novo. Ela está recostada no assento da mesa, com os braços cruzados sobre o peito. — Da última vez que conferi, Gregorstoun não era um convento.

— Do jeito que é, poderia ser — Saks diz, olhando para trás em em busca de Seb, que está em pé no bar.

Tem uma garota loira ao lado dele e, enquanto observamos, Seb encosta no balcão e solta um sorriso tão potente para ela que aquilo deveria ser classificado como uma arma.

Flora segue o olhar de Saks e então ri levantando o copo até os lábios.

— Você pode conseguir coisa bem melhor do que o meu irmão — ela diz depois de acabar com um terço do copo.

Impressionante, e também o oposto de um comportamento de princesa.

— Melhor do que um príncipe? — Saks diz com escárnio e Flora concorda com a cabeça.

— Melhor do que um príncipe tolo, sim. Eu adoro o Seb, óbvio, mas ele daria um péssimo namorado, eu não desejaria isso pra nenhuma mulher.

Alguém ligou o som agora, e uma música antiga da Kylie Minogue começa a tocar pelo pub escuro.

Eu tomo um gole do refrigerante, imaginando quando poderemos ir embora, e então um garoto aparece de repente em nossa mesa.

Olhando para mim.

Ele é atraente o suficiente, com cabelos escuros caídos sobre a testa, e me oferece a mão.

— Quer dançar?

Olho ao redor.

Mas ele está falando comigo? Estou sentada numa mesa com duas deusas, mas sou eu, a morena baixinha vestindo uma camiseta com os dizeres NÃO FAÇA POUCO QUARTZO DE MIM!, a garota que ele quer chamar para dançar?

Dou um sorriso sem graça para ele, sacudindo a cabeça.

— Não, obrigada.

Mas aparentemente eles não desistem tão fácil por aqui, porque ele estende a mão para pegar no meu braço.

— Tem certeza?

— Tenho certeza! — respondo, olhando ao redor.

Saks e Perry estão falando um com o outro em voz baixa, completamente alheios ao que está acontecendo, e Flora apenas observa, provavelmente porque está entediada.

— Ah, vamos lá, gata — o garoto insiste, e estou quase me levantando porque, a essa altura, dançar com ele seria mais fácil do que continuar negando, mas, para minha surpresa, Flora se inclina sobre a mesa.

— A palavra "não" é algum tipo de conceito estranho aqui na Terra dos Comedores de Ovelha?

Ela pergunta com olhos muito abertos e um tipo de curiosidade fingida, mas há certa acidez por trás das palavras e um brilho em seu olhar que o garoto claramente também percebe. Seu rosto fica corado, manchas avermelhadas brotando em suas bochechas.

Tirando a mão do meu braço, ele dá um passo para trás.

— Calma, docinho — ele diz, as palmas para cima. — Eu só chamei ela pra dançar.

— Certo, mas você insistiu depois que ela disse não, o que é, imagino, a origem da minha confusão.

— Flora — digo, mas agora os amigos de Seb estão olhando para a gente, os dois caras de cabelos escuros e o loiro, Gilly, e percebo um... brilho nos olhos deles que não gosto.

— Eu não quero problema — o garoto diz. Ele também viu os amigos de Seb.

Mas é Flora que eu observo, seus lábios se curvando quando ela diz:

— Então você escolheu se meter com as pessoas erradas, cara.

E então ela coloca dois dedos na boca e faz o assovio mais estridente que já ouvi. Eu me retraio de dor, os ombros subindo até os ouvidos, e meu olhar vai em direção à porta. Por mais estranho que possa parecer, estou quase imaginando se algum tipo de Matilha da Guarda Real vai entrar a galope, arrastando o pobre garoto para fora. Lobos de caça, talvez.

Mas o assovio não está conjurando problemas do tipo canino. Em vez disso, os três amigos de Seb de repente se apresentam. Eles estão todos com os rostos levemente corados e um pouco mais amarrotados do que quando chegamos.

No bar, eu vejo Seb olhar na nossa direção e seus lábios se apertarem com desagrado por apenas um segundo antes de ele dar de ombros, jogar fora o resto da cerveja, e então... tocar a ponta do nariz da loira com seu dedo indicador.

Em vez de segurar o dedo dele como ela obviamente deveria fazer, a loira dá uma risadinha, mudando de posição e inclinando a cabeça de maneira que seu cabelo cai na frente do rosto.

— Ah, pelo amor de Deus — Saks murmura, observando os dois, mas então Seb está caminhando de volta todo pomposo, com as mãos nos bolsos.

— Sério? — ele pergunta, acenando com a cabeça para o garoto. — Só um cara?

— Ele estava incomodando a gente — Flora diz, e eu fico alternando o olhar entre os dois.

— Ele realmente não estava— começo a dizer, mas Gilly me interrompe.

— Quatro contra um não é justo, Flo.

— Verdade — um dos garotos de cabelo escuro diz. — Isso parece abaixo do nosso nível.

Completamente confusa agora, olho ao redor da mesa.

— Espera, do que estamos falando?

Mas, de novo, eu poderia nem estar ali.

— Abaixo do nível de vocês? — Flora ecoa. — Dons, você foi banido do Hotel Balmoral porque tentou pendurar a cueca no topo do mastro.

— Eu não tentei — Don responde com toda a solenidade que ele consegue reunir. — Eu *pendurei*. Ou quase pendurei. Spiffy estava lá também e…

— Desculpa, posso ir agora? — pergunta o cara que tinha começado isso tudo, apontando com o polegar para a mesa dele lá atrás. — Porque eu me arrependo profundamente de ter vindo aqui. — Ele aponta para mim. — Sem querer ofender, mas você nem é tão gata assim.

— Mas ofendendo muito? — respondo, e tanto Flora quanto Sakshi lançam uma expressão de desprezo para o cara, os dedos de Flora apertando o copo com mais força.

— Ah, você está com amigos! — Gilly diz com alegria, batendo palmas. — Bom, nesse caso…

E, com isso, desfere um soco.

O cara cambaleia para trás, sua bebida se espatifando no chão, e todos os caras na mesa dele se levantam enquanto Seb e seus amigos sorriem.

Seb até pisca para mim.

— Desculpa por isso, querida — ele diz, e então acontece uma briga de verdade.

O cara que levou o soco claramente fraco de Gilly se recupera e ele agarra Spiffy pela cintura, empurrando-o contra uma mesa vazia enquanto o atendente do bar solta um grito agudo.

— Ai, Deus — Perry geme, enquanto Sakshi começa a me empurrar.

— Rápido, temos que sair daqui! — ela grita. — Antes que alguém pegue o celular.

Sinto que acabei de tropeçar direto para dentro da Vilalouca e encaro Saks, perplexa.

— Alguém deveria pegar a droga do celular — digo a ela — e chamar a polícia.

Mas Saks continua me empurrando.

— Não, eles vão tirar fotos, sua tonta!

Do outro lado do pub, Spiffy está tentando arrancar um conjunto de gaitas de fole decorativas da parede enquanto Seb pode ser o primeiro homem que eu já vi tentando usar um descanso de copo de papelão como arma.

Viro para Sakshi, boquiaberta.

— *Essa* é a sua maior preocupação agora?

— Quint!

Eu me viro no assento para olhar para Flora do outro lado de Saks, e ela levanta o copo de cerveja, sorrindo, seus olhos quase reluzentes.

Então seu braço vai para trás, o copo de cerveja vazio prestes a ser disparado.

— Se abaixa.

Ah, veja, mais um dia, mais uma confusão do príncipe Sebastian da Escócia. Sinceramente, por que eles não o deixam trancado num quarto de uma torre em algum dos seus cinco bilhões de castelos? Não é isso que essa gente da realeza faz? Enfim, aqui estão algumas fotos borradas de Seb socando um pobre plebeu que provavelmente cometeu o erro de cruzar olhares com os olhos reais. Note a princesa Flora, à direita, arremessando o que parece ser um copo de cerveja. Talvez eles devessem ter quartos adjacentes na torre e saírem apenas para ocasiões especiais. Eles podem levar Peregrine Fowler com eles. Ele é o cara ruivo na foto número três, se acovardando embaixo da mesa. Segundo filho do conde de QuemDáAMínima, estudante de Gregorstoun e aspirante a Rebelde Real, para sua informação. Tenho quase certeza de que aquela cobrindo o rosto com as mãos é a filha do duque de Alcott, mas não faço ideia de quem seja a outra garota.

("Que surpresa", *Cortem-lhes as cabeças*)

CAPÍTULO 14

O fato de a reunião estar acontecendo na capela e não no escritório da dra. McKee parece... abaixo do ideal.

Ainda não estive no escritório da dra. McKee no andar térreo, mas, na única vez que passei na frente e a porta estava aberta, parecia... aconchegante. E o cheiro forte de chá estava vindo para fora.

A capela cheira a velas apagadas e a verniz, o que, estou descobrindo, é muito menos calmante.

A briga no pub não foi apenas um escândalo local, mas aparentemente foi parar nos jornais também. Eu não me preocupei em dar uma olhada porque a última coisa que quero ver é uma foto borrada mostrando que estou tentando me esconder enquanto copos de cerveja são arremessados. Nós conseguimos voltar ao colégio, mas, na manhã seguinte, Flora, Sakshi, Perry e eu recebemos um aviso informando que a dra. McKee nos esperava na capela.

Seb e seus amigos já estão longe, claro, alegremente livres de consequências, eu aposto.

Enquanto isso, passei a manhã inteira tentando não vomitar, de tanto medo de me embarcarem no próximo avião para o Texas. Como pude ser tão estúpida? Eu devia ter ficado no meu quarto.

Exceto que, se bem me lembro, saí por causa da Saks. Minha loucura foi nobre, pelo menos.

Eu me viro para ela e sussurro:

— Acho que aquele papo todo de "casar com o Seb" está fora de questão agora, né?

Para minha surpresa, Sakshi balança a cabeça.

— Não, mas percebi que vou ter que repensar meu plano.

— Certo — respondo baixo antes de devolver minha atenção para a dra. McKee.

Ela está em pé na frente do altar, com as mãos juntas, os ombros para trás e, ao meu lado no banco, Flora dá um suspiro.

— Isso é tão dramático — ela diz em voz baixa. — Tão a cara da mamãe.

E, nesse momento, percebo que essa pequena reunião que eu achei que seria apenas entre a gente e a dra. McKee, é muito maior do que eu pensava.

— Espera, "mamãe"? — pergunto a Flora com os olhos arregalados. — Tipo, sua mãe? Ninguém menos que a rainha deste bendito país?

Virando para mim, Flora levanta uma sobrancelha.

— Por que você acha que estamos aqui? — ela pergunta. — Essa é a única parte do colégio que pode ser acessada sem passar por todo o restante. A última coisa que minha mãe quer é que saibam que ela está aqui.

Saks está sentada do meu outro lado e agora se estica sobre mim para agarrar os ombros de Flora.

— Nós vamos nos encontrar com Sua Majestade?

Desvencilhando-se das mãos de Saks, Flora revira os olhos.

— Ela estará aqui em modo mãe, não em modo real.

Os olhos de Sakshi estão arregalados e ela abaixa o olhar para o colo.

— Esse nem é meu melhor uniforme.

— Todos os nossos uniformes são iguais — Perry diz, mas Sakshi sacode a cabeça.

— Não, Perry, eu tenho um pra dias comuns e um que levei na costureira pra se ajustar melhor. Esse não é o ajustado, Perry. *Esse não é o ajustado!*

Antes de Sakshi ter um ataque de nervos, a porta lateral da capela se abre e uma mulher entra no recinto seguida por dois homens de terno e óculos escuros. Atrás deles, está uma mulher de terno vermelho e os saltos mais finos e altos que já vi, mexendo num *tablet*.

Saks, Perry e eu nos apressamos a ficar de pé, mas Flora continua largada no banco, com os braços cruzados sobre o peito.

A rainha Clara se parece muito com Flora, nem tanto com Seb. Os mesmos cabelos dourados e olhos caramelos, a mesma maneira de te olhar como se você estivesse fedendo.

Eu resisto à vontade de me cheirar rapidinho para garantir e apenas permaneço ali parada enquanto a rainha avança, estendendo a mão para a dra. McKee.

A diretora aceita o aperto de mão, fazendo uma leve reverência que eu tento memorizar. Um pé atrás do outro, um rápido abaixar e levantar em que ela nunca curva a cintura, mas abaixa a cabeça. É natural para a dra. McKee, mas, quando a rainha se aproxima de mim, meus joelhos tremem tanto que apenas ficar ali em pé parece um desafio, imagina tentar fazer uma reverência.

Sinceramente, estou surpresa de estar assim tão nervosa. Tenho lidado com adolescentes ricos nas últimas duas semanas, fiz amizade com dois deles *muito* ricos, e minha colega de quarto é uma princesa. Mas ainda são todos adolescentes, como eu. Mas uma rainha? *Isso* me deixa abalada.

Perry abaixa a cabeça. Sakshi executa uma reverência perfeita, enquanto a minha não está nem perto de ser tão boa, mas tento o melhor que posso.

Aparentemente meu melhor não é tão bom porque os lábios da rainha se estreitam enquanto ela gesticula para que nos sentemos.

Ela fica exatamente onde está, com a postura ereta como uma vara ao lado do banco.

— Isso não é o que eu queria estar fazendo hoje, Flora — ela finalmente diz. — Na verdade, eu tinha vários outros planos, não tinha, Glynnis?

A mulher com o iPad levanta o olhar e se aproxima a passos rápidos e curtíssimos, provavelmente porque a saia que está vestindo não permite mais do que isso. Tudo sobre ela é arrumado e preciso, desde o terno incrível até o penteado intrincado.

— A Agenda Real precisou de alguns ajustes, Vossa Majestade — ela diz.

Então ela sorri, mas não é um sorriso agradável e, ao meu lado, sinto Flora ficar tensa.

— Ah, que pena — ela diz. — Sinto muito ter atrapalhado o seu sábado cortando fitas de inauguração e beijando bebês, mãe.

Eu me seguro com todas as forças para não me virar e encará-la, já que estou boquiaberta, mas, pensando bem, acho que Flora sabe exatamente o quanto ela consegue pisar no calo quando fala com a própria mãe.

A rainha estreita os lábios mais uma vez, suas mãos dobradas à frente.

— Flora, uma das razões que nos fez matriculá-la em Gregorstoun foi diminuir um pouco do seu... comportamento irracional.

— Você me mandou pra cá como punição — Flora rebate, e a rainha solta o menor dos suspiros.

É esquisito pensar que, além de administrar um país e ser uma regente, ela também é... mãe. Uma mãe lidando com uma filha que não sabe como não se meter em encrenca, pelo jeito.

— Sinto muito que você veja dessa forma — ela diz, finalmente. — Mas eu garanto que essa não foi minha intenção. Porém, com o casamento se aproximando...

— Ah, tem um casamento se aproximando? — Flora pergunta, arregalando os olhos e fingindo surpresa. — Não ouvi nada sobre isso. Alguém já alertou a imprensa?

A rainha respira fundo.

— Flora...

— Não sou idiota, mãe — Flora diz, se aprumando no assento, seus dedos agarrando a borda do banco. — O casamento é o motivo de eu estar aqui. Você quer que eu fique fora do caminho até isso acabar.

— E se for isso mesmo? — a rainha Clara retruca, sua voz endurecida. — Você pode me culpar? Depois de você ter causado mais um escândalo que nos envergonhou?

O silêncio que se forma é pesado e desconfortável, e até mesmo Glynnis levanta o olhar, sua testa se enrugando um pouco. Ao meu lado, Flora fica tensa, e vejo os nós de seus dedos ficando brancos, agarrados na borda do banco.

— Não — ela diz finalmente. — Acho que não.

— E o Seb? — pergunto de impulso, e todos olham para mim, inclusive a rainha.

Meu rosto pega fogo e eu gaguejo:

— E-eu quero dizer, o príncipe Sebastian. É que. Ele que deu os socos e tal.

— Estamos lidando com Sebastian — a rainha diz —, e com os amigos estúpidos dele, por se permitirem ser... usados como arma para a sua tolice, Flora.

Torço o nariz ao ouvir isso, olhando para Flora.

— O que isso... — começo a dizer, e então me lembro.

A conversa furtiva entre Flora e Seb, ela perguntando se todos os amigos dele estavam lá. A maneira como ela assoviou para os garotos, chamando-os. Ela tinha arquitetado isso tudo de alguma maneira?

— Já eu, por outro lado, não sou tão estúpida — a rainha continua. — E, embora eu saiba que você achou que esse plano seria infalível pra que você fosse expulsa de Gregorstoun e voltasse pra casa, eu sou sua mãe há tempo demais pra cair tão fácil nos seus esquemas, menina.

Empertigando-se, a rainha sinaliza para Glynnis, que se aproxima a passos audíveis de seus saltos.

— A dra. McKee concordou comigo que a expulsão dificilmente é uma punição que se encaixa nesta situação — diz a rainha enquanto Glynnis digita em seu iPad. — Na verdade, a expulsão está simplesmente fora de questão pra você e pronto, não importa quais outros esquemas você invente. Você ficará em Gregorstoun pelo resto do ano letivo, e tenho dito. E se você decidir me testar quanto a isso...

Com um sutil estalar dos dedos da rainha Clara, Glynnis se inclina oferecendo o iPad a Flora, que ainda está sentada na beira do banco, fazendo o melhor para parecer entediada.

Mas aquela expressão se desmonta de seu rosto quando ela vê o que está escrito no iPad, e me inclino um pouco, tentando ler também, mas Glynnis pega o iPad de volta antes que eu consiga.

— Você não faria isso — Flora diz finalmente, e sua mãe lança outro estalar de dedos para Glynnis.

— Eu faria — ela responde. — Eu farei. Uma revogação completa dos títulos e privilégios reais até que você complete vinte e um anos. É um pouco conto de fadas, talvez, mas tempos de desespero pedem medidas desesperadas.

Nós ficamos ali, sentados, absorvendo aquilo. Flora parece um pouco pálida e até Saks ficou sóbria e quieta. Pessoalmente, não sei quais são os "títulos e privilégios reais", mas parece intenso.

Limpando a garganta, a dra. McKee sinaliza para que todos nós levantemos.

— Bom, acho que estamos resolvidos — ela diz.

Mas naquele momento Sakshi se estica sobre Flora e eu fazendo outra reverência e dizendo:

— Vossa Majestade, não estou certa de que se lembra de mim, sou lady Sakshi Worthington. Meu pai é...

— O duque de Alcott — a rainha responde, ainda numa postura rígida. — Sim, eu sei. Eu esperava que você fosse uma influência melhor para minha filha, lady Sakshi, dado o exemplo de pessoa que sua mãe sempre foi. Mas, ainda assim, aqui estamos.

Sakshi abre e fecha a boca e, ao seu lado, vejo Perry puxando-a de volta para o assento.

— Ninguém me influencia, mãe — diz Flora, jogando as mãos para o alto. — Eu achava que você já tinha entendido isso a esta altura. — Então ela lança um olhar para a dra. McKee. — E agora você tem outra atividade divertida para incluir no material promocional, "visite o pub local onde a princesa Flora se envolveu em sua trigésima quarta briga!".

Com um olhar de despedida, Flora sai desfilando da capela.

A rainha acena com a cabeça para a dra. McKee e então ela e Glynnis também saem, deixando Saks, Perry e eu com nossa diretora. Agora que a rainha foi embora e eu não me sinto mais tão aterrorizada, me aproximo da dra. McKee e pergunto:

— A gente está... encrencado?

Eu estou encrencada, é o que quero dizer. Tipo Prestes a Perder a Bolsa.

Mas a dra. McKee apenas respira fundo antes de dar um tapinha no meu braço.

— Uma das lições mais importantes aqui em Gregorstoun é como se redimir depois de cometer um erro. Você cometeu um erro ontem, mas espero que tenha aprendido com isso.

Concordo com tanta veemência que não sei como minha cabeça não sai rolando do pescoço.

— Ah, totalmente — asseguro. — Aprendi muito. Vou me redimir com sucesso.

A dra. McKee sorri ao ouvir isso, mas parece um pouco triste e então ela me dá mais um tapinha no braço.

— E, srta. Quint? — ela diz. — Talvez seja o caso de ser um pouco mais seletiva ao escolher quem você chama de amigo.

Ainda estou pensando nisso quando volto para nosso quarto. Será que a dra. McKee se referiu à Flora quando me disse para ter cuidado com quem eu fazia amizade? Porque eu e Flora definitivamente não somos amigas. Mal somos conhecidas.

Abro a porta e encontro aquela conhecida em pé ao lado de sua cama, tirando coisas de uma bolsa com um pingente de ouro chique preso à alça, suas costas retas.

Eu tinha saído para a capela antes de Flora, então não havia percebido que ela já tinha arrumado suas coisas. Ela devia estar extremamente confiante de que seu plano seria infalível, e não consigo não rir um pouco enquanto balanço a cabeça, tomando o caminho da minha cama. É sábado e tenho leituras para finalizar.

E então eu me lembro da mensagem de Jude. Com tudo o que aconteceu, esqueci completamente, e olho para o notebook agora imaginando se deveria responder. Mas, não, ainda é cedo nos Estados Unidos, e Jude nunca se levanta antes do meio-dia.

Mais tarde. Eu vejo isso mais tarde.

Flora se vira, seus olhos semicerrados.

— Veio rir da desgraça alheia? — ela pergunta, e evito soltar um suspiro enquanto procuro por *The Mill on the Floss* na minha escrivaninha.

— Não — respondo. — Acredite em mim, eu adoraria que seu plano tivesse funcionado.

Com o livro em mãos, eu olho para ela, arrumando meu cabelo atrás da orelha com a mão livre.

— Pra você nem importava se a gente ia se meter em encrenca, né? — pergunto.

Flora se vira para sua bolsa, tirando uma foto emoldurada e colocando-a de volta em cima da cômoda.

— Vocês não se meteriam. Não se meteram, óbvio.

— Mas não tinha como você saber disso — provoco, e Flora suspira de novo antes de vasculhar por algo em sua bolsa.

Ela tira da bolsa um rolo de fita, daquele tipo bonito para usar em cadernos de colagem, rosa com pequenas margaridas.

Então, enquanto observo, ela atravessa o quarto até a cômoda e descola um longo comprimento da fita, dividindo com precisão o topo da cômoda em duas metades – a minha e a dela.

— Você quer colar uma linha no chão também? — eu pergunto, e Flora responde com um sorriso venenoso de tão doce.

— Eu pensei nisso. Especialmente agora, que parece que ficaremos juntas por um longo tempo.

Sento na cama cruzando as pernas nos tornozelos.

— Sabe, esse lugar nem é tão ruim. Não sei por que você odeia.

— Porque minha vida não é aqui — ela responde, jogando a fita na própria cama. — Minha vida é em Edimburgo com minha família e meus amigos, e pessoas com quem gosto de passar o tempo. Meu irmão vai se casar em três meses e eu deveria estar lá, e não… escondida aqui como se fosse uma vergonha para a família.

Explicado dessa maneira, posso entender por que ela está meio enfurecida e abro a boca para dizer isso, mas, antes que eu consiga, ela murmura:

— Isso está chato. Vou ver o que a Caroline está fazendo.

E, pela segunda vez naquele dia, eu observo Flora se esvaindo.

CAPÍTULO 15

— Não estou gostando disso.

Saks, Perry e eu já estamos do lado de fora da escola na manhã de segunda, aglomerados para nos proteger do frio. Normalmente, fazemos a corrida nesse horário, mas nessa manhã fomos avisados para nos reunirmos na beira do lago atrás do colégio.

Vejo uma série de barcos de madeira pintados em cores vivas na praia, os remos equilibrados entre eles, e eu posso imaginar qual será a atividade física de hoje.

Como esperado, a dra. McKee caminha até nós, vestida num conjunto esportivo verde e sem graça com o brasão de Gregorstoun sobre o peito. Seu cabelo está puxado para trás, preso num rabo de cavalo alto, e suas bochechas estão coradas de frio e, acho, também de animação. Um apito prateado está pendurado em seu pescoço e ela mal se contém parada no mesmo lugar.

— Estudantes! — ela chama. — Nesta manhã temos um verdadeiro presente para vocês!

— Isso não é um presente — Saks diz em voz baixa, num tom vagamente revoltado. — Esses barcos são o oposto de um presente, esses barcos são...

— Um pesadelo? — completo, e Saks olha para mim, abraçando-se com força.

— Eu ia dizer "pepino", mas, sim, posso ver que pesadelo faz mais sentido.

— Como é que pepino faria *algum* sentido? — pergunto, mas Saks agora está olhando para a dra. McKee, que está gesticulando em direção aos barcos.

— Como vocês sabem — ela diz —, o Desafio é daqui a apenas algumas semanas. Considerem isso como um aquecimento. Vocês formarão pares com seus colegas de quarto e quem conseguir atravessar o lago e voltar primeiro ganha.

Ah, não. Remar com Flora?

Olho ao redor para ver onde ela está e, como sempre, ela está entre Caroline e Ilse, todas as três conseguindo fazer com que seus conjuntos esportivos pareçam muito mais interessantes do que de fato são.

O sr. McGregor dá um passo à frente. Ele está vestindo o uniforme de sempre – um suéter pesado e calças de cor indeterminada –, os tufos de cabelo branco espalhados ao redor da cabeça e a barba parecendo especialmente densa esta manhã.

— E a dupla vencedora — ele diz, erguendo uma caixa de madeira adornada — receberá isto! — Ele então abre o fecho da caixa: — Antigas pistolas de duelo passadas de geração em geração na família McGregor por mais de...

— Ahhh, não — a dra. McKee diz, movendo-se para a frente com as mãos esticadas. — Não, não, não, ninguém vai ganhar uma dessas, sr. McGregor, apesar do... valor inestimável.

As sobrancelhas do sr. McGregor ganham vida própria enquanto ele faz uma careta para ela, mas ele fecha a caixa reclamando bem baixinho.

— Pessoal! — a dra. McKee diz para todos nós num tom de voz mais alto. — Os vencedores vão receber um jantar gratuito no restaurante do Bayview Inn, na vila.

— As pistolas provavelmente são menos letais — Perry murmura ao meu lado.

Não tenho desejo algum de ganhar um jantar *ou* um par de pistolas antigas, mas gosto de ganhar por princípio, então, já estou esfregando as mãos em antecipação enquanto o sr. McGregor nos entrega coletes salva-vidas antiquados e nos direciona aos barcos alinhados na margem.

Flora se acomoda no nosso barco sem sequer olhar na minha cara, sentando-se no banco com o queixo nas mãos enquanto olha ao redor.

— Quer dar uma ajuda? — pergunto a ela.

— Não muito — ela responde, e engulo muitas respostas que passam pela minha cabeça, me concentrando, em vez disso, em empurrar o barco da margem.

Fomos avisadas de que hoje deveríamos usar nossas galochas, e estou usando as minhas, mas ainda assim posso sentir a água gelada e cortante através da borracha quando piso no lago.

Pulando no barco, eu me posiciono no banco, segurando meu remo enquanto o de Flora ainda balança na forqueta.

Aparentemente remarei sozinha.

E tudo bem por mim. Barcos não são exatamente minha especialidade, mas sou forte o suficiente, e a água está lisa e calma enquanto deslizamos em frente. Sinto meu ânimo melhorar um pouco quando respiro fundo, sentindo o cheiro mineral do lago, a frescura da brisa, o…

— Você já está fazendo aquela cara de quem vai cantar.

Fecho a cara, meu momento foi destruído. Pelo canto do olho, vejo um barco passando por nós, e remo com mais vigor.

— Posso te fazer uma pergunta e conseguir uma resposta séria? — pergunto a Flora enquanto manejo o remo com toda a minha força.

Do outro lado do barco, Flora descansa o queixo na mão de novo.

— Provavelmente não.

Ela é sincera, pelo menos.

Puxo o remo, a madeira rangendo, e nosso barco avançando centímetros no lago. O vento aumenta, criando ondas minúsculas que nos balançam, e de repente a água sob nós parece muito escura e ameaçadora e possivelmente cheia de monstros.

Então, desvio o olhar e volto a atenção para Flora, perguntando:

— O que eu fiz exatamente pra você me odiar tanto? Além daquela coisa da Veruca Salt, que, considerando como você agiu naquela manhã, foi justo.

— Eu não te odeio — Flora diz dando de ombros, seus óculos escuros gigantes cobrindo metade de seu rosto.

A gola de sua camisa está para fora do colete de malha de Gregorstoun. O colete salva-vidas laranja desbotado é um pouco grande demais, e seus longos cabelos se movimentam com a brisa enquanto eu tento remar.

— Você me enganou bem — respondo, e Flora dá um suspiro, se recostando no barco, esticando as pernas à sua frente.

— Eu só falo o que me vem à cabeça — ela diz. — Às vezes é algo agradável, às vezes não é tão legal. Depende, na verdade. Você não deveria levar para o pessoal.

Eu abro a boca, os remos ainda na água.

— Então no outro dia, quando você perguntou se eu ia começar a chorar ou cantar, aquilo não foi pessoal?

— Eu realmente pensei que você poderia começar a chorar ou cantar.

Ela dá de ombros mais uma vez, dessa vez de modo preguiçoso, quase imperceptível.

— E quando disse que achou que Saks tinha me escolhido como um "projeto de caridade"?

— Ela sempre acha alguém que não se encaixa muito no grupo pra fazer amizade. Ela é famosa por isso. É verdade que você não é exatamente uma *tragédia*, mas você *não é* uma aristocrata, então...

Eu dou outra puxada no remo.

— Tá bom, e sobre você se recusar a me chamar pelo meu nome?

— Seu nome *é* Quint, não é?

— É, m-mas — começo a gaguejar e então, revirando os olhos, levanto o remo de novo. — Tá bom, beleza. Então, ao seu ver, nada disso é maldade. E mandar suas amigas me intimidarem no corredor da escola também foi algum tipo de...

— Que amigas? — Flora pergunta, sentando-se.

Eu indico com a cabeça o outro lado do lago, onde Caroline e Ilse estão remando lentamente, claramente sem interesse no jantar no Bayview Inn.

Flora segue meu olhar, semicerrando os olhos através da água.

— Carol e Il? — ela ri. — Longe de amigas, querida.

— Você está sempre com elas — lembro, e ela joga o cabelo sobre os ombros, me encarando com um olhar.

— E *você* é amiga de todo mundo com quem passa tempo junto? — ela pergunta com uma sobrancelha levantada e um sorriso de canto de boca.

Eu a encaro.

— Sim?

Outra risada de deboche, e então ela pega o remo e o desliza para a água.

Ela puxa com força e, para meu espanto, o barco se impulsiona na água, disparando na frente de Saks e Elisabeth, que estão ao nosso lado e começam a avançar em círculos.

Na verdade, quando olho ao redor do lago, percebo que... todo mundo está tendo dificuldades. Saks e Elisabeth não são as únicas pessoas girando sem rumo, e posso ver Perry quase estapeando a água com o remo enquanto Dougal, quase deitado no barco, está claramente mandando mensagens no celular.

Do outro lado, três barcos mal se movem, e quando dou uma olhada sobre os ombros em direção à margem, posso ver o sr. McGregor com as mãos ao redor da boca, gritando alguma coisa impossível de entender. Talvez sejam palavras de encorajamento, ou insultos, quem pode dizer? Não conseguimos ouvi-lo por causa do vento.

Flora continua remando, inclinando-se para um lado, depois para o outro, seus movimentos são surpreendentemente graciosos e fluidos. Sem mencionar *fortes*. Estamos nos movendo mesmo através da água agora.

Fazendo uma careta, ela olha para mim por cima dos óculos.

— Quer dar uma ajudinha, Quint?

— Claro — respondo, pegando meu remo de volta.

A sensação de estar de costas faz meu estômago embrulhar um pouco, mas eu remo e ouço as instruções de Flora, e logo estamos perto do barco de Caroline e Ilse.

— Oiê, meninas! — ela grita animada e então, para o meu horror, ela fica em pé.

— Flora! — Quase dou um berro quando o barco sacode mais um pouco, pior dessa vez, mas ela está com os pés firmes e as mãos na cintura enquanto encara Caroline e Ilse.

— Então, tenho uma pergunta rápida, meus amores — ela diz, ainda sorrindo, mas eu me lembro dessa expressão de quando estávamos no pub e sei que nada de bom está para acontecer. — Vocês duas tentaram intimidar a Quint aqui?

O sorriso desaparece do rosto delas, e Caroline olha para mim enquanto me encolho no barco, tentando puxar a barra do suéter de Flora.

— Senta! — sussurro, mas ela afasta minha mão e continua onde está.

— Mal foi uma intimidação, querida — Ilse diz. — Apenas um lembrete de que ela está tomando o lugar de alguém… que merece mais, digamos assim.

Não posso ver os olhos de Flora sob os óculos escuros, mas posso imaginá-los se acirrando.

— Quem? Rose? — ela pergunta, e então ri. — Por favor. Rose Haddon-Waverly deveria estar agradecendo às estrelas que escapou de ser enviada pra cá. E, de qualquer maneira, não é culpa da Quint ser mais inteligente que Rose. Mesmo considerando que até o *dachshund* da minha mãe é mais inteligente que Rose.

Tanto Ilse quanto Carol franzem a testa, alternando olhares entre mim e Flora, e me encolho mais ainda para dentro do meu colete salva-vidas, as laterais encostando nas orelhas, o cheiro de vinil levemente mofado chegando forte no nariz.

— Você também não gosta da Millie — Caroline diz abruptamente. — Você disse que ela é chata e que só pensa em estudar.

Isso machuca um pouco, mas Flora não se abala.

— Essas coisas são apenas *verdades* — ela responde. — Não significa que eu não gosto dela.

— Sério, você pode continuar dizendo isso o quanto quiser, mas ainda não vai fazer sentido — digo a ela, mas Flora me ignora, mantendo o olhar em Caroline e Ilse.

— Peçam desculpas — ela diz, e não sei quem parece mais espantada, eu ou as outras garotas.

Ilse dá uma risada.

— Querida, você não pode estar...

— Estou — Flora interrompe. — E não me chama de querida. Diga pra Quint que você sente muito por ter sido maldosa e prometa não fazer isso de novo.

— Ah, pelo amor de Deus — Caroline diz, acomodando-se no banco de madeira. — Você está sendo ridícula, Flora. Você não pode *obrigar* a gente a fazer nada, sabia? Sendo princesa ou não.

Ilse olha ao redor do lago, puxando as alças do colete salva-vidas.

— Carol... — ela começa a falar, mas Flora e Caroline estão presas em um impasse.

— Então você se recusa a se desculpar? — Flora pergunta, e um músculo se mexe na mandíbula de Caroline.

— Vai se ferrar, Flora — ela praticamente cospe e, sem hesitar ou desfazer o sorriso, Flora levanta o pé do nosso barco e pisa com força na borda do barco de Caroline e Ilse.

Tudo acontece ao mesmo tempo. O barco sacode, as garotas gritam, *nosso* barco sacode, e finalmente meus dedos agarram a barra da camisa de Flora, puxando-a da ponta enquanto nosso barco está balançando com força de um lado a outro.

De alguma maneira, magicamente, nosso barco não vira.

Caroline e Ilse não tem a mesma sorte.

A força da pisada de Flora provavelmente não teria sido suficiente para derrubá-las, mas o pânico que se seguiu fez o trabalho, e as duas caíram no lago, aos berros, o barco virado de cabeça para baixo ao lado delas.

Com um sorriso largo e as bochechas coradas, Flora levanta os óculos escuros até o topo da cabeça.

— Seb me ensinou esse truque! — ela me diz. — Não acredito que realmente funci...

Um estouro alto corta o ar, e Flora e eu instintivamente nos abaixamos antes de olhar para a margem e ver o sr. McGregor em pé com uma das pistolas antigas sobre a cabeça, um fio de fumaça espiralando para fora do cano.

Pela expressão em seu rosto, acho que a corrida acabou.

CAPÍTULO 16

Flora e eu somos declaradas as perdedoras da corrida de barcos por "conduta antidesportiva", o que, honestamente, parece justo. A gente se deu muito bem, a meu ver. Sem instrumentos de tortura, nem masmorras, nem mesmo detenção. Nossa punição é começar a arrumar o equipamento para o Desafio e, como organizar material de acampamento é uma das minhas coisas favoritas da vida, eu não me importo.

Estamos sozinhas, eu e ela, em nosso quarto, com várias barracas e peças de equipamentos espalhadas à nossa frente. Nosso trabalho é colocá-las em vários pacotes separados.

— Você já fez algo assim antes? — pergunto a Flora.

Já anoiteceu e, como não há nenhuma lâmpada, estamos na meia-luz. É quase aconchegante.

— O que, acampar? — ela responde, pegando uma das bússolas e fazendo uma expressão confusa.

— Acampar, fazer caminhadas, atividades ao ar livre em geral...

Isso me garante um olhar enviesado, e ela joga a bússola no chão, contra uma sacola com estacas.

— Eu já saí pra atirar.

— Você vê alguma arma por aqui? — gesticulo com a mão, exibindo o equipamento que temos na nossa frente.

Com um suspiro, Flora se levanta do chão, limpando as mãos na parte de trás da saia.

— Não sei pra que isso tudo. Não é como se a gente fosse ficar no meio da natureza selvagem tanto tempo assim. Eles não deixariam. Imagine os processos se alguma coisa acontece com alguém? — Ela cruza os braços sobre o peito, rindo de deboche. — Isso tudo meio que faz parte do espetáculo, um pouco de "ah, olha que colégio interessante e progressista nós somos!", e aí eles podem colocar isso em panfletos, ao lado de "a instituição de ensino escolhida pela realeza".

Olho para ela. Ela está de pé ao lado da porta, o queixo levantado, mas há algo além da arrogância de sempre em sua expressão.

— Isso te incomoda de verdade, não é? — pergunto. — Fazer parte do material promocional.

— O quê? — Ela olha para mim, estreitando os lábios de leve.

— É só que essa é a segunda vez que você menciona o fato de eles usarem sua família como publicidade — digo, voltando a contar estacas de barracas. — Então está claro que isso te incomoda, eu entendo.

Flora ainda está em pé no mesmo lugar com os braços cruzados, mas agora ela está me observando com uma expressão esquisita.

— Nada me incomoda — ela diz, finalmente, antes de se virar para sua pilha de equipamentos, e eu levanto uma sobrancelha.

— Nada?

— Bom, nada além de você neste momento, eu acho.

Ah, certo, estamos de volta à Flora que eu conheço e detesto. Sacudindo a cabeça e murmurando um "que seja", volto a arrumar as coisas em pilhas. Uma barraca, seis estacas, duas bússolas, duas garrafas térmicas...

— E, mesmo que eu estivesse "incomodada", o que eu não estou — Flora diz repentinamente —, não é como se houvesse algo que eu pudesse fazer. Isso só... faz parte.

— Do quê? — pergunto. — Ser feita de manequim?

Flora ainda não está olhando para mim, mas seus movimentos são bruscos enquanto arruma os equipamentos.

— Dificilmente me fazem de manequim — ela diz. — É só que é irritante e um pouco brega que as pessoas queiram que você seja uma propaganda ambulante simplesmente por causa da sua família. Acontece que eu acho que sou uma pessoa interessante tendo ou não uma coroa na minha cabeça.

Ah, então é isso. Vaidade. Isso é um alívio, na verdade, porque por um segundo cheguei muito perto de sentir um pouco de pena de Flora.

Que horror.

— O que você tem de interessante que não tenha nada a ver com o fato de você ser uma princesa? — pergunto, e ela desvia o olhar do equipamento para me olhar, os olhos levemente cerrados.

— Você está me provocando?

É tudo que posso fazer para não arremessar uma estaca de barraca nela.

— Não, estou falando sério. Olha, já que somos colegas de quarto e logo seremos parceiras nessa situação toda do Desafio, é melhor a gente tentar se conhecer melhor. Então, por favor, esclareça as Coisas Que Te Fazem Interessante que não estão relacionadas à realeza.

Por um longo momento, eu acho que Flora vai apenas me ignorar e voltar à arrumação. O que pode ser melhor, na verdade. Mas, em vez disso, ela se senta nos calcanhares, as mãos apoiadas nas coxas, e diz:

— Sou uma excelente atiradora.

Levanto as sobrancelhas.

— De novo com esse papo de armas? E, tudo bem, você pode atirar em pombos de barro ou faisões ou... não sei, veados, sei lá, mas você teria alguma oportunidade de fazer isso se não fosse da realeza?

Aquela testa perfeita se enruga de novo.

— Bom, eu... eu poderia. E, enfim, essa foi só a primeira coisa que me veio à cabeça. Também sou muito boa em moda. Saber qual peça combina com qual, como as cores podem se complementar ou contrastar. Ano passado eu até previ que estampas florais voltariam à moda, mas não na primavera, e sim no outono.

Ela parece tão orgulhosa de si mesma que parece maldoso rir de deboche, mas eu não consigo evitar.

— Tá bom, então, mais uma vez, você teria todo esse acesso à moda e conhecimentos sobre o que estará na moda se não tivesse acesso a uma tonelada de estilistas porque, você sabe... realeza?

Flora murmura uma palavra muito rude para si mesma antes de sacudir a cabeça e pegar um guarda-chuva.

— Eu não sei por que me importo em tentar te impressionar com minhas habilidades já que você está determinada a enxergar o pior em mim de qualquer jeito.

— Porque literalmente tudo que você tem feito é me mostrar o pior — eu a lembro. — Você é arrogante, rude e quase me meteu numa briga de bar.

Revirando os olhos, Flora joga a camisa em sua pilha de coisas para arrumar.

— Mal foi uma briga de bar. Mal foi um tumulto, na verdade. Você está exagerando. E, aliás, um obrigada não faria mal.

— Um obrigada por...?

Flora olha para mim com os lábios franzidos.

— Por defender sua honra contra aquele imbecil? Ele continuou te chamando pra dançar depois que você recusou. Completamente inapropriado.

— Exceto que você estava procurando uma desculpa pra jogar seu irmão e os amigos dele numa briga e o colégio ter motivo pra te expulsar.

— Querer ser expulsa e te ajudar não são mutuamente exclusivos — ela responde com a arrogância que centenas de anos de gerações de realeza podem dar a uma pessoa.

Eu não consigo segurar a risada, sacudindo a cabeça um pouco.

— Você é uma figura e tanto.

Então pego outra sacola de estacas de barracas e jogo para ela.

— Coloca isso com a barraca treze, por favor.

Ela me obedece, fazendo uma pilha consideravelmente arrumada de coisas antes de apontar para que eu lhe passe outra sacola à prova de água.

Faço isso antes de dizer:

— Hoje não foi outra tentativa de ser expulsa, foi?

Flora não tira os olhos do material, enfiando com cuidado uma bússola, um kit de primeiros socorros e um par de aquecedores de mãos na sacola.

— Claro que não. Você ouviu minha mãe. Não posso ser expulsa e, se tentar de novo, eu perco meus privilégios reais por mil anos.

— Acho que era por quatro anos, mas, sim.

— Então — Flora diz, olhando para mim com um sorriso iluminado —, você pode ficar sossegada que meus dias de tentar ser expulsa estão no passado.

Aceno com a cabeça, mas há algo naquele sorriso – e na maneira como seus lábios se curvam para cima quando ela acha que eu não estou olhando – que me preocupa.

Na edição de hoje de REALEZA: ELES SÃO GENTE COMO A GENTE, SÓ QUE NÃO, vocês já leram sobre esse "Desafio" que fazem naquele colégio assustador que a Flora frequenta? É tipo Outward Bound, eu acho, mas eles basicamente desovam um bando de adolescentes engomadinhos no meio das Terras Altas e os fazem acampar por duas noites para, tipo, Entrar em Comunhão com a Natureza e desenvolver habilidades? O que me parece estúpido, já que não é como se essas pessoas fossem se ver no meio do mato algum dia, exceto no Hyde Park, mas, enfim, gente rica, FAZENDO COISA DE GENTE RICA.

Mas, principalmente, vou sentir um calorzinho por dentro pensando na princesa Flora tendo que acampar por quarenta e oito horas inteiras. E SE SEUS CABELOS PERDEREM O BRILHO??? O HORROR!!!

("É o quêêêê?", de *Crown Town*)

CAPÍTULO 17

A manhã do início do Desafio até que está ensolarada.

Tá bom, "ensolarada" pode ser uma palavra generosa demais, mas não está chovendo, e as nuvens não são tão espessas, então, a meu ver, é uma manhã ensolarada. Um ensolarado escocês.

E, para dizer a verdade, estou levemente animada. Tá bom, talvez muito animada.

Sim, ter que fazer isso com Flora é abaixo do ideal, mas finalmente sair para a natureza da Escócia? A Escócia de verdade? Nem mesmo a expectativa de passar dois dias sozinha com Flora pode acabar com minha animação.

Apesar de que, enquanto esperamos na frente do colégio a hora de sair, ela certamente está dando o seu melhor.

— Essa é a coisa mais estúpida que eu já tive que fazer — Flora murmura com a boca encostada num copo de isopor com chá.

O chá está fumegando no ar frio da manhã e seus óculos escuros gigantes ficam embaçados. Do pescoço para cima, ela é a típica Flora – aqueles óculos escuros são Chanel, o cabelo foi arrumado num rabo de cavalo alto com as pontas onduladas e ela está usando maquiagem.

Do pescoço para baixo, ela está tão horrenda quanto o restante de nós. Estamos vestindo calças cáqui e camisetas de manga comprida cobertas por um colete pesado e nossas capas de chuva de Gregorstoun por cima. Levamos algumas peças de roupa a mais em nossas mochilas, mas no geral todos nós estamos parecendo funcionários de zoológicos levemente desarrumados.

Ainda assim, esse é o melhor vestuário para o que estamos fazendo, mesmo que nem tudo caia tão bem. O colégio não tinha uniformes de Desafio para garotas, no fim das contas, então estamos nos virando com o que pudemos arranjar, exceto pelas botas. Eu trouxe o meu melhor par de casa, e mexo meus dedos dentro delas agora.

— A coisa mais estúpida? — pergunto a Flora. — Acho difícil acreditar nisso.

Espero uma resposta ácida, mas, em vez disso, Flora apenas dá de ombros e diz:

— Justo.

Olho para ela e ajeito a mochila nos ombros.

— Você está doente? — pergunto. — Ou só assustada com o acampamento?

— Nenhum dos dois, Quint — ela responde, derramando o resto do chá no cascalho.

O líquido atinge um grupo de garotas ali perto. Elas dão gritinhos de susto, mas, quando percebem quem jogou o chá fora, não falam nada.

Privilégio de princesa, claro.

Flora enfia o copo vazio em um dos bolsos laterais da mochila, então pelo menos ela não está adicionando o item "jogar lixo no chão" à lista de pecados.

Ouvimos um ronco baixo quando cinco vans se aproximam e, do meu outro lado, Sakshi se mexe inquieta no mesmo lugar.

— Ainda não acho que isso seja necessário — ela diz. — Quer dizer, eu me sinto muito autossuficiente e também em conexão com o mundo ao meu redor.

— Pelo menos você vai acampar com Elisabeth — digo, acenando com a cabeça para sua colega de quarto. — Eu estou presa com Flora, e Perry com Dougal.

O colega de quarto de Perry é um gigante perto dele, seus ombros são tão largos que é surpreendente saber que ele consegue atravessar portas. Enquanto observo, Dougal dá um soco amigável no ombro de Perry, e Perry quase cai no chão.

Ele faz uma careta, esfregando o braço e tentando sorrir para Dougal. Então ele olha para a gente.

Me mata, ele mexe a boca para dizer, e Sakshi se vira para mim.

— Você tem bons argumentos, Millie.

Nós nos espalhamos pelas vans. O plano é que seremos deixados em pontos predefinidos a vários quilômetros uns dos outros. Predefinidos pelo colégio, devo dizer. Nós não fazemos ideia de onde vamos parar, e, enquanto avançamos aos solavancos pelo solo duro, eu murmuro para Sakshi:

— Talvez não fiquemos longe uns dos outros. Quer dizer, a gente vai acabar se encontrando em algum momento, né?

Saks olha pela janela. Estamos subindo um morro agora, o céu ainda está azul sobre nossas cabeças, os morros são uma mistura de verde, amarelo e do cinza de todas as pedras.

— Talvez? — ela sugere, e me inclino sobre ela para observar a série de vales grandes e pequenos se estendendo sob nós.

Repentinamente, daqui de cima, o colégio começa a desaparecer na distância, então percebo o quão longe já estamos. Talvez eles consigam nos espalhar a distâncias suficientes para que não nos vejamos de novo até segunda-feira.

Meu estômago começa a embrulhar um pouco. Pela primeira vez, eu me dou conta de que estou prestes a ser largada no meio de lugar nenhum e ainda esperam que eu faça o caminho de volta para o colégio intacta.

E terei de fazer isso com Flora.

Talvez essa seja a parte mais difícil de engolir, a ideia de que eu e Flora teremos que nos virar, apenas nós duas. E, pelo jeito que ela está estudando suas unhas ao meu lado, claramente entediada, estou certa de que as chances de um urso me devorar enquanto ela, sei lá, analisa as sobrancelhas num espelho portátil são bem altas.

— Existem ursos na Escócia? — pergunto, e sinto mesmo que eu deveria ter tido curiosidade de saber isso *antes*, mas enfim.

— Extintos há centena de anos — o sr. McGregor me tranquiliza lá da frente, mas começa a murmurar sobre as pistolas novamente, então parece possível que ele esteja mentindo e, ai, meu Deus, por que eu quis vir para a Escócia mesmo?

Nós atingimos o cume e a paisagem através da janela é de tirar o fôlego. À nossa frente, um morro pedregoso se ergue até o céu, o topo ainda coberto de neve e, à direita, a terra se alarga para dentro de um vale. Eu consigo distinguir a cintilação de um curso de água e, com o sol brilhando de verdade, é como se isso fosse uma cena de filme.

É por isso, eu me lembro. *É por isso que você está aqui.*

O sr. McGregor estaciona a van e acena com a cabeça para a janela.

— Tudo certo, Time A-9, esse é o seu ponto de partida. Vamos lá, meninas!

Time A-9. Flora e eu.

— Certo — respondo enquanto Flora apenas dá um suspiro, abre a porta e praticamente desliza para fora da van.

— Vamos acabar logo com isso — ela murmura e eu engulo um comentário sobre como aquela atitude certamente não nos levará muito longe.

O objetivo disso tudo é que a gente se aproxime, afinal de contas, então estou determinada a pelo menos ser… tá bom, "amigável" pode ser uma palavra muito forte, mas "agradável". Isso parece ser o máximo que posso oferecer no momento.

Enquanto o sr. McGregor tira nossas mochilas do porta-malas, Sakshi abre sua janela e gesticula para que eu me aproxime.

— *Courage, mon amie* — ela diz, oferecendo seu dedo mindinho dobrado e, com um sorriso, eu agarro o dedo mindinho dela com o meu e aperto.

— Desejo o mesmo pra você, Saks — digo. — Te vejo do outro lado.

Flora revira os olhos enquanto tira seus óculos escuros caros do topo da cabeça.

— Ai, pelo amor de Deus — ela diz com a voz arrastada. — A gente não está indo para a guerra, é só um acampamentozinho.

Ela tem razão, por mais que me doa admitir isso, mas, enquanto olho ao redor, é difícil enxergar isso como um "acampamentozinho". Esses morros são mais altos do que eu imaginava, tudo parece terrivelmente áspero e, enquanto a van segue em frente, sou lembrada de que pelas próximas horas somos apenas Flora, eu, e uma abundância de mata selvagem escocesa.

Isso não parece muito "inho".

Limpando a garganta, me viro, observando os arredores. Eu já acampei com meu pai, mas sempre em áreas de acampamento onde o lugar em que deveríamos montar a barraca estava marcado. E a maioria daqueles lugares também tinha, você sabe, banheiros e chuveiros e tal.

— Acho que podemos seguir em frente e começar a procurar um canto — eu sugiro e, para minha surpresa, Flora aponta ao longe, morro abaixo.

— A gente devia montar a barraca ali — ela diz. — Do outro lado da água.

Descendo a elevação, há um riacho onde a água corre veloz e, do outro lado, o solo parece mais assentado e talvez menos pedregoso.

— Uau, isso é... de muita ajuda, na verdade — digo, sorrindo para Flora. — Boa ideia.

— Não é nada — ela diz, arrumando a mochila nos ombros e partimos naquela direção.

O vento está soprando e o cheiro é uma mistura do doce de mato com o leve aroma mineral da água à nossa frente. Eu levanto o rosto para absorver tudo isso, observando as nuvens se movendo no céu, sorrindo.

— Tá bom, isso é incrível — digo, sem me importar de estar vestindo as roupas de outra pessoa e acompanhada por alguém que não gosta muito de mim.

Atrás de mim, Flora dá um grunhido que pode ser de concordância ou significar que acampar já tenha começado a acabar com ela.

Estou tranquila com qualquer uma das opções neste momento.

Chegamos ao pé do morro e um pouco daquela alegria de *Noviça Rebelde* me abandona quando vejo que o riacho que parecia tão tranquilo lá de cima é muito maior e turbulento do que eu havia pensado.

Também é... marrom. Não um tom nojento de marrom, não me entenda mal. Parece mais um rio de *root beer*, o que seria uma ideia legal, mas significa que eu não consigo enxergar o fundo, então não sei qual é a profundidade.

Já fui bloqueada pela natureza em dez minutos.

— Ali! — Flora grita, apontando para algumas pedras que formam um caminho desigual e escorregadio através da água. — A gente pode atravessar por ali.

— A gente pode *morrer* por ali — respondo, tirando a franja dos olhos.

Flora ainda está usando os óculos escuros, suas bochechas estão coradas pelo vento e alguns fios de cabelo estão se soltando do rabo de cavalo.

Mas ela balança a cabeça.

— Não, eu já atravessei vários riachos como esse. Eles nunca são muito fundos e, se você atravessar com cuidado e sem pressa, não tem perigo de escorregar.

Ela me estende a mão.

— Aqui, vou fazer o seguinte. Eu seguro sua mochila enquanto você atravessa.

Gosto da ideia de tentar atravessar sem uma mochila pesada nas costas.

— Mas aí você vai atravessar como? — pergunto, franzindo a testa.

Flora dá de ombros.

— Estou mais acostumada a esse tipo de coisa do que você imagina. Como eu disse, já participei de muitas excursões de tiro e precisamos carregar equipamentos muito mais pesados do que isso por terrenos ainda mais acidentados. É só uma questão de equilíbrio, na verdade.

Ela diz isso com tanta confiança que eu me vejo retirando a mochila.

— Se você tem certeza.

Embora eu não possa ver seus olhos por trás dos óculos, imagino que ela os esteja revirando.

— Eu tenho certeza de que quero resolver logo essa parte da viagem o mais rápido possível, então me dá essa droga de mochila e atravessa o rio.

Ela pega a mochila das minhas mãos e, tenho que admitir, ela nem vacila com o peso. Talvez Flora seja mais casca-dura do que ela aparenta ser.

Então eu abro um sorriso.

— Obrigada!

— Vai logo, Quint — ela responde, apontando em direção à água.

Meu primeiro passo não é tão firme como eu gostaria e fico com os olhos fixos em toda aquela água correndo sob meus pés. Mas o segundo passo é mais fácil e, com as mãos estendidas para os lados, estou muito feliz de não estar carregando uma mochila como um casco de tartaruga nas costas.

Estou focada em meus passos, mas também no vento, que parece ficar mais barulhento, no ruído vasto do rio e na margem oposta, então não sei quanto tempo vou precisar para atravessar. Parece uma eternidade, mas, quando meus pés finalmente pisam na margem escorregadia do outro lado, consigo sorrir. Subo com um pouco de esforço, deixando o rio atrás de mim até achar a área mais firme e assentada que Flora tinha apontado antes.

Eu me viro para Flora e a chamo:

— Sua esper...

As palavras morrem na minha garganta.

Flora não está do lado oposto do rio. Ela está bem ao meu lado.

Com um sorriso largo.

E nossas mochilas não estão em nenhum lugar à vista.

CAPÍTULO 18

Eu devia ter adivinhado.

Quando Flora pediu para segurar minha mochila, eu definitivamente deveria ter suspeitado que ela estava tramando algo, porque era *óbvio*. Em que universo Flora seria o tipo de pessoa que segura as coisas de outra por vontade própria? Mas eu disse a mim mesma que talvez ela só estivesse tentando ser legal, e agora fica claro que esse tipo de raciocínio é o que vai acabar me matando.

Incrível.

— Flora, sério — digo, o pânico começando a subir pela garganta. — Cadê nossas mochilas?

Ela aponta com o polegar por sobre o ombro.

— No rio.

— No rio — repito, e alguma pequena parte do meu cérebro insiste que eu devo ter entendido mal, que não existe *chance* de ela ter feito algo tão estúpido e irresponsável.

Então me lembro de quem está falando comigo e, meu Deus do Céu, todas as nossas coisas estão no rio.

Olho pela inclinação de terra em direção à água correndo turbulenta e penso que lá ao longe posso ver algo boiando...

Será uma mochila? Mas, mesmo quando saio correndo atrás – aparentemente pensando que posso ser mais rápida que um rio – seja lá do que era aquilo, já desapareceu de vista, e eu fico ali parada, com os pés enlameados e a respiração descompassada entrando e saindo dos pulmões.

— Aquilo estava pesado — Flora diz. — Já deve ter afundado.

Enfio as mãos nos cabelos, puxando-os um pouco da cabeça como se a dor fosse me fazer acordar desse pesadelo em que estou aprisionada no meio do nada *sem qualquer equipamento* e com uma princesa arrogante, mas nada acontece. Machuca um pouco e ainda estou bem acordada.

— Por quê? — pergunto e então sacudo a cabeça. — Por que eu perco tempo perguntando? *Você* provavelmente nem sabe por que você faz essas coisas destrambelhadas.

— Destrambelhadas? — Flora repete.

— Loucas — eu explico. — Insanas. Tão doidas que é difícil de acreditar.

— Sim, eu fui capaz de usar o contexto para entender o significado. Eu só nunca tinha ouvido essa palavra antes. Destrambelhada. — Ela abre um sorriso largo de dentes brancos. — Nossa, isso é útil!

— Sabe o que seria útil agora? Barracas. Bússola. Comida. Água. Todas as coisas que a sua cabeça destrambelhada jogou no rio. Você tem ideia de quão frio vai ficar esta noite?

Flora revira os olhos.

— Francamente, Quint, me dá algum crédito. Esse é um plano muito bem pensado. Eu perco nossos equipamentos no rio e, mais tarde, claro que eu digo que fomos vencidas pelas circunstâncias, que foi um acidente, e um acidente que nunca teria acontecido se o colégio tivesse sido mais cuidadoso. Aliás, isso é algo com que você vai concordar.

— Eu definitivamente não vou concordar — respondo, mas Flora ignora isso com um movimento elegante da mão.

— A gente não vai nem passar a noite aqui — Flora continua. — Veja!

Ela enfia a mão no bolso traseiro e puxa seu celular.

— Eu vou chamar por socorro e contar a eles o que aconteceu. Em prantos, claro.

E, com isso, seu rosto se transforma, os cantos da boca viram para baixo, os lábios tremem, os olhos de repente se arregalando e se enchendo de lágrimas falsas.

— Eu nunca estive tão amedrontada em toda a minha vida — ela sorri. — Uma hora estávamos tentando atravessar o rio e, quando nos demos conta, tu-tudo estava na água e ficamos com... tanto medo!

Cruzo os braços sobre o peito, encarando-a.

— Eu não vou participar disso.

E tão rápido como surgiu, aquele ato ao estilo Miss Vitoriana acaba, e ela está de volta à Flora comum de novo, imperturbável, levemente entediada. Dando de ombros, ela olha para o celular.

— Vou dizer que você está processando o trauma do seu jeito.

Estou prestes a dar uma resposta *daquelas*, mas então Flora franze a testa, observando o celular em suas mãos.

— Não tenho sinal.

É minha vez de revirar os olhos.

— Claro que não. Estamos no meio do nada.

Ela levanta a cabeça e, pela primeira vez, algo como uma Emoção Humana Genuína aparece no rosto de Flora.

Ela está apavorada.

O que é bom – era mesmo para ela estar apavorada – e também aterrorizante porque não sei como é uma Flora apavorada, na verdade.

Ela está respirando um pouco mais rápido e seus ombros se movem para cima e para baixo, e a vejo olhar para trás e para baixo, como se esperasse que nossas mochilas fossem, magicamente, deixar de estar no rio.

— Então esse plano é "muito bem pensado" — digo, fazendo as aspas com os dedos e tudo —, e mesmo assim você não se lembrou de que não teria sinal de celular?

Ela faz uma expressão aborrecida e então volta a olhar para o celular. Talvez ela pense que pode dar um comando real e repentinamente fazer com que ele funcione – sabe-se lá o que ela acha.

— Eu pensei na parte das mochilas e na parte das desculpas, mas é possível que os aspectos técnicos tenham… me escapado — ela diz, afinal, e eu nunca quis tanto jogar uma pessoa morro abaixo quanto eu quero jogá-la neste momento.

— Os aspectos técnicos?

— Para de repetir tudo que eu falo! — Flora está me encarando agora, e dou um passo para trás, com as mãos erguidas.

— Eu vou fingir que você não está cheia de marra pra cima de mim — digo. — Eu vou fingir que isso não está acontecendo, porque seria absurdo, considerando que tudo isso é culpa sua.

— "Absurdo" — ela ri com deboche. — Francamente, Quint.

Então ela olha ao redor, mordendo o lábio inferior.

— Tá bom, isso não é uma emergência. Não estamos tão longe assim do colégio, então só precisamos… andar mais ou menos naquela direção até chegarmos lá. E provavelmente vamos esbarrar com alguns colegas, de qualquer maneira, e podemos contar a eles que perdemos nossos equipamentos, então, sim. Sim, acho que isso pode ser resolvido e... ai, meu Deus, viado.

Ela está olhando para trás de mim, seu rosto ficou um pouco pálido, e eu congelo.

— O quê? — pergunto, com medo de olhar.

— Shhhh — ela ordena, sacudindo a mão. — Só... não levanta a voz. Está tudo bem.

Seu rosto e aqueles olhos arregalados parecem dizer que não está tudo bem de jeito algum, e posso sentir cada pelo do meu corpo se arrepiar.

— É um urso? — sussurro, e ela balança a cabeça.

— Ursos estão extintos na Escócia há...

— Centenas de anos, eu sei, não quero uma aula de história agora! — murmuro e, finalmente, incapaz de aguentar, eu me viro.

E o "ai, Meu Deus, viado" de Flora faz muito mais sentido.

CAPÍTULO 19

— É um veado — falo com os lábios dormentes. — Foi isso que você quis dizer. *Ai, Meu Deus, veado.*

Porque é isso que está atrás de mim. Um veado gigantesco com uma galhada cheia de pontas afiadas, olhando diretamente para a minha cara.

Olha, a vida selvagem não me é estranha. Afinal, sou uma Garota do Texas. Já vi uma cascavel deslizar pelo meu caminho numa trilha, meu avô já viu um coiote nos limites de sua propriedade, e eu já vi mais tatus do que qualquer garota deveria ver.

Mas é o tamanho dessa criatura que faz meu coração acelerar e minha boca ficar seca de medo.

— Não é apenas um veado — Flora diz. — É um *macho adulto*.

— Não estou exatamente preocupada com a nomenclatura apropriada — respondo com os lábios semicerrados. — Estou mais interessada em não ser empalada.

O veado bufa e eu fico tensa.

Então Flora se movimenta na minha linha de visão periférica, com uma mão estendida.

— O que você está fazendo? — pergunto, o que é difícil porque, como disse, a essa altura meus lábios estão dormentes de terror e tudo mais.

— O veado é o animal oficial da Escócia — ela me diz, movendo-se para a frente muito devagar, nunca tirando os olhos do animal à nossa frente. — E já que sou uma princesa…

Se eu não estivesse tão ocupada tentando convencer um animal selvagem, pela força do pensamento, a não me matar, faria uma careta para ela.

— Quê? Você acha que esse bicho respeita hierarquias? Você perdeu completamente…

— Shhhh! — ela murmura, ainda se aproximando do veado, que, preciso admitir, não está se movendo e apenas a observa. — Há um motivo para que esse tipo de coisa aconteça em contos de fadas — Flora continua, e posso ver um sorriso começar a se abrir em seu rosto. — O bicho claramente sabe que ele e eu somos conectados pelo amor que sentimos por esta terra.

— Essa é a coisa mais estúpida que eu já ouvi alguém dizer. E estou me sentindo mais estúpida por ter ouvido isso.

Flora acena com a mão livre para mim. Seus óculos escuros estão no topo da cabeça, aqueles olhos cor de caramelo se estreitam enquanto ela se aproxima do veado.

— Mas está funcionando, não está?

Está, eu acho. O veado continua parado, parou de bufar e Flora endireita um pouco a coluna.

— Pronto — ela diz, convencida. — Agora tudo que precisamos fazer é…

Sem aviso, o veado avança numa investida, e eu e Flora gritamos e tropeçamos enquanto pulamos para trás. Ela se engancha nos meus braços, eu me agarro aos dela e os próximos segundos são um borrão enquanto caímos, sentindo o cheiro daquele animal enorme, e então o frio repentino quando mergulhamos no rio.

O frio é tão cortante que me tira o fôlego, e meu cérebro fica louco de desorientação e pânico entre pensamentos como *veado gigante! Galhadas!* E *aimeudeustãofriotãofriotãomolhadoporqueporqueporque*, e *ESTOU ME AFOGANDO!*

Exceto que... não estou me afogando.

Eu coloco os pés no solo e percebo que a profundidade do local onde caímos na água vai até pouco acima dos meus joelhos. Mas meu corpo inteiro está molhado, incluindo o cabelo e, quando eu olho para o lado, Flora está sentada na parte rasa da água, perto da ribanceira, com os joelhos encolhidos, os cabelos uma bagunça encharcada sobre o rosto e os óculos escuros pendurados meio tortos.

O veado não está à vista em parte alguma, e Flora levanta a mão para tirar o cabelo molhado dos olhos, seu peito arfante enquanto ela varre a paisagem com o olhar.

Então ela diz:

— Sabe de uma coisa? Na verdade, nosso animal nacional é o unicórnio, não o veado. Acabei de lembrar.

Batendo os dentes de frio, eu a encaro.

— Bom, quem sabe um desses não aparece.

Depois de conseguir sair do rio, nós começamos a caminhar.

E caminhar.

Não tenho ideia da direção em que estamos indo, para falar a verdade, já que eu não estava prestando tanta atenção assim à nossa localização enquanto estávamos no carro. Não que isso fosse ajudar, já que não me lembro se o colégio fica ao leste ou ao oeste de onde estamos agora. Parece estupidez, mas eu estava contando que teria uma bússola e um mapa, e também uma barraca, e todas as outras coisas que você precisa para sobreviver em um acampamento.

Nós subimos outro morro, e Flora para ao meu lado, olhando para suas calças enlameadas.

— Pelo menos agora nós realmente temos a aparência de quem esteve em perigo — ela diz, e eu viro para ela.

— Nós *estamos* em perigo.

O sol está se pondo lentamente atrás das nuvens e, com a umidade, é como se o frio estivesse se entranhando mais profundamente na minha pele. Estamos em um morro no meio de lugar nenhum e, meu Deus do Céu, é assim que eu com certeza vou morrer, tudo porque uma princesa mimada queria se vingar da mãe.

— Eu achei que você tinha desistido de querer ser expulsa — digo com os dentes batendo de frio.

— Eu desisti. Minha mãe foi muito clara quando disse que eu não poderia ser expulsa. Mas! — Ela levanta um dedo. — Isso não sou eu causando problema. Isso é o colégio não sendo um lugar seguro pra mim.

Ela abaixa a mão e dá de ombros.

— Muito diferente, óbvio.

Juro que se Flora pudesse usar o cérebro para outra coisa que não fosse inventar uma série de esquemas, ela provavelmente dominaria o mundo, mas estou com raiva demais para ficar impressionada.

— Você entende que isso não é só sobre você? — pergunto a ela, cruzando os braços para me esquentar.

Flora está em pé na minha frente e ela cruza os braços também.

— Não seja tão dramática — ela responde no meio daquela tremedeira toda, e eu quase não consigo resistir à vontade de avançar e estrangular essa garota.

— Não seja tão dramática? — digo. — Você realmente está me dizendo isso? Você, a garota que está disposta a derrubar uma instituição de cem anos de idade só porque não gosta de morar longe de casa?

Flora revira os olhos, colocando as mãos na cintura.

— Tá bom, mas, antes de qualquer coisa, por que você se importa? Sou eu que tenho ancestrais que estudaram aqui. Sou eu que tenho uma família que praticamente construiu esse lugar.

— Então por que você está querendo acabar com ele? — rebato. — A dra. McKee é uma pessoa legal, e ela ama Gregorstoun. Ou ela é apenas mais um dano colateral no seu chilique sem fim?

— Agora você está parecendo meu irmão — ela murmura.

Solto uma risada de deboche.

— Seb? Imagino que ele tenha uma medalha própria de esquemas exageradamente dramáticos.

Flora torce o nariz empinado.

— Não, não o Seb. Alex, meu irmão mais velho. Ele está sempre falando como eu dificulto as coisas pra mim mesma, que eu sou minha própria pior inimiga. Pura lorota, claro.

— Na verdade isso parece o oposto de lorota pra mim — respondo. — E então franzo a testa e continuo. — Se por lorota você quer dizer "bobagem", o que imagino que seja.

Flora faz uma expressão que parece algo entre uma olhada de canto de olho e um sorriso de canto de boca.

— Você está se inteirando do linguajar, pelo menos — ela diz, e sacudo a cabeça, irritada.

— O que eu estou me inteirando é de queimaduras de frio e provavelmente tuberculose ou alguma outra doença terrível.

Inclinando a cabeça para trás, Flora dá um suspiro em direção aos céus, seus braços estendidos nas laterais.

— Essa não pode ser a pior coisa que já aconteceu com você — ela diz antes de olhar de volta para mim. — Quer dizer, só essa cortina já deveria se qualificar como acidente antes desse pequeno incidente.

Eu levo um segundo para entender que ela está falando da minha franja e, quando me dou conta, levo a mão ao cabelo, fazendo uma cara emburrada.

— Vou dizer mais uma vez, acho que insultos não são a melhor maneira de agir quando estamos perdidas no meio do mato e quase morrendo por sua culpa.

Dando outro suspiro, Flora joga a jaqueta no chão e senta em cima.

— A gente não vai morrer aqui — ela insiste, cruzando as pernas. — No máximo, vamos dar um susto neles, minha mãe verá que esse não é *nem de longe* o lugar em que eu deveria estar, e então eu sairei da sua vida. — Ela me olha de canto de olho. — Não é isso que você quer?

Ah, cara, agora ela me pegou. Sem mais Flora? Um quarto todo para mim ou, céus, até mesmo dividir o quarto com uma colega que não está sempre a cinco segundos de alguma maluquice arrogante? Isso parece maravilhoso. Sem a Flora, e eu poderia ter o tipo de experiência em Gregorstoun que eu desejei esse tempo todo. O que eu havia planejado quando saí de casa.

Mas não acho que seja assim tão simples quanto Flora está tentando dizer que é. Na verdade, eu acho que esse pequeno esquema dela só vai tornar a vida de todo mundo no colégio mais difícil, então não me deixo abalar. Em vez disso, eu me sento ao lado dela, na ponta mais distante.

— Na verdade eu estou meio que me acostumando com você — digo a ela.

Estou tentando ser leve, mas não consigo ser tão indiferente com toda a tremedeira e o fato de que meu nariz decidiu se rebelar contra o frio se entupindo completamente.

— Ah, isso é ridículo — ouço Flora dizer e estou prestes a perguntar "Qual parte?" quando ela se mexe sobre a jaqueta, coloca o braço ao redor dos meus ombros e me puxa para junto de si.

CAPÍTULO 20

O corpo dela está tão frio e molhado quanto o meu, mas ainda assim me traz um pouco de alívio sentir o calor dela contra meu corpo, ou talvez seja apenas o escudo contra o vento.

Como ela consegue ter um cheiro tão bom mesmo depois de caminhar, cair num rio e caminhar ainda *mais*?

Provavelmente outro privilégio de princesa.

Pelo menos não está chovendo, mas ainda estamos com frio, molhadas e perdidas. Os morros e rochas que pareciam tão agradáveis mais cedo estão começando a ficar estranhos e ameaçadores agora que a noite está caindo, e eu espero muito que um veado seja a única espécie de vida selvagem que vamos encontrar por aqui. Não existem mais lobos na Escócia, ou existem?

— Sinto muito que você tenha se envolvido nisso tudo, Quint — Flora diz finalmente, e eu olho para ela com os olhos arregalados.

— Você está realmente se desculpando por algo? — pergunto. Ela suspira, seu corpo ainda colado ao meu.

— Eu só achei que você merecia algum tipo de explicação. Não é nada pessoal.

— Não me sinto melhor, curiosamente, já que estou congelando no meio de lugar nenhum — murmuro, e Flora se mexe ao meu lado.

Quando eu a olho, ela está encarando algo à frente.

Finalmente, ela diz:

— Não é "chilique", que nem você disse antes. Não exatamente.

Continuo olhando para ela, mesmo com o ângulo machucando meu pescoço, e, quando ela olha para mim, seu rosto está tão perto que posso ver sardas claras em seu nariz.

— Sempre ficou claro, desde muito cedo, que eu não seria o tipo de princesa que as pessoas queriam. Você sabe, o tipo... doce. Com os gestos corretos, pássaros azuis ao redor e isso tudo. Eu me irritava com os outros com facilidade, me entediava rápido demais. E, se eu não poderia ser aquele tipo de princesa, imaginei que não custava tentar ser outro tipo completamente diferente.

Ela diz isso como se fosse algo normal de pensar. Como se a maioria das pessoas estivesse consciente de determinados arquétipos que elas devem ser, e que, quando não conseguem se encaixar, escolhem outro.

— Isso é... insano — digo, e ela encosta a bochecha no ombro enquanto me observa, seu cabelo úmido balançando.

Seu lábio inferior já está começando a formar um beicinho, assim como o desenho de um V entre suas sobrancelhas.

— Você não precisa escolher algum *tipo* pra ser — continuo, me acomodando sobre a jaqueta.

Está ficando mais frio ainda, o vento praticamente assobiando agora, como se fôssemos heroínas em um romance das irmãs Brontë, presas na charneca ou algo assim.

— Você pode apenas ser você.

Flora continua me encarando, como se estivesse aguardando algo, e eu tiro o cabelo dos meus olhos.

— O que foi?

— Ah, eu só estava esperando pelo número musical que eu tinha certeza de que acompanharia uma declaração como essa — ela diz, e olho para o céu, me afastando um pouco mais.

— Beleza, seja babaca. Mais uma vez. Mais ainda.

Para minha surpresa, isso faz Flora rir e, quando eu olho para ela, ela está com as mãos apoiando o queixo, me observando.

— Meu Deus, você realmente acredita nisso tudo, né? — ela pergunta. — Esse papo todo de "você pode apenas ser você". Que extraordinário.

— Eu sinto que por "extraordinário" você quer dizer "estúpido", então vou só te ignorar e tentar dormir.

Não há chance alguma disso acontecer aqui em cima com essas rochas e charnecas ao nosso redor e a temperatura do meu corpo despencando abaixo do normal, mas, se eu dormir, eu posso desaparecer um pouquinho, posso fingir que não estou vivendo esse pesadelo onde uma princesa metida me deixou presa no meio do nada depois de um ato pensado de revolta contra seus pais. Que são uma rainha e um príncipe, pelo amor de Deus.

Eu me deito no chão pedregoso e estúpido, com o pulôver enrolado no corpo, e sinto a raiva borbulhar dentro do meu peito mais uma vez. Não sei muito sobre os pais de Flora, mas ela tem dois deles, certo? Ambos vivos, ambos ricos, ambos garantindo que ela tenha o melhor de tudo, não importa o que ela faça. Ela nem quer estar em Gregorstoun, enquanto eu passei *meses* lendo e pesquisando sobre o lugar, para então me inscrever para todas as bolsas que existem. Penso naquelas noites sentada na frente do computador, trabalhando em redação atrás de redação e, de repente, dormir é a última coisa na minha mente.

— Você é o pior tipo que existe, sabia disso? — Me sento num impulso, ainda agarrada à minha jaqueta.

Flora está sentada na beirada da jaqueta, seus braços ao redor dos joelhos, e agora ela olha para mim.

— *Pardón*?

Deus, isso só me deixa mais enfurecida, esse *paardóóón*?

— Você. É. O. Pior. Tipo. Que. Existe — falo bem devagar, apontando para ela. — O que é tão difícil na sua vida? Ah, tadinha, você está perdendo um desfile de moda. Ah, não, seus pais querem que você tenha uma educação boa e interessante. Que pena, você tem pai e mãe, e ambos se preocupam com você.

Flora vira o corpo na minha direção com uma expressão esquisita no rosto.

— Você... não tem pai ou mãe?

Bom, essa não é uma conversa que eu queria ter esta noite.

— Não — digo, me virando para o outro lado.

Está silencioso, o único som é o do vento que continua com sua Performance Uivante, e então Flora pergunta:

— Qual?

Eu não sei se ela está perguntando quem eu ainda tenho ou quem perdi. Eu não me importo, para dizer a verdade. Apenas respondo:

— Minha mãe morreu quando eu era pequena.

Mais silêncio.

E então:

— Quão pequena?

Com um suspiro, me viro e fico deitada de costas, gemendo quando sinto as pedras machucando minha espinha.

— Dois anos.

A voz de Flora soa diferente quando ela diz:

— Isso é bem pequena mesmo.

— Sim.

Não conto mais nada para ela. O quanto dói ter uma mãe de quem eu nem consigo lembrar. O quanto eu amo meu pai mais do que posso dizer, o quanto Anna é uma madrasta incrível, mas que entrou em nossas vidas quando eu já era adolescente. O quanto eu penso que minha relação com meu pai poderia ser mais fácil se ele não tivesse que ter sido Todas As Coisas para mim por tanto tempo. Isso tudo é o tipo de coisa que eu nem consegui falar para meus amigos, e Flora certamente *não é* uma amiga. Talvez ela também não seja uma inimiga completa, mas, ainda assim, esse tipo de coisa ela não vai tirar de mim. Coisas pessoais, coisas importantes.

— Sinto muito — ela diz finalmente e, quando eu olho para ela, ela também está deitada, de frente para mim.

E ela aparenta realmente sentir muito. Ou assim eu penso. Ela parece *diferente,* pelo menos, e talvez no quesito Flora isso seja suficiente.

— Obrigada — digo, e então me contorço de modo esquisito sobre o solo para ficar de frente para ela. — Quer dizer, eu não me lembro dela nem nada.

— Isso é melhor ou pior?

É uma pergunta totalmente inesperada e, por um segundo, eu não sei como respondê-la, já que é uma pergunta que fiz a mim mesma um milhão de vezes, desde que eu tive idade suficiente para entender o significado de não ter mãe.

— Não sei — finalmente digo a ela. — É tipo... tentar sentir falta de algo que você nunca teve de verdade. Como se você nunca tivesse provado sorvete, nunca pudesse comer sorvete, mas todo mundo dissesse "Você não sente falta de sorvete?". Só que. Você sabe. Mais que isso.

— Porque o sorvete é a sua mãe — ela diz com tanta solenidade que eu acabo rindo.

— Acho que sim, né?

E então Flora também sorri, mas é um sorriso tão diferente. Normalmente, os sorrisos dela são de lábios que se curvam devagar, bem no estilo de um gato que comeu o canário, como se ela tivesse aprendido a sorrir depois que viu novelas ou algo assim. Esse sorriso é genuíno e surpreendentemente bobo. Ilumina seu rosto inteiro e eu imagino por que ela não sorri assim mais vezes.

Fica bem nela.

E então ela apoia a cabeça na mão e diz:

— No pub, antes daquela situação desagradável toda, você mencionou que gosta de garotos e garotas.

Ah, uau, aparentemente vamos desenrolar todos os meus assuntos pessoais esta noite. Que alegria.

Limpando a garganta, me viro para observar o céu sobre nossas cabeças. Ainda não está completamente escuro, mas está chegando lá, e eu sei que, quando o sol tiver desaparecido, vai ficar mais escuro do que posso imaginar.

— É — digo, enfim. — Oportunidades iguais de pretendentes.

— Bissexual — ela responde e meu rosto fica corado enquanto eu rio.

— Pra ser técnica, sim, bi. Mais alguma coisa que você deseja saber sobre mim? O número da minha identidade? Cicatrizes vergonhosas?

Ela dá de ombros, ainda deitada de lado e me encarando.

— Se estamos presas aqui, pensei que podíamos pelo menos tentar nos conhecer melhor. E eu também. Isso de gostar de garotos e garotas. Bom, não de garotos, na verdade. Quer dizer… — Ela solta um longo suspiro. — Eu dei uma *chance* a eles, mas não funcionou.

O.k., isso prende minha atenção.

Mais uma vez, eu me viro para ficar de frente a ela.

— Não funcionou? — repito.

Flora contorna uma estampa na jaqueta com a unha.

— É que eles são muito… garotos, sabe?

Eu meio que sei e balanço a cabeça concordando.

— As pessoas sabem? — pergunto a ela, e então, porque isso parece muito pessoal, completo: — Meu pai e minha madrasta sabem. A maioria dos meus amigos também. Eu achava que seria estranho ou difícil falar disso com eles, mas todo mundo foi surpreendentemente legal.

— Minha família não é tão legal — Flora diz. — Meus irmãos sabem e são tranquilos com isso. Meu pai prefere não reconhecer que nenhum de seus filhos é uma criatura sexual, e minha mãe está fingindo que é só uma fase e que uma hora vou cumprir com meus deveres familiares. Tipo casar com algum duque com zero queixo e trezentos acres. — Ela se vira de costas, um braço estendido ao seu lado e o outro repousando sobre o peito. — Ter umas três ou quatro crianças. Escolher nomes tenebrosos pra cada uma.

— Venetia? — sugiro. — Florisius?

Rindo, Flora repete "Florisius" e então olha para mim.

— Por que você está me contando isso? — pergunto, e ela vira o rosto para olhar o céu.

— Você compartilhou algo pessoal comigo, mesmo eu não tendo sido muito legal com você — ela diz. — Me pareceu simplesmente uma boa prática esportiva retribuir da mesma maneira.

Boa prática esportiva. Isso é tão... Flora.

— Bom, eu agradeço — digo, e então me surpreendo dizendo: — Sério, agradeço mesmo.

Ela inclina o rosto em resposta, mas eu ainda aponto para ela e falo:

— Embora o compartilhamento de segredos pessoais não resolva essa encrenca.

— Justo, Quint — ela diz, e eu me acomodo na jaqueta, imaginando se conseguirei mesmo cair no sono.

E então Flora se senta, apontando:

— Aquilo são luzes de lanterna ou fantasmas?

Eu me levanto num pulo, identificando os dois círculos de luz flutuando não muito longe, e então ouço o som mais doce que eu poderia imaginar – a voz de Sakshi dizendo:

— Eu *avisei* que a gente deveria ter montado a barraca mais cedo.

Olhando para Flora, eu abro um sorriso.

— É o socorro.

Um escâââââandaloooo para reportar, meus queridos!! Sem surpreender ninguém, a Princesa e a Viagem de Acampamento (que conto de fadas ruim isso daria) quase acabou em desastre. Aparentemente, Flora e sua parceira se PERDERAM SEM EQUIPAMENTOS! Elas foram encontradas por colegas de classe e, pelo que fiquei sabendo, pode ser que a própria rainha faça uma pequena viagem para lá — DE NOVO!! — para averiguar o que está acontecendo. Primeiro uma briga no pub, e agora um acampamento desastroso... O que devo dizer? Acho que a estadia de Flora em Gregorstoun pode ser ainda mais divertida que a de Seb.

("Quando princesas vão acampar", *Crown Town*)

CAPÍTULO 21

— **E então, como você pode imaginar,** ninguém na família McGregor nunca mais comeu uma truta.

— Totalmente — murmuro em resposta à história do sr. McGregor, mesmo só tendo ouvido metade.

Estou sentada no banco de trás de um Land Rover com Flora, nós duas – bom, nós três, contando com o sr. McGregor – estamos voltando para Gregorstoun na escuridão. Graças a Saks e Elisabeth, que estavam com suas mochilas e dispararam sinalizadores, razão pela qual o sr. McGregor está nos levando de volta ao colégio.

— Só estou dizendo, meninas, que vocês tiveram sorte que foi um veado e não uma truta — ele continua dizendo antes de sacudir a cabeça com tristeza. — Pobre Brian.

Agora eu queria ter prestado atenção à história, mas já estávamos chegando ao estacionamento do colégio, com todas as luzes acesas, fazendo o prédio brilhar na escuridão.

Eu daria um suspiro de alívio diante dessa visão se a dra. McKee não estivesse em pé nos degraus de entrada, com os braços cruzados sobre o peito.

— Droga — Flora murmura ao meu lado, e eu concordo.

— Droga demais.

Estou cansada e molhada e com frio e sem a menor vontade de tentar explicar toda essa situação para a dra. McKee.

Mas, quando saímos juntas do carro, ela simplesmente diz:

— Vamos conversar sobre isso amanhã.

E então volta para dentro do colégio.

Olho para Flora, que apenas dá um longo suspiro antes de dizer:

— Bom, vamos nos preocupar com isso mais tarde, o.k.? Vou tomar um banho. Talvez eu nunca consiga tirar o cheiro de rio do meu cabelo.

Mas a convocação para comparecer ao escritório da dra. McKee não vem na próxima manhã. Ou na manhã seguinte. Apenas quando todo mundo retorna do Desafio e eu finalmente começo a relaxar, pensando que talvez não levarei uma bronca desta vez, é que o dr. Flyte me impede de entrar na aula de história e me diz que a dra. McKee quer me ver.

E assim, mais uma vez, estou sentada ao lado de Flora na frente da diretora.

Desta vez, nós nos encontramos em seu escritório em vez da capela, e, mesmo que Flora estivesse certa de que sua mãe apareceria de novo, não há procissão real alguma.

Apenas nós.

Sentada do outro lado da mesa, ela nos observa com a testa franzida de leve.

— Moças — ela começa, e se interrompe, sacudindo a cabeça. — Desculpa, eu não sei nem como começar, já que as histórias que ouvi da senhorita Worthington e da senhorita Graham foram um pouco confusas e envolviam um veado.

Flora acena com a cabeça.

— Sim, nós fomos atacadas por um veado e foi assim que perdemos nossas coisas. Foi muito traumático. Não foi, Quint?

Por mais que eu tenha dito que não seguiria o plano estúpido de Flora, me vi concordando com a cabeça.

— Um veado. Trauma — digo, e a dra. McKee solta um suspiro.

— Senhorita Quint — ela diz, me encarando. — Você não estaria mentindo pela princesa, estaria?

Como ela sabe? Ela tem poderes psíquicos ou eu sou uma péssima mentirosa?

Mas então a dra. McKee começa a arrumar os papéis sobre a mesa e diz:

— Porque a amiga da senhorita Baird, a senhorita McPherson, insistiu que duas semanas atrás a senhorita Baird contou a ela que não planejava continuar em Gregorstoun durante o outono e que tinha um novo plano para tentar voltar para casa. Isso é verdade?

Na cadeira ao meu lado, Flora não se mexe, mas sinto meus músculos quase rangerem de tão tensa.

— Não. Não tinha plano. Eu não sei... planejar — consigo dizer, e a expressão fechada da dra. McKee se adensa, seu nariz chega a ficar torcido.

— Senhorita Quint — ela diz, e então Flora estica a coluna, limpando a garganta.

— Na verdade, Caroline está dizendo a verdade, dra. McKee. Foi irresponsável, negligente e egoísta, e Millie não fazia ideia do que eu estava tramando até que fosse tarde demais. Eu pedi que ela mentisse por mim e a ameacei com expulsão se ela não topasse.

A última parte não é nem um pouco verdade, e eu fico de boca aberta para Flora. As poucas horas que passamos encharcadas e com frio a amoleceram assim?

Ou na verdade ela é uma pessoa decente sob toda aquela arrogância?

A dra. McKee apenas encara Flora, as mãos ainda apoiadas sobre a mesa. Quando ela volta a falar, é para perguntar:

— Você odeia tanto este lugar, senhorita Baird?

Flora engole em seco e se mexe um pouco na cadeira antes de responder:

— Eu achava que sim — ela diz. — Mas... não é tão ruim. Aquelas garotas que vieram nos ajudar, Sakshi e Elisabeth. Eles foram... legais.

Ela movimenta os ombros, desconfortável.

— E a Millie... senhorita Quint... tem sido legal comigo mesmo sem eu merecer. Então. Eu não sei.

Ela força aquela expressão entediada que eu vi tantas vezes em seu rosto.

— Talvez tenha algo a ver com todo esse papo de "sororidade".

— Poderia ser mais efetivo sem as aspas com as mãos, mas obrigada, senhorita Baird — diz a dra. McKee.

Então ela alterna olhares entre Flora e eu. Percebo que a dra. McKee não é tão velha. Provavelmente na casa dos trinta e poucos anos. Talvez ela tenha um irmão que estudou aqui, ou um namorado, ou algo assim. Talvez estar em Gregorstoun tenha sido um sonho para ela também.

Estou sentindo o peito levemente aquecido de empatia pela dra. McKee quando ela diz:

— As duas vão trabalhar na lavanderia pelas próximas quatro semanas.

— O quê? — pergunto. — Mas eu não...

— Você mentiu — diz a dra. McKee, mais uma vez organizando os papéis. — Para proteger uma amiga, eu entendo, mas isso não torna a sua ação aceitável. Agora podem ir, vocês duas.

— Mas... — Flora começa a falar e a dra. McKee levanta um dedo.

— Saiam, ou será lavar as roupas *e* limpar os banheiros.

Nós saímos tropeçando daquele escritório a passos tão apressados que provavelmente deixamos uma nuvem de poeira em nosso rastro.

No corredor, Flora e eu nos encaramos, mas, antes que eu possa lhe agradecer por ter feito a coisa certa, ela diz:

— Vou me atrasar pra matemática. Até mais, Quint.

Ela se vai saracoteando e, assim que entra em outro corredor, Saks chega correndo, seguida por Perry.

— Eles te expulsaram? — ela sussurra e eu sacudo a cabeça.

— *Ela* foi expulsa? — Perry pergunta e eu mexo a cabeça de novo.

— Não, nenhuma expulsão. Só "trabalhar na lavanderia", seja lá o que isso significa.

Perry e Saks torcem o nariz.

— Isso na verdade é bem desagradável — diz Perry. — Tive que fazer ano passado por ter fumado no colégio. Você aprende... coisas demais sobre seus colegas ao lavar a roupa deles.

— Ótimo — respondo. — Mal posso esperar por isso, então.

Nós três subimos as escadas e, quando Perry desvia do caminho para seu quarto, eu me viro para Saks.

— Ela nos chamou de amigas. A dra. McKee.

— Você e a dra. McKee são amigas? — Saks pergunta, inclinando a cabeça e fazendo seus cabelos escuros caírem no ombro, e eu reviro os olhos, empurrando seu braço de leve.

— Não. A Flora e eu.

— Ah — o rosto de Saks se ilumina. — Bom, talvez vocês possam ser!

Não sei como me sinto em relação a isso.

Quando chego em nosso quarto mais tarde naquela noite, depois de jantar e estudar, Flora já está de pijama, sentada de pernas cruzadas em sua cama, os cabelos molhados e penteados sobre seus ombros.

Pela primeira vez, quando entro no quarto, ela não me dirige um olhar. Ela sorri um pouco, inclinando-se para secar o cabelo com a toalha, e eu fico ali em pé, olhando para ela. Em nosso quarto, que está tão claramente dividido entre Minhas Coisas e as Coisas da Flora, arrematado por um separador feito com fita adesiva sobre o topo da cômoda.

— Somos amigas agora? — pergunto num impulso, e Flora levanta as sobrancelhas, deixando a tolhar cair na cama.

— Acho que sim — ela diz. — Passamos por uma experiência traumática juntas. Isso costuma unir as pessoas.

— E a experiência traumática foi totalmente culpa sua — eu a lembro, e ela dá de ombros daquela maneira elegante que estou começando a reconhecer como um Gesto Clássico de Flora.

— A proveniência do trauma não é tão importante — ela diz num tom leve, e eu não consigo evitar as risadas que explodem de mim.

— "Proveniência do trauma"? Tá bom, sério, quem fala desse jeito?

Mas então eu me lembro de que essa é uma pergunta estúpida. Quem fala desse jeito? Princesas, claro. O que a

Flora é, não importa o quão... normal ela aparenta ser sentada ali de pijamas.

Ela se levanta da cama, anda até a cômoda e puxa aquela fita que separava minha coleção de pedras da coleção de velas elegantes dela.

— Pronto — ela diz, amassando a fita numa bola e jogando na lixeira. — Um novo começo.

Não sei se algo tão simples como esse gesto pode ser o início de uma bela amizade, mas ainda assim concordo, balançando a cabeça.

— Um novo começo.

CAPÍTULO 22

Em se tratando de punições, definitivamente poderia ter sido pior. Quer dizer, não sei se eles poderiam ter nos colocado em instrumentos de tortura ou algo do tipo – eu, talvez, mas, definitivamente, não Flora –, mas quem sabe que tipo de coisas esquisitas eles podem inventar de fazer aqui nas Terras Altas? Poderíamos ser forçadas a cuidar de ovelhas, carregar rochas pesadas ou algo assim. Tá bom, a ideia das rochas pode não ser tão ruim para mim, mas ainda assim.

Então, sim, cuidar da lavanderia parece ser um preço pequeno a se pagar por tudo que aconteceu durante o Desafio.

Flora não concorda.

— Isso é selvagem — ela diz, seu nariz perfeito se contorcendo enquanto seus braços estão carregados de lençóis molhados retirados da máquina. — Praticamente medieval.

A lavanderia se encontra no que eu imagino que tenha sido o porão ou talvez o local onde eles mantinham as mulheres insolentes naquele tempo, o chão de pedras desniveladas, e a luz entrando pelas janelas antigas é embaçada e cinza. Está chovendo. Que novidade.

— História é minha segunda disciplina favorita — digo enquanto coloco um copo de sabão de cheiro forte na outra máquina de lavar. — E tenho quase certeza de que não me lembro da existência de máquinas de lavar modernas no período medieval, mas acho que posso estar errada, né?

Flora me fuzila com o olhar em resposta. Seu cabelo está arrumado num rabo de cavalo, mas alguns fios escaparam e ficam encaracolados sobre seu rosto, na umidade da lavanderia. Pequenas gotas de suor pontuam sua testa também, mas me impressiona que até mesmo aqui embaixo, no porão, fazendo trabalho braçal, não tem como confundir Flora com ninguém que não seja uma princesa.

— Ninguém gosta de sabichões, Quint — ela diz, mas vejo um pequeno sorriso se curvando ali no canto de seus lábios.

E talvez eu também esteja sorrindo quando respondo:

— Sabe, esse hábito de me chamar pelo sobrenome faz parecer que sou sua criada.

Flora dá risada disso, fechando a tampa da secadora com força e girando os botões no topo.

— Deus, que criada inútil você seria — ela diz enquanto a secadora começa a rugir e sacudir. — Você provavelmente derramaria chá em mim por puro prazer.

Abro um sorriso largo, andando até a longa mesa baixa no meio da sala, onde cestas de toalhas ásperas aguardam para serem dobradas.

— Na verdade, quando eu terminar o colégio aqui, talvez me candidate à função. E me dedique a vida inteira apenas a me vingar de você pelo que aconteceu durante o Desafio.

Estou brincando, mas o sorriso de Flora se desfaz um pouco quando ela se junta a mim na mesa. Quando ela estende a mão para pegar uma toalha, eu noto que suas unhas estão descascando, duas delas parecem que foram roídas.

Princesa Flora roendo as unhas? Quem poderia imaginar?

— Desculpa por isso — ela diz, finalmente, e então olha para mim. — De verdade.

Limpando a garganta, dou de ombros. Eu não gosto da Flora sincera. A Flora volátil que é um pé no saco é muito mais fácil de lidar.

— Eu sei — digo. — E obviamente a gente não morreu, então isso é um bônus.

— Talvez a gente tenha morrido, porque isso certamente parece com o inferno ou, pelo menos, o purgatório — Flora comenta, tentando dobrar uma toalha.

Ela amassa e embola a toalha mais do que dobra e, com um suspiro, eu tiro a toalha de suas mãos.

— Você pode ter razão, já que "Ensine a Princesa a Lavar e Dobrar Roupas" com toda a certeza parece algum tipo de punição dos deuses.

Ela revira os olhos.

— Ah, pobre Quint, a explorada — ela diz, e eu levanto um dedo.

— Espera, vamos fazer isso do jeito certo. Observe.

Pego a toalha, sacudindo-a e segurando em duas pontas.

— A primeira coisa: nós seguramos a toalha assim. Então juntamos essas duas pontas.

Eu mostro a ela, e ela pega outra toalha, imitando meus movimentos. Eu não faço ideia se ela realmente não sabe dobrar uma toalha ou se ela está apenas seguindo o embalo porque é uma distração divertida do trabalho na lavanderia, mas, de qualquer maneira, ela segue obedientemente os mesmos movimentos que eu faço até que restam apenas algumas toalhas na mesa.

— *Et voilà* — digo com um floreio, então pego outra toalha da pilha e jogo para ela. — Agora vamos ver se a estudante aprendeu.

Flora me encara e pega a toalha, abrindo-a com um gesto brusco à sua frente.

— Isso não é nada de outro mundo, Quint.

E então ela dobra a toalha de um jeito desastroso. Tipo, eu não consigo nem descrever o que ela faz porque desafia todas as leis de Deus e da humanidade, e também das toalhas, e solto uma risada, sacudindo a cabeça e me aproximando dela.

— Meu Deus do Céu, Sua Alteza Real — provoco. — Você é um desastre real.

Estendendo os braços ao seu redor, pego a toalha, colocando-a de volta em suas mãos. Então, em pé atrás dela, eu guio seus braços nos movimentos corretos.

— Juntando as pontas — digo de novo, trazendo suas mãos para o centro junto com as minhas.

E só então percebo o quão perto estou dela, como seus cabelos dourados estão caindo sobre seus ombros e praticamente na minha boca.

O modo em que estamos ali parece tão... próximo.

Limpo a garganta e dou um passo para trás tão repentino que Flora deixa a toalha cair.

— Enfim, você entendeu — murmuro, voltando para minha pilha.

Flora fica olhando para mim, sua face levemente ruborizada.

Deve ser porque está calor aqui embaixo, com as máquinas de lavar e secar industriais deixando tudo mais quente e úmido do que qualquer porão de uma mansão escocesa tem direito de ser.

Nós terminamos de dobrar as toalhas quase em silêncio, e estou indo pegar uma cesta de lençóis quando percebo algo enfiado debaixo da última cesta, bem na ponta da mesa. É uma revista, uma edição antiga que está meio enrugada e apagada por causa da umidade da lavanderia, e acho que quem levou essa punição por último devia estar lendo a revista. Eu a puxo para mim, mais por curiosidade do que outra coisa, e é apenas quando a tenho bem na minha frente que vejo Flora na capa.

Uma manchete enorme com letras amarelas diz: FLORA FRÍVOLA ATACA NOVAMENTE!, e na foto ela está usando óculos escuros grandes e caminhando em uma rua de paralelepípedos, um braço sobre a barriga e o outro estendido contra os fotógrafos.

Nossa.

Eu tento enfiar a revista de volta embaixo da cesta, na esperança de que Flora esteja focada o suficiente em não embolar mais toalhas a ponto de não me notar, mas é claro que ela percebe a movimentação, e antes que eu tenha a chance de esconder a revista novamente, ela está ao meu lado, tirando a revista das minhas mãos.

— Ah — ela diz. — Vejo que alguém tem lido sobre mim. Que lisonjeante.

— Não é minha — respondo, arrumando o cabelo atrás das orelhas. — Eu só encontrei aqui.

— Ah, eu não achei que fosse sua. — Flora ainda está segurando a revista, observando sua foto, os ombros para trás e o queixo levantado um pouco.

É uma pose que estou me acostumando a ver nela.

— Deve ser de algum dos nossos outros colegas de classe, eu acho. Mas é uma boa foto. Meu cabelo estava maravilhoso naquele verão.

Eu a encaro. Isso é tudo que ela enxerga na foto? Ela está sendo praticamente caçada pela rua, a manchete sugere que ela é uma encrenqueira ou coisa do gênero, e ela reage com "meu cabelo está bonito"?

Flora volta para sua própria pilha de roupas, a revista fica entre nós duas. Parece uma serpente venenosa, a revista ali, e eu a observo com cautela.

Então olho para Flora, que está redobrando as toalhas que ela já havia arrumado, seus movimentos estão rígidos.

— Aquilo é sobre o quê? — finalmente pergunto. — Você "atacando novamente"?

Fungando, Flora joga as toalhas recém-dobradas numa cesta vazia, prontamente desfazendo o trabalho que estava pronto.

— Pra dizer a verdade, eu nem me lembro. Cometi muitos erros naquele verão.

Ela sorri.

— Ainda bem que tenho tantas publicações mantendo um registro sobre o que faço.

Flora passa ao meu lado, carregando a cesta em direção à porta e, quando ela o faz, uma das mãos esbarra na revista e ela cai no chão bem em cima de uma poça do que escorreu dos lençóis molhados.

— Ah, nossa — ela diz. — Que desastrada que eu sou.

CAPÍTULO 23

— *Trabalhar na lavanderia?*

Eu rio, me acomodando em minha cama enquanto ajeito o notebook para ver Lee melhor.

— O.k., você diz isso como se fosse a pior punição que alguém pudesse ter.

Na tela, Lee tira o cabelo dos olhos.

— É só bizarro — ele diz. — Você consegue imaginar se meter em confusão no Pecos e eles te mandarem, tipo, lavar os uniformes de educação física? Eles nunca ouviram falar em detenção na Escócia?

— Não é tão ruim, eu acho — digo a ele, e fico surpresa ao perceber que isso é verdade.

Não é que eu tenha *amado* botar a roupa de todo mundo para lavar durante as últimas semanas, mas ficar esse tempo com a Flora tem sido surpreendentemente não terrível. Seja o que for que derreteu entre a gente lá em cima das colinas permaneceu descongelado e, mesmo que eu ainda pense em Flora como uma Agente do Caos Elegante, tem sido até legal passar o tempo juntas, só nós duas.

— Hum, que *cara* é essa?

Pisco distraída para a tela.

— Quê?

— Você acabou de fazer uma cara — Lee diz, sorrindo. — Uma cara sonhadora. Pegou um *highlander*, Mill?

— Cala a boca — digo, revirando os olhos, mas Lee apenas ri de novo, sacudindo a cabeça.

— Não, eu conheço bem a cara de Millie Quint quando tem um *crush* e você fez essa cara. Eu já vi isso antes, eu conheço esse seu coração misterioso.

— Não fiz. E, não, você não conhece — respondo, mas meu coração está batendo um pouco mais rápido, e agora estou ficando corada, vermelha igual um tomate.

Consigo ver isso no pequeno retângulo no canto inferior da tela.

A porta se abre e Flora entra saltitando, seu rabo de cavalo dourado balançando.

— Ai, graças a Deus! — ela diz com entusiasmo, caindo em sua cama com uma distinta falta de graça real e, no meu notebook, Lee começa a berrar:

— Quem é? É a sua colega de quarto? Quero ver ela!

— Tá bom, tenho que ir, te amo, te amo, tchau! — digo apressada antes de fechar o notebook num gesto brusco.

Eu não falei de Flora para o Lee ou, melhor dizendo, não contei a ele que minha colega de quarto é também uma princesa, e algo me diz que, assim que ele a vir, ele vai saber.

Não que exista algo para saber, porque não tem. Eu *não* tenho um *crush*.

— Com quem você estava falando? — ela me pergunta, apoiando o queixo na mão e segurando um envelope pesado entre os dedos.

— Meu pai — minto, e então aponto para o envelope.

— O que é isso? — pergunto a ela, observando enquanto ela desliza um dedo pela aba e em seguida ouço o som do papel grosso rasgando.

— Isso, queridíssima Quint, é a liberdade — ela diz, e tento ignorar aquele "queridíssima" e como meu peito fica agitado ao ouvir isso.

É apenas o Idioma Flora. Todo mundo é "querido", "amado", "meu amor". Às vezes acho que é porque ela não consegue se lembrar do nome da maioria das pessoas.

— Olha — ela diz, jogando o cartão pesado que veio no envelope para mim.

O cartão tem tantos selos e brasões em relevo e a caligrafia é tão intrincada que eu mal consigo ler, então seguro o cartão a distância, espremendo os olhos.

— Isso está em inglês? — pergunto, e Flora se aproxima e me dá um tapa de brincadeira antes de pegar o cartão de volta.

— Não se faz de ignorante pra cima de mim — ela diz, mas sorrindo. — É um convite pra uma festa exclusiva no próximo fim de semana em Skye, organizada pelo Lorde das Ilhas.

Eu me sento de volta na cama, tirando os sapatos com os pés.

— Quem?

— Lorde das Ilhas — Flora repete, e mexo meus dedos do pé para ela.

— Você pode continuar repetindo isso o quanto quiser, eu vou continuar sem entender de quem você está falando.

Flora dobra as pernas e se senta sobre elas. Tem um buraco na meia-calça na altura do joelho, um detalhe espantosamente humano numa deusa, e sinto esse impulso esquisito e repentino de cutucá-la ali com meu pé.

Esse é um impulso que eu com certeza não obedeço.

Em vez disso, eu me forço a prestar atenção em seu rosto enquanto ela diz:

— Você realmente não sabe muito da Escócia pra alguém que escolheu morar aqui por vontade própria.

E eu me recolho mais para trás na cama, para longe daquele buraco na meia-calça, aquele pequeno círculo de pele branca que não consigo parar de olhar.

— Eu sei o suficiente — digo, um pouco defensiva. — Maria, Rainha dos Escoceses. Coração Valente. Isso tudo.

— Ah, desculpa, não sabia que você era uma especialista em assuntos escoceses. — Ela exagera o sotaque chegando ao fim da frase, as vogais rolando guturais na boca, e eu solto uma risada.

— Está bom, nunca mais fale assim.

Ela sorri e então se senta sobre os calcanhares, o convite ainda nas mãos.

— O.k., deixa eu te explicar. Então, há muitos anos, muito antes da sua Maria e do seu Coração Valente, as Ilhas eram mais ou menos um reino próprio, principalmente porque elas eram difíceis pra cacete de chegar partindo de Edimburgo. Então elas tinham um Lorde das Ilhas, que basicamente estava no comando de Skye, as Hébridas e, você sabe… as ilhas.

— Certo — digo, mesmo sem ter cem por cento de certeza.

— *Eeenfiiim* — Flora diz, arrastando a voz, se deixando cair em sua cama, com as pernas cruzadas —, nos anos sessenta, eles tiveram esse levante lá por causa de petróleo ou algo assim, e teve uma votação pra deixar que trouxessem o lorde de volta, então agora eles têm um lorde, e é ele que está dando a festa. Lorde Henry Beauchamp. Aparentemente eles tiveram que contratar genealogistas profissionais pra descobrir quem era o próximo da linhagem pra ser o Lorde das Ilhas, já que fazia tanto tempo desde o último. Acabou sendo um cara qualquer que vivia num rancho e criava ovelhas na Austrália.

Lá fora está começando a chover de novo, um ruído suave e abafado que nos envolve em nosso quarto confortável e à meia-luz.

— Então ele é tipo um minirrei — digo —, mas das ilhas, não da Escócia.

Flora ri de deboche, abanando o rosto com o convite.

— Não deixa minha mãe te ouvir dizendo isso. É tipo como se ele fosse um aristocrata mais extravagante que o normal. Eles não podem formar um exército próprio ou se separar completamente do país. Mas eles têm algumas leis que são diferentes das nossas e agora mantêm a maior parte do dinheiro do petróleo. E eles também são mais divertidos.

Eu deveria estar fazendo o dever de cálculo, mas é agradável estar quase no escuro com Flora, e confesso que aprender essas coisas não é tão ruim.

— Mais divertidos que você? — pergunto. — Porque isso parece perigoso e possivelmente ilegal.

Flora dá uma piscada para mim com um sorriso malicioso.

— Eles só não são tão rígidos — ela diz. — Como eu disse, lorde Henry era do outro lado do planeta, e sua esposa, lady Ellis, era algum tipo de garota festeira na Londres dos anos sessenta. Era tudo muito escandaloso, pelo que minha mãe disse. Os filhos e netos deles fazem eu e Seb parecermos cidadãos exemplares.

Sorrio ao ouvir isso, finalmente estendendo a mão para pegar meu caderno de cálculo.

— Bom, isso tudo é a sua cara, com certeza. Você vai poder sair daqui por um fim de semana inteiro?

— Eles vão ter que deixar eu ir — diz Flora com aquela confiança inabalável que é tanto parte dela quanto a cor de seus cabelos ou suas pernas compridas. — É basicamente um encontro diplomático. Seria um insulto terrível a família real não enviar um representante, ainda mais quando esse representante está tão perto.

— É isso que você é? — pergunto, o caderno já esquecido em minha barriga.

Como Flora consegue me distrair?

— Uma diplomata?

— Uma embaixadora — ela diz, levantando o nariz um pouco.

E então sua postura real se desfaz naquela risada engraçada que ela tem.

— Enfim, deve ser divertido, e, mesmo se não for, é melhor do que este lugar.

— Não dá pra discutir com você nesse ponto — murmuro e, o.k., não, agora eu vou mesmo começar o dever de casa.

Mas então Flora diz:

— Mas eu gosto tanto quando você discute comigo.

Levanto o olhar, nem tanto pelas palavras, mas pelo tom de voz que ela usa ao dizê-las. É... afável. Carinhoso.

Afetivo, talvez.

Mas "afável, carinhoso e afetivo" descrevem filhotes de cachorro, não a princesa Flora da Escócia, e talvez no futuro eu me lembre disso.

Então, em vez de sorrir, eu pego a caneta e digo:

— Bom, não se preocupe. Você provavelmente terá mais dez milhões de oportunidades pra fazer isso no futuro.

— Esse fim de semana pode ser uma delas?

Acho que nunca vou conseguir fazer esse dever de casa, me dou conta disso agora.

— O quê? — pergunto, as sobrancelhas levantadas quase até o cabelo, e Flora cruza os pés para o outro lado.

— Vem comigo pra Skye. Você nunca foi, não é?

Eu arremesso minha caneta nela e ela levanta as mãos para se defender, rindo.

— Tá bom, pergunta estúpida.

Ela pronuncia *estúpida* de um jeito que mostra seu sotaque carregado.

— Só estou dizendo, você veio estudar aqui pra conhecer a Escócia, mas tudo que você viu até agora foi o quê? Alguns aeroportos? Uma estação de trem? E Dungregor, que é deprimente demais pra se admirar. Então vem comigo pra Skye. Você vai amar.

Mordisco o lábio inferior, olhando para minha mesa. Está praticamente rangendo sob o peso dos meus livros. Estou atrasada nas minhas leituras de história, ainda nem comecei minha redação de inglês, e minha nota de cálculo deve estar diminuindo enquanto falamos.

Em sua cama, Flora se vira, deitada sobre a barriga, aproximando-se da beirada.

— *Skyyyeeee*, Quint — ela diz com um jeitinho persuasivo. — Vai ter tantas rooooochas.

Começo a rir.

— Tem muitas rochas aqui também.

Flora está sorrindo, aquele sorriso perigoso com um brilho que depois se traduz em encrenca.

— Mas não rochas mágicas.

— Agora Skye tem rochas mágicas?

Ela se mexe para o lado e pega o celular, jogando-o para mim.

— Olha o meu papel de parede.

Eu olho. É uma foto de Flora, só que mais nova, talvez com uns catorze anos. Ela está em pé entre seus dois irmãos.

Seb não é tão Galã de Revista como hoje em dia, mas o outro garoto, o irmão mais velho, Alex, é definitivamente lindo. Ele é mais loiro, como Flora, e todos os três estão vestindo o que deviam ser trajes esportivos bastante caros. As bochechas de Flora estão vermelhas, ela abre um sorriso largo para a câmera, e atrás deles há uma rocha gigante, erguendo-se do solo em direção aos céus. Ao redor há uma mistura de grama verde e cascalho e, com a névoa circundando os três, eles poderiam estar em outro planeta.

— Isso é a gente em Old Man of Storr uns anos atrás. Em Skye.

Eu sei que ela está tentando me seduzir com a formação rochosa, mas é para o rosto de Flora que estou olhando quando me pego dizendo:

— Tá bom. Eu vou.

Mesmo sem ser tão polêmica como a Realeza Escocesa, a família Beauchamp de Skye ainda é um dos clãs mais interessantes do país. Lorde Henry e lady Ellis são conhecidos por sua hospitalidade graciosa assim como pela bela casa ao norte de Skye. Depois da restauração do título de "Lorde das Ilhas", a família ocupa um espaço entre a realeza e a nobreza, embora a própria lady Ellis tenha nascido uma princesa na família real inglesa.

A princesa Flora é especialmente chegada à família, sendo próxima da neta mais nova de lorde Henry, lady Tamsin Campbell, filha do duque de Montrose. Havia esperanças de uma união entre a filha do duque e o irmão da princesa Flora, o príncipe Sebastian, mas eles terminaram no ano passado, e parece que a amizade entre Flora e Tamsin foi abalada pelo término.

("As famílias mais ricas da Escócia", *Prattle*)

CAPÍTULO 24

— **Eu preciso fazer uma reverência** pra essas pessoas que nem eu faço com sua mãe?

Flora balança a cabeça, pegando um pequeno espelho cor-de-rosa com glitter para conferir a maquiagem.

— Não. Bom, sim, mais ou menos, mas não tanto. Uma pequena mesura basta e, sinceramente, lorde Henry nem é tão formal assim.

Estamos num SUV preto, a caminho do norte de Skye. Flora me contou que, até os anos setenta, a única maneira de chegar a Skye era de barco. Agora, graças a Deus, tem uma ponte. Eu e barcos não nos damos muito bem.

Claro, existe uma chance de esse fim de semana inteiro e eu não funcionarmos bem, de qualquer maneira. Não é como se eu esquecesse que Flora é uma princesa quando estamos em Gregorstoun – eu não conseguiria mesmo se tentasse –, mas este vai ser meu primeiro gostinho da verdadeira vida da realeza. Eu me senti esquisita na casa de Darcy por anos, e ela é apenas uma Pessoa Rica Comum. Não *esse* tipo de rica.

Com um suspiro, Flora guarda o espelho e se acomoda no assento.

— Você está nervosa.

Mostro o polegar e o dedo indicador quase se tocando.

— Um pouquinho — admito. — Mas sei que vou chamar lorde Henry de "meu lorde" e lady Ellis de "Sua Alteza Real" porque ela nasceu princesa e mantém o título. E sei que os copos pra água e vinho são diferentes e que vai ter um monte de talheres pra escolher.

Flora me dá um daqueles sorrisos que eu gosto tanto, dando um tapinha na minha perna.

— Olha só, acho que você está preparada!

Reviro os olhos, mas meu rosto está corado e o local em que ela está me tocando parece ainda mais quente.

Estúpida, estúpida, estúpida, eu fico me lembrando. Essa paixãozinha por Flora é a coisa mais estúpida que eu poderia arrumar, por inúmeros motivos, mas desde o Desafio que as coisas estão diferentes entre a gente. Não só porque agora eu sei que ela também gosta de garotas, mas isso é parte da razão, preciso admitir. Meu cérebro quer me lembrar de que, a não ser pela sexualidade, Flora *não* é uma opção romântica para mim, mas é difícil lembrar disso quando ela está me olhando dessa maneira, quando estamos no banco detrás de um carro de luxo, avançando velozes através de uma das paisagens mais lindas que eu já vi. Esse papo todo de princesa nunca me agradou muito quando eu era criança, mas isso?

É, eu posso me acostumar com isso.

Então o carro está passando por uma longa entrada de cascalho e eu aperto as mãos de nervoso.

O Lorde das Ilhas vive no primeiro Castelo de Verdade que eu já vi desde que cheguei à Escócia. Posso ter achado que Gregorstoun era um palácio na primeira vez que bati os olhos, mas, enquanto saio do carro e observo a estrutura à minha frente, eu percebo que Gregorstoun é apenas um colégio bem grande. Mas isso?

Isso é um castelo.

Não é algo saído de um conto de fadas, todo bonito e delicado. Estranhamente, era o que eu estava imaginando mesmo. Isso é mais uma fortaleza medieval, com torres e muralhas, com seteiras na pedra para atirar as flechas.

— Por Deus, é monstruoso, não é? — Flora murmura ao meu lado, e olho para cima.

— É… incrível — digo finalmente, e ela olha para mim com os lábios levemente franzidos.

Eu queria poder ver seu rosto melhor, mas ela está usando um daqueles óculos escuros gigantescos de que ela gosta e, pelo menos dessa vez, o dia está realmente claro e ensolarado.

Ela estende a mão e segura a minha. É um gesto amigável, que eu já a vi fazer com outras garotas no colégio, mas, quando seus dedos se entrelaçam com os meus, um breve arrepio me atravessa.

Felizmente, não tenho muito tempo para pensar nisso porque de repente dois cavalos muito peludos vêm trotando pelos degraus à nossa frente.

Eu emito um som que provavelmente não é muito atraente, tipo um "Iai!", conforme os animais se aproximam, mas Flora se abaixa ali no cascalho apoiando-se sobre um joelho com os braços estendidos.

Os cachorros – porque é isso que eles são, e não alguma espécie bizarra de pônei – dançam alegres ao redor dela, suas línguas rosadas para fora, e Flora emite todos os tipos de sons agudos e de beijo para eles enquanto os cachorros se banham em sua atenção.

Rindo, ela fica de pé, arrumando a bolsa no ombro, e eu olho para ela me sentindo estranhamente… abalada.

A imagem que tenho de uma Flora arrogante e inalcançável está tão fixada na minha cabeça que não muda mesmo quando passo por aqueles momentos de querer sentir o cheiro de seus cabelos. Mas essa Flora? Essa Flora brincalhona que se mistura e se suja com os cachorros é uma Flora nova. Ou não exatamente nova, mas é como se um desenho fosse girado para outro ângulo e, de repente, desse para ver uma imagem escondida nos traços ou algo assim.

É esquisito.

Mas então vejo homens usando calças cáqui e coletes cinza se aproximando para pegar nossas bagagens – aparentemente as coisas não são tão formais aqui –, e Flora segura minha mão de novo, me puxando para entrarmos.

— Vamos. Se você está achando que o exterior é impressionante, o interior vai te deixar sem chão.

Ela não está errada. Caminhamos pela enorme passagem em arco de pedras e entramos num salão que se abre gigante em todas as direções. Bem à nossa frente, há uma escada colossal feita de pedras gastas que leva a uma galeria aberta. À direita, mais pedras antigas e um longo corredor com portas, e à esquerda outro arco de pedra que leva a um longo corredor cheio de armaduras, todas alinhadas rente à parede como se estivessem prontas para defender a casa de intrusos.

Um rapaz vem correndo pelo corredor. Como os caras lá fora, ele está vestindo um colete, mas fica melhor nele, o tecido justo em seus ombros largos e cintura estreita. Seu cabelo está apropriadamente desarrumado para um cara do tipo dele, e seus olhos são muito azuis. Ele se aproxima sorrindo para nós.

— Flo — ele diz com carinho, levantando Flora num abraço, e ela o abraça de volta, suas mãos dando tapinhas nas costas dele.

— Sherbet!

Eu pisco, confusa, imaginando se ela realmente acabou de chamá-lo de "Sherbet", mas então ele a coloca de volta no chão e oferece a mão para mim.

— Olá, sou Sherbourne.

Ah, certo. Continua sendo um nome esquisito, mas pelo menos não é nome de sorvete.

— Então essa é sua primeira vez em Skye? — Sherbet me pergunta, e balanço a cabeça afirmativamente enquanto ele gesticula para que eu ande na frente dele e suba as escadas.

— É sim. E é adorável.

Sherbet sorri com as mãos nos bolsos enquanto subimos juntos. As escadas são largas o suficiente para que nós três possamos andar lado a lado, e ainda tem espaço para mais alguém passar.

— O que você está fazendo aqui, Sherbet? — Flora pergunta. — Eu pensei que você estivesse passeando na Grécia ou algo assim.

Flora se aproxima um pouco mais de mim.

— O namorado do Sherbet é grego e todos nós sentimos bastante inveja das viagens que ele faz pra visitá-lo.

Sherbet ri.

— Até onde eu sei, Flora, namorar um grego não é pré-requisito pra viajar pra lá. Você pode fazer sua própria viagem à Grécia a hora que quiser.

Flora pensa sobre isso, inclinando a cabeça para um lado.

— No Natal, então, talvez? Depois do casamento, claro. Vou falar com Glynnis.

Imagino se algum dia me acostumarei a isso, o modo como "viajar para a Grécia" tem o mesmo peso que eu daria à decisão de acampar no fim de semana. O que é não ter nenhuma noção de tempo, limitação ou dinheiro? Como alguém vive uma vida toda assim?

Mas enquanto Sherbet nos guia pelo caminho, me lembro de que estou passando o fim de semana em um castelo, então, bom, talvez essa vida não esteja tão distante como parece.

— Flora, acho que você sabe onde é o seu quarto — Sherbet diz, e Flora pendura a bolsa no ombro, sorrindo.

— O Quarto Ponche de Frutas, sim, obrigada, Sherbs.

Com isso, ela acena para mim com os dedos e diz:

— Passo no seu quarto depois de arrumar as coisas e tomar um banho, o.k.?

— Claro — respondo, ainda imaginando o que seria "o Quarto Ponche de Frutas", mas então Sherbet está abrindo a porta à sua esquerda e me convidando a entrar no quarto.

É todo decorado em tons de verde-menta com alguns toques de verde mais escuro e detalhes num roxo denso e forte. Minha cama tem um dossel de verdade, com pequenas cortinas recolhidas nos pilares grossos com laços de veludo roxo.

Uma janela gigantesca toma conta da parede e, quando eu me aproximo um pouco mais, percebo que a vista dá para um pequeno jardim e, a distância, para o oceano.

Eu viro o rosto e olho em direção a Sherbet, que está com um sorriso largo e as mãos nos bolsos.

— É demais, não é? — ele diz, e penso que, se um garoto desses fica impressionado com esse quarto, então realmente *é* demais.

— Eu não... — digo, perdendo o fio da meada e sacudindo a cabeça antes de soltar uma risada. — É demais, sim — digo, finalmente, antes de me virar para apreciar a vista de novo.

— É um dos quartos mais bonitos do castelo inteiro — Sherbet me conta —, o que deve ser o motivo de Flora sempre escolher esse.

Eu me viro, surpresa, e ele pisca para mim.

— Ela insistiu que fosse seu.

CAPÍTULO 25

Flora cumpre o que prometeu e vem até meu quarto após uns vinte minutos, vestindo roupas completamente diferentes. Ainda estou com minha calça preta e o suéter que usei na viagem para cá, mas cheguei a passar um pouco de rímel e uma fina camada de gloss, e Flora percebe imediatamente.

— Olha só pra você, Quint — ela diz, provocando, enquanto me puxa porta afora até o corredor.

— Achei que deveria usar, já que eu vou socializar com lordes e tudo mais — digo a ela. — Mas ainda não faço ideia do que vou vestir para o jantar hoje à noite.

Flora faz um gesto com as mãos.

— Eu te disse, vou cuidar disso.

— É isso que me assusta — murmuro, e ela me dá um sorriso malicioso.

— Você duvida do meu gosto?

— Não duvido, tenho é medo — digo, e ela solta uma risada.

Andamos pelo corredor, passando por retratos e pequenas alcovas com estátuas de mármore e, no caminho para as escadas, eu pergunto:

— Por que seu quarto se chama "Quarto Ponche de Frutas"?

Sem responder, Flora vai até uma porta mais à frente no corredor e a abre, gesticulando para que eu me aproxime.

Olho para dentro e então dou um passo para trás quase que imediatamente.

— Uau.

As paredes do quarto são tão vermelhas que quase machucam meus olhos, e a roupa de cama é coberta por uma estampa de árvores frutíferas e cachos de uvas.

— Faz sentido agora — digo, e ela acena com a cabeça.

— Quando lorde Henry se tornou Lorde das Ilhas, os antigos proprietários dessa casa tiveram que entregá-la a ele. Pelo que dizem, eles estavam tão enfurecidos por causa disso que tentaram redecorar todos os cômodos antes de ele chegar aqui. Mas só conseguiram fazer isso com esse quarto, deixando-o o mais pavoroso possível. Lorde Henry achou engraçado, então ele manteve desse jeito.

— Design de interiores como vingança — comento. — Gostei.

Sorrindo, Flora fecha a porta e continuamos nosso caminho pelo corredor e descemos as escadas até o salão principal de novo. Sherbet não está lá, mas tem um homem em pé vestido num terno de tweed, com uma bengala na mão, batendo impaciente no chão de mármore.

— Tio Henry — Flora chama, e o homem se vira para ela, seu rosto enrugado se abrindo num sorriso ao vê-la.

— Ah, lá vem confusão — ele diz com afeto, e Flora termina de descer a escada e vai abraçá-lo.

Lorde Henry está na casa dos setenta e poucos anos, mas se move e se comporta como um homem muito mais novo, com os ombros para trás, o cabelo espesso e branco. E, quando ele olha para Flora, seus olhos azuis brilham.

— Não sabia se você viria mesmo — ele diz, se curvando para beijá-la na bochecha, e Flora aperta os ombros dele antes de se afastar.

— Eu não perderia um dos seus jantares por nada, tio Henry — ela diz e então acena para mim. — E eu trouxe minha colega de quarto, Amelia.

Ela abaixa o tom de voz para um sussurro falso.

— Ela é americana.

— Ah! — Lorde Henry pega minha mão e beija o dorso. — Assim como alguns de meus netos, então eu tenho muito carinho por seus compatriotas.

— A filha do lorde Henry, Maggie, se casou com um banqueiro de investimentos de Nova York.

— Sim, verdade — Lorde Henry confirma. — Ele é terrivelmente chato, mas eu não acho o mesmo de todos os americanos.

E com isso ele dá uma piscada para mim e eu relaxo um pouco. Até agora, minha primeira impressão do Mundo de Flora não é tão assustadora. Claro, estamos em um castelo, e, sim, eu acabei de conhecer um lorde, mas ele ainda é apenas… uma pessoa. Uma pessoa agradável que gosta de Flora e é acolhedor com americanos aleatórios em sua casa.

Então ele pergunta a Flora:

— Por acaso você já viu a Tamsin?

O sorriso de Flora se apaga um pouco, e ela endireita os ombros, jogando o cabelo para um lado.

— Não — ela responde. — Na verdade, eu não sabia que ela estaria aqui. Mas vai ser legal encontrá-la de novo.

— Ellis queria a casa cheia de gente jovem no fim de semana — ele responde. — Ela diz que isso nos mantém rejuvenescidos. De qualquer maneira, se você a vir, diga que minha esposa está procurando por ela, tudo bem?

Flora concorda com a cabeça e uma expressão suficientemente agradável, mas desconfio que há algo mais nessa história enquanto lorde Henry nos deseja uma boa tarde e sobe pelas escadas.

— Quem é Tamsin? — pergunto assim que ele está fora de vista, e Flora joga a cabeça para trás, se movendo em direção à porta de entrada.

— Neta do Lorde Henry — ela responde e, enquanto dois homens de dois metros de altura abrem a porta pesada para nós e eu a sigo para mais uma escada. — Não uma das americanas.

— Não era bem isso que eu estava perguntando, e acho que você sabe disso.

Virando-se para me olhar, Flora coloca os óculos escuros no rosto, fazendo aquela expressão de avaliação que ela é tão boa em fazer.

— Dando uma de Nancy Drew, Quint?

— Apenas sendo enxerida, na verdade — respondo, e as bochechas de Flora formam covinhas quando ela tenta segurar um sorriso.

— Ninguém fala comigo que nem você — ela diz, e reajo com deboche.

— Francamente, Flora, eu acho que isso é cinquenta por cento culpa sua.

Flora ri, mas, quando descemos as escadas, ela estende a mão para pegar uma flor de um arbusto próximo, virando-a nas mãos com certo nervosismo.

— Tamsin é uma garota com quem me envolvi — ela diz finalmente. — Não que alguém saiba disso. Ela tinha sido marcada a ferro para o Seb, só que isso não daria certo, obviamente. Mas — ela complementa, soltando algumas pétalas da rosa —, acho que eu também não tinha chance.

Ela diz com leveza, mas acho que há sofrimento de verdade nessas palavras, e sei como ela se sente.

Então dou um passo à frente, quase apoiando a mão em seu braço antes de pensar melhor no que fazer. Em vez disso, eu pergunto:

— Flora, foi ela que partiu seja lá o que for que existe no lugar do seu coração?

Caindo na gargalhada, Flora me ataca com a rosa despetalada.

— Você é a pior — ela diz, mas então segura minha mão. — Vem, vamos para a praia.

Passamos quase a tarde inteira na praia, apenas caminhando e conversando. Nenhum assunto muito sério, mas fico levemente impressionada de como é fácil apenas... conversar com Flora. Como uma pessoa. Ela realmente escuta, para dizer o mínimo, e parece interessada. Talvez seja só uma Habilidade Real, conseguir fingir interesse em qualquer pessoa e qualquer assunto, mas sinto que é genuíno.

A gente aproveita tanto a praia que quase nos atrasamos para voltar para o castelo, e então é uma correria para nos arrumarmos.

Tomo um banho, admirando o tamanho da banheira mesmo que a água quente não dure o suficiente para encher até o topo e, quando eu saio, descubro que alguém deixou uma mala preta com roupas sobre a cama.

Atravessando descalça o tapete denso, eu abro o zíper.

Trinta minutos depois me olho no espelho, tentando reconciliar a Millie que gosta de jeans, botas e pedras com a garota no vestido maravilhoso à minha frente.

Flora não estava brincando quando disse que poderia arranjar algo de última hora. O vestido é um tom escuro de verde-floresta, tão escuro que quase parece preto, e se ajusta ao meu corpo como se tivesse sido feito para mim. O verde faz com que meus olhos castanhos pareçam mais profundos, destacando fagulhas de ouro, e minha pele fica bonita contra o tecido luxuoso. Eu gosto até do pequeno laço quadriculado preso na cintura.

Virando de lado, seguro as duas laterais da saia para fora, incapaz de não sorrir para meu reflexo. Quem diria que eu gostaria tanto de um vestido?

Alguém bate à porta e eu me viro em direção a ela, soltando a saia antes que alguém me pegue posando como se estivesse prestes a fazer parte de um episódio de *Pequenas Misses*.

— Pode entrar! — chamo.

É Flora e, se eu pensei que meu vestido era bonito, não é nada comparado ao dela.

Ela está vestindo um tartã Baird completo, o que poderia parecer ridículo, mas nela é quase absurdamente lindo. O roxo, o verde e o preto destacam perfeitamente sua pele branca e seus cabelos dourados, e o cinto de veludo preto em sua cintura lhe confere um formato de ampulheta. Para completar, uma tiara de esmeraldas e diamantes está acomodada em seus cabelos dourados.

Mas é o sorriso que ela abre quando olha para mim que faz meu coração de repente se agitar contra minhas costelas.

— Olha só, Quint — ela diz. — Você arrumada assim fica melhor do que eu imaginava.

Ajeitando a parte frontal da saia com as mãos, dou de ombros, me sentindo sem jeito de repente.

— Eu não acredito que você conseguiu achar algo que caiba tão bem em mim — digo, me virando para o espelho, porque, se eu estiver me olhando, não estarei olhando para ela, e isso parece ser o melhor a fazer agora. — Quem aqui tem as mesmas medidas que eu?

Flora está de pé na entrada do quarto, com a mão na maçaneta, e ela levanta um ombro.

— Ninguém. Eu adivinhei e enviei um e-mail para a Glynnis arranjar e mandar algo.

Eu me viro de novo, com a boca aberta um pouquinho.

— Você adivinhou?

Isso parece impossível. O vestido tem as medidas certas e cai muito bem em mim. Flora e eu podemos até nos conhecer melhor agora, mas eu não sabia que estávamos no nível de "saber suas medidas só de olhar" dessa amizade.

— O que posso dizer? Eu tenho um olho bom pra essas coisas — Flora responde, mas seu olhar não encontra o meu.

E então ela gesticula em direção ao corredor.

— Bom. Podemos ir?

CAPÍTULO 26

As pessoas estão se reunindo ao pé da escadaria enquanto descemos e eu vejo Sherbet, que acena animadamente para nós.

Ele está falando com uma garota loira num vestido azul, e olho para Flora, imaginando se essa é a Tamsin.

Mas em vez disso, Flora exclama com emoção:

— Ah, *Baby* Glynnis!

A garota nos encara enquanto nos aproximamos e se afasta de Sherbet.

— É Nicola — diz a garota, e Flora abana com as mãos.

— Eu sei, mas *Baby* Glynnis é muito mais adequado. Quint, *Baby* Glynnis. *Baby* Glynnis, Quint.

— Nicola — a garota reforça com os dentes cerrados, e respondo:

— Millie.

Ela aperta minha mão e ao mesmo tempo inclina a cabeça um pouco para baixo, e eu enxergo de repente a semelhança com a mulher que acompanhou a rainha em Gregorstoun.

— Ah, você é *literalmente* uma mini Glynnis — digo, e os olhos cor de avelã da garota disparam em direção ao teto.

— Ni. Co. La — ela diz. — Mas, sim, Glynnis é minha mãe e o motivo de eu estar presa aqui nas florestas interioranas da Escócia em vez de estar em casa.

Eu imagino que tipo de vida ela tem em "casa" se um castelo é nas "florestas interioranas", mas Flora se aproxima de mim e diz:

— *Baby* Glynnis normalmente fica na Califórnia com o pai, mas ouvi dizer que Glynnis a trouxe pra cá pra passar um tempinho.

— Eu estou literalmente do seu lado — Nicola diz. — Posso ouvir tudo que você diz.

— O que você está fazendo em Skye? — Flora pergunta a ela, e Nicola gesticula com o polegar em direção a Sherbet.

— Sherbet me convidou, e já que eu estava entediada e Skye fica longe da minha mãe, eu aceitei.

Sherbet, aparentemente ouvindo seu nome, acena para que Nicola vá até ele, e, enquanto ela caminha, Flora chega mais perto de mim.

— Por algum tempo, há dois anos, Nicola era a única garota da turma do meu irmão, os Rebeldes Reais — ela murmura. — Ela e Seb eram colados.

— Colados num sentido íntimo ou num sentido de amizade? — pergunto, e os lábios de Flora se curvam para cima nos cantos.

— Apenas amigos, acredite se quiser. Acho que deve ter sido a primeira vez que Seb foi só amigo de uma garota. Mas, mesmo sem intimidades de outro tipo, foi um escândalo e tanto. Glynnis quase perdeu o emprego por causa disso. Nicola voltou para a Califórnia e a gente não a via desde então. Mas Glynnis sempre a quis por aqui, aprendendo o ofício. A mãe de Glynnis trabalhou para o meu avô, o pai dela trabalhou para o pai *dele*. Essa família tem sido o braço direito da monarquia desde… nossa, eu nem sei, Maria, Rainha dos Escoceses, provavelmente? Não preciso nem dizer que Nicola não está transbordando de entusiasmo com isso.

Antes que eu possa ouvir mais alguma fofoca, escutamos o ruído alto de um gongo, e olho para cima para ver lorde Henry de pé na frente de portas duplas na outra ponta do salão.

— Eu sei que deveria dizer algo elaborado nesse momento — ele declara —, mas, em vez disso, vou apenas dizer que o jantar está servido, então tragam essas bundas pra cá logo.

Todo mundo ri e andamos em direção à sala de jantar.

Lady Ellis é tão elegante quanto seu marido é charmoso, e eu me lembro do que Flora contou sobre eles serem considerados escandalosos nos anos sessenta. É difícil imaginar, olhando para eles agora, mas então, quando lady Ellis passa pelo marido para nos guiar até a sala de jantar, vejo que ele dá um tapinha em seu traseiro.

Tudo bem, talvez não seja tão difícil imaginar o escândalo.

Flora deve ter visto também, já que ela chega mais perto de mim e murmura:

— Eles são um exemplo e tanto.

Eu olho para ela.

— Seus pais são assim?

Ela ri de deboche, entrelaçando seu braço com o meu mais uma vez. Ela continua fazendo isso, e continua dificultando minha capacidade de lembrar que eu não sou o par de Flora neste fim de semana, apenas sua colega de quarto que ela trouxe como um projeto de caridade, mais ou menos.

— Meus pais dormem em alas separadas do palácio. Não apenas quartos. *Alas*.

— Isso não é o tipo de coisa que gente da realeza faz de qualquer forma? — sussurro de volta, e os olhos dela encontram os meus.

— Eu não faria — ela diz, e então acena com a cabeça na direção de lorde Henry e lady Ellis. — Definitivamente não é o que eles fazem. Eles têm sete filhos.

— Sete?

Flora assente.

— Sete. E o casamento deles foi basicamente arranjado.

Eu não me importaria em ouvir mais sobre isso, mas já estamos na sala de jantar e Flora solta meu braço, andando até a ponta da mesa. Como convidada de honra, ela se sentará perto de lorde Henry, enquanto eu estou relegada a algum lugar no meio da mesa. Por sorte, tenho *Baby* Glynnis – quer dizer, Nicola – ao meu lado, então pelo menos haverá um rosto e um sotaque familiares.

— Então, você está gostando da Escócia? — ela me pergunta enquanto vários homens de ternos elegantes trazem os pratos.

Estou tão distraída pela cerimônia acontecendo ao nosso redor que mal consigo responder à pergunta dela.

— Ah, é legal — digo enquanto um prato minúsculo é colocado à minha frente.

Há um peixe no prato, me encarando com seus olhos esbugalhados de peixe, e engulo em seco.

— É... você sabe. Escócia — digo para Nicola, mas ela já está sorrindo de leve com o canto da boca, tamborilando com a unha no pequeno garfo prateado à minha esquerda.

— Pega esse. E você não precisa comer. Só mexe um pouco com o garfo enquanto conversa que ninguém vai notar.

Eu não quero nem fazer *isso* – coitado do peixe –, mas pego o garfo que Nicola apontou e dou algumas cutucadas inofensivas no peixe.

— Está vendo? — ela diz, sorrindo, e naquele segundo ela realmente se parece com a mãe. — Você já é profissional.

Inspiro e expiro profundamente, passando os olhos pela mesa até chegar a Flora, que está em um papo animado com lorde Henry, que sorri para ela, claramente encantado.

— Vou ser amadora na maior parte do tempo, tenho certeza — respondo, e Nicola sorri, virando-se para seu próprio peixe triste e morto.

— Bem que eu queria voltar a esse tempo, acredita em mim.

Tenho um monte de taças de vinho ao meu redor, então pego a que parece conter água e dou um gole cauteloso. Sim, água, beleza, ótimo.

— Você vai ficar aqui quanto tempo? — pergunto, e então faço um gesto com a mão para emendar. — Digo, na Escócia em geral, não aqui no castelo.

Nicola solta um suspiro profundo que desarruma sua franja lustrosa.

— Eu vou embora depois do casamento. Minha mãe estava precisando de uma mãozinha extra ou, sejamos honestos, um par de olhos extra.

Levanto as sobrancelhas ao ouvir suas últimas palavras, mas Nicola muda de assunto.

— É papo chato de realeza. Você é do Texas, né?

Nós conversamos um pouco sobre nossas cidades – eu falo de Houston, Nicola fala de San Diego. Nós duas concordamos que a Escócia é maravilhosa, mas terrivelmente fria para garotas que estão acostumadas a locais ensolarados. E, antes que eu perceba, os pratos estão sendo retirados e, vitória: sobrevivi ao meu primeiro jantar real.

Então nos dirigimos ao salão de baile que fica ao lado da sala de jantar principal e, quando um quarteto de cordas começa a tocar, meu estômago embrulha. Eu estava aliviada de ter conseguido passar incólume pelo jantar, mas vai ter dança também?

Observo os casais se movendo pelo piso do salão de baile. Lorde Henry e lady Ellis são elegantes, e até Nicola se sai bem, dançando com Sherbet.

Então, vasculho as pessoas reunidas nos cantos do salão de baile, procurando por uma garota que possa ser a Tamsin. Eu não sei por que sinto essa necessidade enorme de ver a ex de Flora, mas sinto. Talvez eu só esteja curiosa de ver que tipo de garota poderia dar um fora em Flora. Ela é uma deusa também?

Eu continuo procurando. A morena alta de roxo? Talvez ela? Ou...

Sinto um cotovelo me tocar, é Flora sorrindo para mim.

— E aí? — ela pergunta. — Pronta pra dar uma volta pelo salão? Tem vários rapazes procurando por uma parceira, pelo que vi.

Vejo alguns rapazes aqui e ali, mas a ideia de dançar me faz sacudir a cabeça e quase tropeçar em um vaso de planta quando dou um passo para trás.

— Ah, não, eu não...

— Você não o quê?

— Eu não sei dançar — digo, sentindo o suor frio e um pouco de tontura só de imaginar. — Eu sou, tipo, catastroficamente ruim nisso.

Um brilho surge nos olhos de Flora, e sei que lá vem encrenca.

Ela já está segurando minhas mãos.

— Então teremos que dar um jeito nisso, não é?

CAPÍTULO 27

Flora não solta a minha mão enquanto ela me guia pelos corredores. Nós passamos por janelas altas que dão para os jardins, mas não consigo enxergar nada a não ser nossos próprios reflexos e fico surpresa ao ver como meus olhos estão arregalados e como não me pareço comigo nesse vestido. Mas talvez essa seja eu? Apenas outra versão de mim, que eu não sabia que existia aqui dentro.

Chegamos a um par de portas de vidro com maçanetas douradas adornadas, e Flora puxa uma delas, abrindo. Uma lufada de vento morno e o cheiro de vegetação fresca e viva passam por mim.

— Que lugar é esse? — pergunto enquanto ela me puxa para a sala, fechando a porta atrás de nós.

— Um laranjal — ela responde, e olho em sua direção.

Ela solta minha mão, e eu esfrego meus braços desnudos, mesmo que não esteja com frio. Na verdade, se continuarmos aqui por muito tempo, vou começar a suar.

— Eu adoro quando você diz essas coisas como se elas fossem palavras de verdade — digo a ela, e Flora ri, caminhando até uma árvore num vaso que, sim, tem algumas laranjas nos galhos.

— Um laranjal — ela diz, tocando a fruta com a mão enluvada e exibindo-a como se fosse uma apresentadora de programa de TV. — Nós que vivemos em climas mais frios precisamos de lugares especiais pra cultivar determinadas coisas, e laranjas já foram consideradas um item de luxo.

— *Ahhhh* — digo, andando até outra árvore. — Então, se você era muito, muito rico, você tinha uma sala especial dentro de casa apenas pra cultivar laranjas.

Flora inclina a cabeça num aceno gracioso.

— Logo — ela diz, e nós duas completamos com —, um laranjal.

Eu rio um pouco, sacudindo a cabeça, e exploro a sala mais a fundo, com suas paredes de vidro e as laranjeiras em vasos. O piso sob meus pés não é de laje e mármore como no restante do castelo, mas um piso cor de creme com um mosaico central de uma laranja gigante adornada com florzinhas brancas. Sobre nossas cabeças, o teto está pintado para se parecer com o céu azul do Mediterrâneo.

— Essa é uma sala muito esquisita para se ter aqui no meio das terras selvagens de Skye — murmuro.

Repentinamente, percebo que Flora está ao meu lado com a cabeça inclinada para trás observando o teto, e eu não sei se é efeito de todas essas plantas ou de seu perfume, mas algo exala um aroma doce e delicado.

— Lady Ellis mandou construir quando se mudou pra cá — Flora diz, ainda olhando para o alto. — Quando eu era pequena e brincávamos de esconde-esconde, sempre me escondia aqui.

Olho para ela, ainda com os braços cruzados contra a barriga. A iluminação é fraca nessa sala aquecida e perfumada, a única luz vem de arandelas posicionadas ao redor da sala hexagonal, e me dou conta de que isso é meio... romântico.

Limpando a garganta (e tirando os olhos dos traços finos do rosto de Flora), eu olho de volta para o teto.

— Você devia ser muito ruim em se esconder, então. Todo mundo saberia onde te achar.

Ela dá de ombros, aquele gesto de Flora que é ao mesmo tempo elegante e insolente e que parece resumir Tudo Sobre Flora.

— Eu nunca me preocupei muito com isso.

Rio em resposta.

— Você nunca se preocupou em se esconder durante o esconde-esconde? — Eu balanço a cabeça. — Isso é muito... a sua cara.

Ela abre aquele sorriso.

— E não é que é?

E então ela segura minhas mãos e me puxa para o centro da sala, bem sobre o mosaico com a laranja gigante.

— Agora, para de enrolar. Vamos dançar.

— Quem de nós vai guiar? — pergunto, e Flora olha pra mim daquele jeito ao qual já estou me acostumando.

Aquele olhar em que ela levanta o queixo e me encara de cima ao mesmo tempo.

Mas desta vez não me parece arrogante. Agora eu percebo que ela faz isso brincando, e sorrio quando ela diz:

— Eu, naturalmente.

Estamos de pé ali, na estufa, com nossos vestidos volumosos, e posiciono lentamente a minha mão na de Flora. Minha outra mão se apoia em seu ombro descoberto, sua pele é morna e macia.

Eu controlo o impulso de acariciá-la com o polegar sobre a proeminência delicada da clavícula, lembrando-me pela milésima vez de que Flora é a *crush* menos segura por mais razões do que consigo contar, mas isso é difícil de lembrar quando ela põe a mão na parte inferior das minhas costas, me puxando para perto.

São metros de saias entre nós duas, e me vem à cabeça que provaaaaavelmente quem inventou a valsa não deve ter imaginado que duas garotas dançariam juntas.

Flora olha para toda aquela seda e tule e solta uma risadinha.

— Ai, Deus.

Tento dar um passo para trás, mas sua mão é firme em minha cintura, me impedindo de me afastar.

— Isso é estúpido — digo, já com as bochechas vermelhas. — Você não precisa...

— Mas eu quero — ela diz, e levanta a cabeça, seu olhar encontrando o meu.

Eu queria poder dizer que aprendi rapidamente os passos e que houve zero dedos do pé esmagados ou giros desajeitados, mas isso não seria verdade. Não sou um desastre *completo*, mas vamos apenas dizer que *Dança com as Estrelas* não está em momento algum do meu futuro.

Ainda assim, é agradável dançar em círculos na estufa com Flora, o cheiro de flores de laranjeira denso no ar, sua tiara resplandecendo na iluminação suave das lâmpadas. E é agradável estar com ela, por mais que eu odeie admitir isso.

— Você nasceu pra isso — ela diz, e olho para cima, franzindo a testa.

— Você está atrapalhando minha contagem.

Eu estava fazendo aquela coisa toda de um-dois-três, um-dois-três na minha cabeça, não que tenha ajudado tanto assim.

Ela revira os olhos.

— Não conta. Só sente.

— O.k., esse papo é só pra danças sensuais, não pra valsa — digo, e um canto de sua boca se curva naquele sorriso felino e furtivo que ela faz.

— Você está dizendo que isso não é sensual?

Eu olho para ela sem reação.

Ela está flertando comigo? E, se ela está, é apenas porque isso é Muito Flora ou ela está fascinada por toda essa situação tanto quanto eu?

Não, eu não posso me deixar imaginar isso, não posso enveredar por esse caminho de jeito *nenhum*. Um coração partido por ano é mais do que suficiente para mim. E isso é tudo que Flora pode ser, na verdade.

Um coração partido.

Nós somos de mundos completamente diferentes. Eu nem sei como dançar, muito menos como me dirigir a um duque ou qual garfo usar. E penso em todas aquelas garotas altas de cabelos brilhantes que rodeiam Flora. Caroline. Ilse. Provavelmente Tamsin.

Eu? Definitivamente não sou alta. Nem brilhante.

Sem contar que tenho certeza de que ter o coração partido por uma princesa deve ser um nível completamente novo de sofrimento.

Talvez seja por isso que meus pés se embolam e o salto engancha na parte detrás da minha saia.

Acho que a Flora que eu conheci primeiro terio feito algum comentário rude sobre como eu sou uma estabanada, mas essa Flora – essa Flora nova e perigosa – apenas ri.

— Está bom, acho que isso já é valsa o suficiente.

É o suficiente de tudo. É *demais* de tudo.

Eu não consigo mais.

Soltando sua mão, me afasto dela e olho para trás em direção às laranjeiras.

— Então são apenas laranjas que eles cultivam aqui ou outras coisas também? Limões? Limas? Eles mantinham algum tipo de vasto império cítrico em casas luxuosas naquela época?

Olho por sobre o ombro para ver que Flora está me observando com uma expressão confusa no rosto, a cabeça levemente inclinada.

— Quint, do que você está falando? — ela pergunta, e, se eu achava que meu rosto estava corado antes, agora deve estar pegando fogo.

— Apenas tentando aprender novos fatos interessantes sobre a Escócia! — respondo com um sorriso forçado demais. — E, falando nisso, porque você não me mostra algumas das, *hum*, pinturas lá fora. No corredor.

O corredor também está com iluminação fraca, mas é frio e intimidador, não tão romântico, então esse é certamente o lugar onde quero estar agora.

Eu nem espero a resposta de Flora antes de sair em direção à porta, determinada a por um fim em... seja lá o que é isso.

CAPÍTULO 28

— Essa rocha é mágica o suficiente?

Estou de pé no topo de uma enorme colina esverdeada, olhando para uma rocha pontuda erguendo-se em direção aos céus. O vento está açoitando meus cabelos sob o gorro e minhas bochechas doem. Começou a chover mais ou menos quinze minutos depois de começarmos a caminhada e parou ainda agora, então estou levemente úmida e fria.

Também estou *encantada*. Quando Flora me contou no café da manhã que havia algo que ela queria me mostrar, eu não imaginei que fosse nada assim.

— A mais mágica de todas — confirmo, observando a Old Man of Storr.

Flora não tinha mentido sobre essa parte de Skye ser bela de doer e também cheia de rochas. Parece que estou em outro planeta, ou quase, todo descampado e montanhoso, e pedrinhas soltas sob meus pés. Até os outros turistas corajosos o suficiente para encarar essa subida numa manhã úmida e com ventos fortes não diminuem a beleza do lugar ou a sensação de que estou num lugar completamente diferente e desconhecido.

Sorrindo, Flora se abaixa para pegar um seixo solto, jogando-o para o alto com a mão. Ela está vestindo uma jaqueta vermelha e calça preta, o cabelo enfiado sob um chapéu. Seu nariz também está vermelho e ainda assim ela parece quase pronta para uma foto de revista.

É o jeito de Flora, eu acho.

Então ela aponta para a rocha e diz com a voz alta suficiente para encobrir o ruído do vento:

— Então me fala sobre ela!

Fecho o rosto numa expressão confusa, tentando tirar o cabelo dos olhos.

— Do que, da rocha?

— Sim, Quint, a grande rocha mágica. Fale pra mim tudo o que você sabe sobre rochas, tudo que está nesse seu cérebro enorme.

Constrangida, apoio as mãos no bolso de trás da calça, olhando para a pedra.

— Bom, ela é feita de dois tipos de rochas — começo, e Flora senta no chão, dobra os joelhos contra o peito e abraça-os.

É uma pose muito distante do jeito usual de Flora e eu quase solto uma risadinha ao vê-la assim, sentada como uma estudante ansiosa e deslumbrada.

— Mais alto! — ela grita, e reviro os olhos.

— Dois tipos de rochas! — repito. — Em camadas, está vendo?

Aponto e Flora acena com a cabeça.

— Então isso significa que a rocha é bem frágil e suscetível às intempéries, e foi isso que aconteceu aqui. Todo esse vento e a chuva por anos meio que... a talhou assim. Nessa grande rocha.

Flora espreme os olhos enquanto observa aquela pedra gigante e pontuda, e então diz:

— Diz a lenda que tem um gigante enterrado nesse morro e que esse é o polegar dele, saindo do solo.

— Bom, essa história é muito melhor do que "rocha gigante que ficou menos gigante por erosão" — admito, e Flora ri, se levantando.

— Eu acho que prefiro a sua versão mais científica, pra ser sincera.

Nós ficamos ali por um segundo, sorrindo uma para a outra, e de repente a memória da noite passada na estufa volta com força. O modo como eu me senti ao dançar com ela. Como o ar ao nosso redor pareceu diferente, cheio de tensão.

E até mesmo no topo de uma montanha ao norte da Escócia em outubro, minha pele de repente se aquece.

O sentimento apenas se intensifica quando Flora entrelaça nossos braços e bate de leve com o quadril no meu, dizendo:

— Então eu cumpri todas as minhas promessas de Skye, certo?

— Todas e mais — digo a ela.

Acenando com a cabeça na direção da Old Man of Storr, ela dá um passo para trás e oferece a mão.

— Me dá seu celular, vou tirar uma foto sua com a rocha.

Um pouco constrangida, ando até ficar na frente da rocha, tiro o cabelo dos olhos e junto as mãos à minha frente.

Flora ri.

— Nossa, Quint, faz uma força pra parecer que você está realmente se divertindo.

— Eu *estou* me divertindo — respondo. — Só sou péssima pra fazer pose pra foto.

Com um suspiro exagerado, Flora vem até meu lado, me abraça pelos ombros e me puxa para junto dela.

— Pronto. Vamos tirar uma selfie, pode ser?

Ela segura meu celular a uma distância, seu rosto encostado no meu, e eu posso ver nós duas na tela do celular, seu sorriso iluminado e deslumbrante, e o meu um pouco mais tímido.

— Quint, você está insultando o gigante enterrado com essa cara — Flora diz sem perder o sorriso, e eu rio.

É nesse momento que Flora tira a foto.

Quando voltamos ao castelo, já está escurecendo, mesmo que ainda seja o fim da tarde. O vento ficou mais gelado também, e Flora e eu saímos aos tropeços do carro que tinha nos levado até Storr.

— Me dá seu celular — ela diz, e eu o faço sem nem pensar porque Flora é boa demais em dar ordens.

— De volta à terra do wi-fi — ela murmura para si mesma, e me lembro de ter configurado o celular com o wi-fi do castelo ontem.

A rede era chamada "É ESSA AQUI, VÔ", então imagino que algum dos netos de lorde Henry arrumou a internet para ele.

Os dedos de Flora digitam na tela e eu faço gestos de querer o celular de volta com uma risada.

— O que você está fazendo?

— Postando essa foto incrível da gente no seu Instagram porque eu sei que você não vai fazer isso — ela responde. — Ou, se fizer, vai esquecer de colocar o filtro que nos deixa mais bonitas.

— Certo, porque você precisa de um filtro pra isso — digo, as palavras apenas se atropelando para fora da minha boca, e Flora olha para mim, mexendo o nariz.

— Você está me chamando de linda, Quint?

Meu rosto pega fogo e eu faço outro gesto em direção ao celular, mas Flora já está se virando com um "Ahá!" triunfante.

Então ela me devolve o celular e lá estamos nós no Instagram, rindo com o vento nos cabelos, a Old Man of Storr mal aparecendo na imagem. Então leio a legenda.

Duas gatas "loucas de pedra" em Storr!

— Isso é... um trocadilho horrível — digo a ela, mas estou sorrindo igual uma idiota.

— Ei! — Flora reclama fingindo ter se ofendido. — Eu ganho pontos por pelo menos ter tentado!

Guardo o celular de volta no bolso da jaqueta.

— Você não precisa ter cuidado com esse tipo de coisa? — pergunto a ela. — Postar fotos suas na internet e tal?

Flora tira os óculos escuros e limpa as lentes com a ponta do cachecol.

— Um pouco. Não posso ter conta em nenhuma rede social, claro, e tenho certeza de que em algum momento alguém vai achar aquela foto na sua página e ela vai acabar em um dos blogs ou numa revista, mas... — Ela dá de ombros. — Não é exatamente uma foto escandalosa, e eu queria tirar a foto. Então foi o que fiz.

— *Eu queria, então foi o que fiz* — digo. — Basicamente o seu lema.

Flora levanta o queixo.

— Aaah, eu posso ver se consigo adicionar essa frase oficialmente ao meu brasão!

Então ela se vira, perdendo o momento em que fico um pouco boquiaberta. Certo. Ela *tem um brasão*. Porque princesa.

Sacudindo a cabeça, eu corro para alcançá-la, e nós duas estamos quase nos degraus de entrada quando uma voz diz:

— Aí está você.

Nós paramos ali no pátio frontal, o chafariz borbulhando à nossa esquerda enquanto uma morena alta desce os degraus. Ela está vestindo uma calça preta, botas lustrosas de cano alto e uma blusa branca com um colete de tweed. Mesmo com a luminosidade do lado de fora, um par caro de óculos escuros repousam no topo de sua cabeça, puxando os cabelos para longe do rosto.

E é um belo rosto. Maçãs do rosto proeminentes, nariz reto, sobrancelhas realmente ótimas.

— Tam — Flora diz, parando de andar, e não estou nem um pouco surpresa com o fato de que essa criatura maravilhosa à nossa frente é a ex de Flora.

Os olhos de Tamsin deslizam para mim em toda a minha glória empoeirada de quem subiu uma montanha, e eu tiro o gorro, tentando ajeitar o cabelo, mas posso sentir minha franja desarrumada para cima e para os lados.

— Oi — digo com um pequeno aceno. — Bom, vou entrar e deixar vocês duas...

Flora entrelaça o braço com o meu e me puxa para perto dela, efetivamente me congelando naquela posição.

— Não, fica — ela diz. — Tam, essa é a Quint...Amelia, digo.

— Millie, na verdade — digo, oferecendo a mão para Tamsin e, após um momento, ela a aperta e me cumprimenta com um "olá" baixinho.

— Quint é minha colega de quarto em Gregorstoun — Flora acrescenta, e Tamsin olha de volta para ela, seus braços cruzados de leve sobre o peito.

— Ainda é difícil te imaginar lá — ela diz com um sorriso breve, e Flora larga meu braço para tirar o cabelo dos olhos.

— Não é tão ruim — ela diz. — A companhia é interessante, pelo menos.

Algo tremula no rosto de Tamsin ao ouvir essas palavras, mas então ela solta uma risada.

— Bom saber. Pensei mesmo que ia te encontrar nesse fim de semana. Eu queria...

— Bom, você conseguiu me ver, então sorte sua — Flora interrompe, e então sua mão está tocando meu braço de novo, me puxando para entrarmos no castelo.

Nós subimos os degraus frontais e passamos pela porta enorme, com os olhos de Tamsin em nossas costas, tenho certeza, e apenas quando estamos dentro é que Flora respira fundo, tirando o chapéu e ajeitando o cabelo.

— Bom, isso foi horrível — ela murmura, e estendo a mão, apoiando-a em seu braço.

— Sinto muito — digo. — Acredite em mim, eu sei como esse tipo de coisa é horrível.

— Maldita Jude — Flora responde, e eu não consigo segurar uma risadinha.

— A própria. Mas, se servir de consolo, foi Tamsin quem saiu perdendo.

Flora olha para mim e, talvez sejam os resquícios do frio, mas eu posso jurar que suas bochechas estão coradas.

— É mesmo, não é? — ela diz, enfim, e quando subimos para nossos quartos não penso duas vezes antes de entrelaçar meu braço com o dela de novo.

CAPÍTULO 29

Quando retornamos de Skye, a dra. McKee está nos esperando no salão de entrada. Eu imagino se ela vai nos perguntar sobre a viagem ou talvez pedir a Flora informações sobre lorde Henry – o colégio está sempre em busca de doadores ricos, segundo Saks –, mas, em vez disso, ela diz:

— Bem-vindas de volta, senhoritas. Espero que tenham se divertido em Skye. Um dos meus lugares favoritos na Escócia.

— Foi incrível — digo, com sinceridade, e a dra. McKee sorri de forma que me parece sincera.

Então ela diz:

— Na ausência de vocês, nós decidimos fazer algumas mudanças. Senhorita Quint, pelo restante do ano letivo, você dividirá o quarto com a senhorita Worthington. Senhorita Baird, a colega de quarto da senhorita Worthington, senhorita Graham, tomará o lugar da senhorita Quint em seu quarto.

Nós ficamos ali, no salão, sem dizer nada por um segundo, e de repente eu tenho esse pensamento horrível de que a dra. McKee ficou sabendo da gente dançando em Skye. Que de alguma maneira ela *sabe* que o chão se moveu um pouquinho sob nossos pés.

Eu sinto vontade de me retorcer de vergonha e nem olho para Flora quando ela diz:

— Pelo amor de Deus, por quê? Quint e eu estávamos começando a ficar amigas. Não é esse o objetivo de ter colegas de quarto?

O sorriso da dra. McKee fica um pouco mais duro.

— O objetivo de ter colegas de quarto é aprender a compartilhar o espaço com outras pessoas de maneira respeitosa e agradável. Amizades são um bônus adorável, mas não o objetivo.

Isso ainda me parece estranho, e penso que Flora vai continuar debatendo, mas, após uma longa pausa, ela apenas dá de ombros.

— Que seja — ela diz, e então se vira para mim. — Bom.

— Bom — repito, muito consciente da dra. McKee nos observando.

— Acho que te vejo na aula, Quint.

— É, eu também — respondo, e imagino se devemos apertar as mãos ou algo assim.

Mas Flora apenas se vira e caminha em direção às escadas com sua bolsa. Quando ela está fora de vista, para minha surpresa, a dra. McKee apoia a mão no meu ombro.

— Vai ser melhor assim, senhorita Quint, te garanto. E essa decisão não é um reflexo do seu comportamento de jeito nenhum, é mais uma... medida de precaução, digamos assim.

— Contra o quê? — pergunto, meus dedos dormentes onde seguro a alça da bolsa.

— Eu te disse — ela fala. — Você precisa ter cuidado ao escolher as amizades aqui em Gregorstoun. A senhorita Baird é uma pessoa adorável, e sua vida é realmente muito glamorosa, mas eu nunca imaginei que você se deixaria levar por isso. É parte do motivo pelo qual você foi selecionada pra ser a colega de quarto dela. Mas agora...

Com as bochechas queimando, levanto a bolsa um pouco mais alto.

— E agora parece que eu me deixei levar?

— A mãe de Flora acha que poderia ser melhor pra ela conviver com alguém que não esteja tão apegado a ela — a dra. McKee diz e, o.k., então.

Essa é a verdadeira resposta – isso não é apenas uma decisão do colégio, é basicamente um decreto real.

Eu me lembro de Flora contando que sua mãe achava que o fato dela gostar de garotas era uma fase. É esse o motivo disso tudo?

E, se for, o que isso significa?

Mudar de quarto não demora tanto quanto achei que demoraria. Esse é o combinado que fazemos, que eu vou para o quarto de Sakshi e Elisabeth se muda para o de Flora, e, enquanto guardo meus últimos livros, Flora se senta na beirada da cama, me observando.

— Ela é uma criança, sabe? Sei lá o nome dela. Lady McCavaleirinha.

— Não devemos usar títulos aqui — respondo —, então é senhorita McCavaleirinha.

Flora ri de deboche em resposta e eu coloco um marcador de livros no último romance de Finnigan Sparks antes de adicioná-lo à minha pilha.

— Pelo menos, você não terá mais que olhar pra tantas pedras, provavelmente. Só cavalos de plástico.

— Eu gosto de pedras — Flora diz, e olho para ela com as sobrancelhas levantadas.

— Não gosta, não — digo, e ela joga o cabelo sobre um ombro.

— Estou crescendo e evoluindo sob sua influência, Quint.

Ela está brincando, mas tem algo em sua expressão, algo que me deixa mais triste do que eu deveria ficar por mudar de quarto. Afinal, vou dividir o espaço com Saks, e eu amo Saks. Um mês atrás eu estaria animadíssima com essa mudança.

Então por que estou tão chateada agora?

Olho para o meu celular e noto algumas notificações. Quando pego o celular, abro a foto que Flora postou no Instagram e vejo alguns comentários. Lee comentou: *GAROTA, O QUÊ??* E: *GATA!!!*, e logo embaixo Saks entra na conversa com *SUPERGATA*. É engraçado ver os dois juntos nos comentários, dois amigos de duas partes muito diferentes da minha vida, e imagino como seria se eles se conhecessem algum dia.

Ainda estou tentando imaginar essa cena – Lee e Saks no mesmo rolê – quando percebo o último comentário.

HeyJude02: Você parece tão feliz.

Olho para a foto: minhas bochechas estão avermelhadas e meu sorriso é aberto. O rosto de Flora está encostado no meu, e eu realmente pareço feliz. Muito feliz. Porque *estou* feliz.

Ou estava até saber que teria que trocar de quarto.

Sem pensar demais, respondo o comentário de Jude.

Tudo bem, em se tratando de respostas, um *emoji* não é muito, mas imagino que seja algo.

Limpando a garganta, eu pego minhas últimas coisas.

— Bom, eu diria que foi divertido, mas, na verdade, foi apenas um pouco divertido, e irritante na maior parte do tempo — digo, e Flora inclina a cabeça, olhando para mim sob os cílios.

— Mentirosa — ela diz e faço questão de revirar os olhos exageradamente.

— Talvez a diversão tenha pesado mais do que a parte irritante, mas só em tipo, minúsculas quantidades microscópicas.

— Continua repetindo isso pra você mesma, Quint — ela responde, e então solta uma risada breve, sacudindo a cabeça. — Isso é tão ridículo. Eu vou continuar te vendo todo dia mesmo sem dividirmos o quarto, então não vamos ficar sentimentais agora.

Ela aponta com uma mão.

— Vai. Se acomoda com a Saks e fale para a senhorita Cavaleirinha que aguardo o prazer da companhia dela.

— Vou falar — digo, e me obrigo a sair sem olhar para trás.

CAPÍTULO 30

— **Saks, conta pra mim alguma fofoca** sobre a família real?

Estamos deitadas na cama de Sakshi, tecnicamente estudando para a prova de história, mas minha mente está a um milhão de quilômetros de distância.

Sendo honesta, estou fora do ar desde que voltamos de Skye, há duas semanas. As coisas entre Flora e eu estão do mesmo jeito – a gente se dá bem, conversamos, sentamos juntas no almoço –, mas aquele momento na estufa não sai da minha cabeça. E não apenas isso, mas o fim de semana inteiro, na verdade. Ceder o quarto favorito dela para mim. Escolher o vestido perfeito. Isso é só a Flora tentando ser legal agora que somos amigas ou...?

Tá bom, talvez seja por isso que a dra. McKee decidiu que eu deveria dividir o quarto com Saks.

Saio do meu devaneio e vejo uma extensão longa da coxa de Sakshi à mostra sob sua saia enquanto ela se abaixa para vasculhar embaixo da cama.

— Menina, pensei que você nunca ia me perguntar — ela diz, voltando com uma pilha de revistas.

Ela as joga sobre a roupa de cama verde, sorrindo.

— Onde você arranjou isso?

Saks se senta na cama, cruzando as pernas.

— Tenho minhas fontes.

Ela pega a primeira edição da pilha, colocando-a com um só golpe no espaço entre nós na cama. A palavra "MAJESTADE" está impressa no topo em letras onduladas.

— Essa é a edição mais recente — Saks me conta. — E tem uma matéria inteira sobre o irmão da Flora, Alexander, e sua noiva. O nome dela é Eleanor Winters, ela é americana, e estamos *obcecados*.

Abrindo a revista, ela aponta para uma foto de uma mulher loira com o rosto apoiado no ombro do príncipe Alex, os dois de pé num jardim.

— Certo — digo, lembrando do Lee me contando sobre isso. — Eu mais ou menos sei sobre ela.

— E essa é a irmã dela, Daisy — Saks aponta, virando a página.

É a foto de uma ruiva de jeans e camiseta, de braços dados com um cara atraente também e vestido de modo despojado.

— Ela está namorando o chefe dos Rebeldes Reais, Miles Montgomery. Bom, ele costumava ser o chefe, Seb e ele tiveram algum tipo de desentendimento, não estou cem por cento certa de que foi resolvido. Miles foi para os Estados Unidos para reconquistar Daisy, é o que contam, e esses são eles lá. Estamos levemente obcecados por ela também.

— Eles ainda estão brigados — digo. — Seb mencionou esse cara. Disse que, pra ele, estava morto.

Fazendo um estalo com a língua, Saks troca de página.

— Que pena. Dizem que ele era uma influência tranquilizante pra Seb. Ele vai precisar disso agora que eu cheguei à conclusão de que ele é uma causa perdida.

Eu olho para ela, puxando as pontas dos meus cabelos.

— Espera, o quê? Desde quando?

Ela pega outra revista, essa datada da semana passada, abre uma página que mostra Seb usando uma camiseta de futebol e aponta para a foto com a unha pintada de rosa-choque.

— Midlothian Hearts — ela me diz, como se fizesse sentido.

Vendo minha expressão confusa, Saks esclarece:

— Um time de futebol. Meu pai é um torcedor apaixonado do Arsenal — sacudindo a cabeça, ela dá um suspiro. — Como Romeu e Julieta. Papai nunca aprovaria que eu me casasse com um torcedor do Hearts, mesmo sendo um príncipe.

Eu a encaro por um longo tempo antes de soltar uma risada e encostar a testa em seu ombro.

— Saks, eu te amo demais — digo a ela, e ela abre um sorrisão.

— Obrigada, querida. É mútuo.

Então ela vasculha entre as revistas e puxa uma edição que parece mais sensacionalista.

— Então você já sabe tudo sobre o Seb.

— Mais do que eu gostaria.

— E você morou com Flora, então acho que você sabe tudo que precisa sobre ela.

Fingindo um ar casual, eu escolho uma revista da pilha.

— Não custa nada aprender mais.

Saks inclina a cabeça para baixo, me observando de um jeito esquisito, mas não diz nada. Em vez disso, ela pega a revista que estou segurando de volta, joga para o lado e me entrega outra.

— Essa é uma edição especial inteira sobre Flora e seu aniversário de dezesseis anos — ela diz e, claro, lá está Flora na capa, sorrindo com um sobretudo xadrez.

Ela está recebendo um buquê de flores de uma senhora idosa da multidão e, sobre sua cabeça, a manchete diz: "Doces Dezesseis!"

— Legal — digo, e tento dar de ombros, mas tenho certeza de que se parece mais com um espasmo muscular. — Acho que vou dar uma olhada.

Sakshi aperta os lábios, segurando um sorriso, e então dá um tapinha no meu braço.

— Pode ficar com ela.

Uma hora depois, estou sozinha no quarto, deitada na cama, lendo cada palavra daquela revista. É uma matéria totalmente elogiosa, um tributo sobre como Flora é incrível, e também é bem legal ver tantas fotos dela desde que nasceu.

Flora usando um vestido de batismo.

Flora e Seb, ainda bebês, de mãos dadas e estranhamente solenes em suas roupas luxuosas.

Uma Flora de mais ou menos doze anos surpreendentemente sem jeito, com o aparelho ortodôntico reluzindo enquanto ela sorri na inauguração de uma exposição de literatura infantil.

Muitas fotos de Flora rodeada de garotas bonitas conforme ela vai ficando mais velha.

São essas que eu fico encarando. Talvez todas elas sejam apenas amigas, mas algumas provavelmente foram mais do que isso e, enquanto divido meu olhar entre uma infinidade de cabelos lustrosos, pernas finas e longas dentro de jeans caros e silhuetas perfeitas em seus vestidos de baile, tomo a consciência dolorosa do fato de que estou vestindo *leggings* velhas e um casaco com capuz com os dizeres GEOLOGIA É MAGMÁGICO!

Ouço uma batida de leve na porta. Rapidamente, enfio a revista debaixo do travesseiro e deito de costas com o livro *The Mill on the Floss* nas mãos.

— Oi! — digo para Flora, que está de pé na entrada do quarto, me observando com suspeita.

— Quint — ela diz —, eu ia perguntar se você queria estudar lá embaixo, mas... O que você está fazendo?

Eu mostro o livro, agitando-o um pouco.

— Lendo.

Não é bem uma mentira, de qualquer forma.

Ela continua me encarando, mas finalmente parece aceitar minha resposta e anda até a cama, sentando-se na beira.

Então ela franze a testa.

— O que quer dizer isso no seu casaco?

— É um trocadilho — digo a ela, puxando a barra para esticar. — Magmágico/magmático. Está vendo, isso, sim, é um trocadilho geológico *de verdade*.

Espero por um revirar de olhos, mas em vez disso ela olha para as pedras na cômoda.

— Estou vendo que você já se acomodou no novo quarto.

— É geo*lógico* — digo, solene, e ela explode naquelas risadas tão opostas a uma postura de princesa, mas tão adoráveis.

Então, me surpreendendo, ela se levanta e anda até a cômoda, tamborilando com as unhas em alguns dos meus espécimes.

— Eu nunca perguntei — ela diz. — Qual é a sua favorita?

Começa a chover – mais uma vez, mais um pouco –, e a iluminação dentro do quarto é fraca e aconchegante.

Sentindo-me um pouco esquisita, me levanto e ando até ela. Flora é bem mais alta do que eu, a altura certa para que eu possa encostar minha bochecha em seu ombro.

Não que eu fosse fazer isso.

Em vez disso, pego a hematita.

— Provavelmente essa. Hematita. É magnética, pra começo de conversa, o que é superlegal. E eu consegui essa quando meu pai me levou a Yellowstone no sétimo ano, então é especial.

— E essa? — Flora pega a peça de quartzo rosa, segurando-a na palma da mão.

Estamos próximas uma da outra, tão próximas que, quando ela inclina a cabeça para olhar a pedra, as pontas de seus cabelos deslizam levemente sobre meus dedos enquanto eu toco no quartzo.

— Essa é só linda — digo. — Não tem outras qualidades especiais.

Os lábios de Flora se curvam para cima.

— Pois eu acho que ser linda é uma qualidade muito especial.

— Claro que acha — solto uma risada, mas então levanto o olhar e nossos rostos estão… tão perto.

Seus lábios estão logo ali.

Posso sentir o cheiro do sabonete cítrico que ela usa, posso sentir em meu rosto o ar leve e quente que sai de sua respiração e, se eu me aproximar mais…

O som agudo da notificação em meu notebook avisando que alguém está me chamando no Skype faz com que nós duas tomemos um susto. Balanço a cabeça, com o rosto pegando fogo, enquanto pego o computador na cama para responder à chamada.

É meu pai, e eu sorrio para sua imagem, tentando parecer normal.

— Ei!

— Millipeia! — ele responde, e então o rosto de Gus quase toma conta da tela inteira quando ele tenta dizer oi também.

Rindo, me sento na beirada da cama. Pelos próximos minutos, meu pai e eu conversamos sobre como estão as coisas em casa enquanto Gus balbucia e tenta me mostrar pelo menos três brinquedos novos.

Quando termino a chamada, Flora está de volta perto da porta, me observando.

— Você sente falta deles — ela diz, e eu mexo com as pontas dos cabelos.

— Sim? Como a maioria das pessoas quando estão longe da família. E não vou poder vê-los até o Natal.

Ela franze a testa.

— Vocês americanos não têm nenhum outro feriado antes disso?

— Ação de Graças — digo, caindo de volta na cama e estremecendo um pouco quando a revista faz barulho.

Por sorte, parece que Flora não ouviu.

— Mas não podemos bancar minha viagem na Ação de Graças *e mais* outra no Natal, então vamos só esperar.

— Você quer que eu compre sua passagem? — Flora pergunta, como se estivesse me oferecendo um par de sapatos emprestado.

— Eu... o quê? Não — gaguejo. — Eu não posso aceitar isso.

— E por que não? — Flora pergunta, e a encaro.

Por um segundo, tivemos um momento especial olhando o quartzo rosa. Um momento em que esqueci que ela é uma princesa e só a vi como uma garota bonita.

Mas ela é também uma garota bonita que pode dar uma passagem transatlântica de avião para alguém como se não fosse nada.

Em outras palavras, uma garota que não é para mim.

A revista escondida debaixo do meu travesseiro deveria me lembrar disso.

— É só que... isso é muito, Flora — eu respondo, pegando meu livro de volta. — É demais. Você não pode simplesmente jogar dinheiro nas pessoas.

Sinto que ela ainda me observa, e então responde, um pouco aérea:

— Você que sabe.

Abaixando o livro, eu faço uma expressão feia para ela.

— Flora...

— Não — ela diz, abanando a mão. — Só pensei em oferecer. Não está mais aqui quem falou.

Mas percebo a maneira como seu olhar desliza de volta para mim quando ela acha que eu não estou olhando.

CAPÍTULO 31

— **Se isso é algum tipo de trote** atrasado, vocês estão todos dispensados de ser meus amigos — digo, fazendo com cautela o caminho pelo corredor.

Sakshi está tampando meus olhos com as duas mãos enquanto Perry me guia pelo braço.

— Não é trote — ele jura —, embora eu fique meio surpreso quando penso que não temos esse tipo de coisa nessa escola.

— Esse lugar parece mesmo o tipo ideal de espaço pra trotes — Sakshi concorda, e eu reviraria os olhos se eles não estivessem cobertos.

Alguns minutos antes eles chegaram no quarto prometendo uma "surpresa", e eu deveria ter sido mais esperta do que ter contribuído com a brincadeira. Seja o que for, tenho a sensação de que Flora está envolvida. Faz uma semana desde nossa conversa sobre a passagem de avião e, mesmo que ela não tenha tocado no assunto de novo, eu sei que Flora não desiste assim tão fácil.

Talvez seja por isso que eu me deixei levar com tanta boa vontade por Saks e Perry.

Tenho alguma noção de onde estamos. Nós descemos até o primeiro andar e posso ouvir o chiado daquele único radiador perto do estúdio de arte que está sempre dando problema, mas, fora isso, estou firmemente Sem a Menor Ideia do que estamos fazendo aqui embaixo.

Porém, tenho certeza de que, se formos pegos, nunca mais sairemos da detenção.

— Seja lá o que for — aviso —, é bom valer a pena.

— Vai valer — Perry promete, e então meu nariz detecta o cheiro de... batata-doce?

Sim, batata-doce com aquele cheiro de açúcar caramelado de marshmallow e, por cima disso tudo, o aroma delicioso da sálvia.

— Gente — começo, mas então Sakshi tira as mãos dos meus olhos e fico sem reação.

Estamos na sala de arte e ali, arrumado em cima da mesa, tem um minibanquete de Ação de Graças. Então percebo uma pequena ave assada que não é um peru, mas que está cheirosa demais, e alguns pratos de porcelana, um deles com macarrão com queijo, outro com as amadas batatas-doces com marshmallow. Tem uma torta também, e um antigo candelabro de prata ilumina tudo, mas meus olhos ficam retidos em uma única coisa.

A garota que me aguarda de pé atrás da mesa.

— Surpresa! — Flora exclama, batendo palmas.

Ela veste jeans e um suéter, com os cabelos soltos ao redor do rosto, sorrindo. Um sorriso de verdade, e estou surpresa.

Mas não pela Ação de Graças em miniatura que ela fez para mim.

Não, o que me surpreende é a percepção repentina, estonteante e indiscutível de que, mesmo sem querer, eu me apaixonei por uma verdadeira princesa.

O sorriso de Flora se desfaz um pouco, suas mãos se abaixam.

— Você não gostou? — ela pergunta, olhando para a comida. — Está errado?

Tenho que engolir em seco antes de conseguir falar.

— Não — eu a tranquilizo, dando um passo à frente.

De canto do olho, vejo Perry e Sakshi trocando olhares.

— Não, é perfeito — digo. — Quer dizer, faltam três semanas para o Dia de Ação de Graças, mas, ainda assim. Isso é... eu não sei o que dizer.

Aquele sorriso ilumina o rosto dela novamente, e meu coração bate tão forte dentro do peito que me surpreende ninguém ouvir. Minha cabeça gira e minha garganta está tão seca que eu bebo feliz a latinha que Flora me oferece.

E imediatamente me arrependo dessa decisão quando um gosto meio sem gás de chiclete bate na minha língua, e eu afasto a lata para fazer uma careta.

— Eca.

— Isso é Irn-Bru, a bebida nacional da Escócia, queridinha — Flora diz, fingindo se sentir ofendida ao pegar a lata de volta, e quando nossos dedos se esbarram, eu juro que sinto um choque.

Mas me obrigo a fazer uma careta e digo:

— Você também não achava que o veado era o animal nacional da Escócia? E onde fomos parar por causa disso?

— Onde fomos parar por causa disso, *de fato* — Flora contesta. — Somos amigas agora. Não seríamos se não fosse por aquele veado estúpido.

Ela tem razão, mas tudo que consigo pensar é que deve ter sido ali que tudo começou. Não foi na lavanderia ou na dança na estufa ou olhando juntas para minhas pedras – foi aquela noite lá em cima da colina que nos trouxe a este momento, quando percebo que estou afim dela. Eu deveria ter percebido antes a maneira como as coisas tinham mudado entre a gente.

Nós comemos nosso pequeno banquete felizes, Flora nos deliciando com a história de como ela conseguiu reunir essa comida toda.

— Eu não sei como Glynnis conseguiu achar alguém pra cozinhar tudo isso — Flora comenta, pegando a colher nas batatas-doces e mexendo no prato —, mas a mulher é uma super-heroína.

E então Flora me encara, seus dentes mordiscando o lábio inferior.

— Droga. Isso é demais também? Mandar um contato da realeza arranjar comida? Eu sei que você disse que a passagem de avião era muito...

Estendo a mão e toco em seu braço, sacudindo a cabeça.

— Não, isso foi só... o uso de recursos disponíveis. É diferente de jogar dinheiro em alguém.

Flora quase se envaidece com isso, levantando o queixo com um sorriso confiante.

— Sabia.

Do outro lado da mesa, vejo Saks e Perry trocando olhares, algo se passando entre eles, mas ignoro.

Por enquanto, tudo parece... agradável. Legal.

Quase normal.

Mas então vemos um clarão na janela.

Notícias interessantes (eu acho, se você curte esse tipo de coisa) para reportar hoje na Escócia. A princesa Flora conseguiu se manter fora de confusão nas últimas seis semanas, deixando a todos em choque, tenho certeza. Talvez aquele colégio draconiano para o qual ela foi enviada esteja funcionando? Ou talvez seja outra coisa. Aparentemente tem um espião lá nas Terras Altas. Um estudante tem vazado informações sobre Flora para a imprensa e, de acordo com a fonte, a princesa Flora ficou muito íntima de sua nova colega de quarto, uma garota do Texas chamada Amelia Quint. A intimidade foi tanta que elas não são mais colegas de quarto, de acordo com nossa fonte. Algumas semanas atrás, a princesa e sua nova amiga foram colocadas em quartos diferentes. Pode ser que elas sejam apenas amigas, mas a fonte parece pensar que elas são mais do que isso. Enfim, aqui está uma foto borrada das duas comendo... um banquete de Ação de Graças? Com outras pessoas? Vai saber.

Pessoalmente, espero que Flora esteja namorando uma garota americana ajuizada, mas eu não desejaria Flora para meu pior inimigo, então as chances são meio a meio aqui.

("Princesa Flora faz alguma coisa, eu sei que você vai clicar, eu preciso comer", *Cortem-lhes as cabeças*)

CAPÍTULO 32

O fotógrafo que eles encontram no meio dos arbustos é mais novo do que eu imaginava que seria um paparazzi. Talvez ele seja novato, o que explica o erro de iniciante de ter deixado o flash ligado.

Apesar da dra. McKee nos dizer para sair do salão, parece que o colégio inteiro se reúne no saguão de entrada para observar ela e o sr. McGregor falarem com a polícia local, enquanto o fotógrafo está sentado no banco de trás da viatura. Eu ouço a palavra "invasão" e o sr. McGregor, com o rosto vermelho e borbulhando de raiva, menciona "piche e penas" pelo menos quatro vezes.

Ao meu lado, Flora está muito quieta e muito calma enquanto observa.

— Eles tiraram o cartão de memória da câmera dele — digo a ela. — E não é como se ele tivesse conseguido nada tão emocionante. A não ser que um bando de adolescentes comendo batata-doce faça sucesso nos jornais por aqui, ou algo assim.

Mas Flora balança a cabeça, os longos cabelos deslizando sobre os ombros.

— Ele já deve ter enviado as imagens. Ele as tirou com o celular, não com a câmera.

Ela olha para mim.

— Esse é o truque deles. Aparecem com uma câmera enorme e cara, todo mundo acha que foi isso que usaram, e aí ninguém se lembra do celular. — Ela se vira de volta para olhar para a cena no gramado frontal através das enormes portas de entrada. — É bem esperto da parte deles.

Com isso, ela se vira para subir as escadas, e eu a sigo, segurando seu cotovelo.

— Vai dizer isso a eles! — digo. — Sobre o celular. Talvez ele não tenha enviado...

Mas Flora já está se afastando.

— É uma graça que você se importe, Quint, mas te garanto que isso já aconteceu.

Eu a observo desaparecer no topo das escadas, e Sakshi aparece ao meu lado, seguindo meu olhar.

— É por isso que a mãe dela queria uma equipe de segurança aqui — ela me conta. — Flora dá mais lucro às revistas do que os dois irmãos juntos.

— Mais do que o Seb? — pergunto, e Sakshi acena com a cabeça antes de enrolar uma mecha de seus longos cabelos escuros e me olhar de frente.

Bom, me olhar de cima, já que ela é uma amazona.

— Você gosta dela, Millie? — ela pergunta.

Ah! Minha garganta aperta de repente, a pele do meu rosto provavelmente muda para um tom vívido de vermelho enquanto gesticulo sem rumo.

— Sim. Quer dizer, nós definitivamente nos damos melhor agora, então...

— Não. — A mão de Sakshi segura a minha, cobrindo-a. — Digo... você *gosta* dela?

Encarando-a, eu puxo minha mão de volta.

— Esse não é o tipo de coisa que deveríamos só falar por bilhetes? Com alternativas pra assinalar sim ou não?

Ela sorri, mas percebo uma preocupação sincera em seu rosto quando olha para mim. Os cantos de sua boca se curvam para baixo, seus olhos se estreitam um pouquinho.

— Eu só não quero que você se machuque.

É a mesma coisa que Darcy disse sobre Jude, que eu estava pegando o bonde a caminho de um coração partido, e não gosto dessa comparação.

— Acredite em mim, eu também não — respondo.

A gente fica ali até a viatura ir embora e a dra. McKee entrar, batendo palmas de modo ríspido para que nos dispersemos. Todos seguem sua ordem, mas eu fico para trás, esperando até que o salão esteja quase vazio para me aproximar da diretora.

— Dra. McKee? — pergunto, e ela se vira, com as sobrancelhas levantadas como se estivesse surpresa ao me ver ali.

— Sim, senhorita Quint?

— O que vai acontecer com aquele cara? — pergunto, acenando com a cabeça em direção às portas.

A dra. McKee segue o meu olhar, erguendo a mão para ajeitar o coque de cabelo.

— Ah, imagino que vão levá-lo para a delegacia na vila, deixá-lo morrendo de medo e mandá-lo de volta pra Edimburgo ou Glasgow ou seja lá de onde ele veio.

— A rainha vai ficar sabendo disso? — pergunto, e a dra. McKee gira sobre os saltos para me encarar por inteiro.

— Isso não é da sua conta, senhorita Quint — ela diz, o que eu entendo como um sim.

Isso significa que haverá mais seguranças por aqui? Flora vai odiar isso.

Mas eu não digo nada, apenas movo a cabeça afirmativamente e faço a minha melhor expressão Humilde e Tímida para a dra. McKee antes de subir as escadas correndo.

Eu abro a porta e dou de cara com Flora sentada em minha cama.

Segurando a revista sobre ela que eu tinha enfiado debaixo do travesseiro. E que, estupidamente, estava lá até agora.

Ela olha para mim quando entro e, enquanto fecho a porta, Flora exibe a revista.

— Leitura noturna?

— Era da Saks — digo. — De-depois de Skye, eu fiquei curiosa pra saber da sua vida e das pessoas ao seu redor, então pedi ajuda e...

— E então decidiu entrar no negócio lucrativo de me espionar para os tabloides?

As palavras são tão inesperadas que eu dou um passo para trás.

— O quê?

Flora joga a revista em minha cama, levanta e cruza os braços sobre o peito, com o quadril levemente inclinado de um lado. Ela se parece em cada detalhe com a Menina Malvada que eu julguei que ela era no meu primeiro dia, e percebo que tinha me esquecido de como ela pode ser fria quando quer.

— Aquele fotógrafo estava aqui porque alguém tem vazado informações. Eu acabei de checar vários blogs dedicados a rastrear cada respiração minha ou dos meus irmãos, e sabe o que descobri? — Ela puxa o celular do bolso, balançando-o para mim. — Matéria atrás de matéria sobre mim, sobre você, sobre a gente indo pra Skye, sobre o que deu errado no Desafio. E agora eu vejo que você tem lido sobre mim.

Ainda estou boquiaberta.

— Você... sinceramente acha que eu andei ligando pra tabloides escoceses e contando coisas pra eles? Flora, eu não saberia nem como fazer isso. Americana, lembra? Sem contar que, ao contrário de você, eu não pego meu celular de volta na secretaria a cada cinco segundos. Só fico com ele nos fins de semana e você está comigo a maior parte do...

— Então por que você estava lendo sobre mim? — ela pergunta, o tom de sua voz aumentando de volume. E eu não sei se é o choque de saber que ela realmente acreditou que eu a entregaria assim para a imprensa, ou se minha cabeça ainda está girando por causa do minibanquete de Ação de Graças, ou ainda porque percebi tudo o que sinto por ela, mas eu me ouço gritando de volta:

— Porque eu gosto de você!

Eu nunca tinha visto uma Flora em Choque, mas é essa Flora que está de pé na minha frente agora. Sua boca se abre um pouco, e eu jogo as mãos para cima, decidida a fazer esse momento ser o mais vergonhoso possível.

— Eu estou a fim de você! — continuo. — Sei que isso é estúpido e sem futuro e, sinceramente, estou *muito* desapontada comigo mesma quanto a isso, mas aí está. Eu quis ler a revista pra aprender mais sobre você e também pra olhar as fotos porque você é linda, e isso é a coisa *mais* constrangedora que já aconteceu comigo, então, sei lá, aproveite o espetáculo.

Apenas depois de todas as palavras terem saído percebo que não gaguejei de nervoso, aquele momento em que todas as palavras que eu quero dizer se atropelam desajeitadas na minha boca. Eu apenas deixei tudo jorrar diretamente e, ai, meu Deus, eu acabei de contar... tudo.

Ela ainda está me encarando, seus braços permanecem cruzados sobre o peito.

— Você gosta de mim — ela repete e, completamente derrotada pela humilhação, dou de ombros com as palmas das mãos viradas para cima.

— Sim. É tão estúpido, mas é isso.

Flora abaixa os braços, levantando a mão para arrumar o cabelo atrás da orelha.

— Por que é estúpido? — ela pergunta, e eu olho para ela, meu coração parecendo acelerar e desacelerar ao mesmo tempo.

Estou tão consciente dele batendo dentro do peito, na garganta, nos ouvidos.

— Como assim?

Aproximando-se de mim, Flora murmura:

— Por que é estúpido, Quint?

E então... meu Deus do Céu, ela está me beijando.

Sinto o toque gelado das mãos de Flora nas minha bochechas, ou talvez seja meu rosto que está quente, mas posso sentir as pontas de seus dedos em minha pele, a pressão como uma marca a ferro e fogo. E minhas mãos se erguem para segurar seus pulsos. Não deveria ser uma grande surpresa que Flora beija espetacularmente bem, mas meus joelhos não receberam a mensagem porque eles estão tremendo como se eu tivesse acabado de correr quatro circuitos ao redor do colégio.

E consigo sentir as batidas firmes do coração de Flora sob meus dedos, um lembrete de que eu não sou a única se sentindo abalada aqui.

Sorrindo encostada em sua boca, me afasto um pouquinho, e ela abre um sorriso, aquele sorriso verdadeiro que provavelmente exibe dentes demais para ser um Sorriso Próprio de Princesa, mas que definitivamente é o meu favorito.

Então ele se desfaz de seu rosto, e um trio de rugas se forma entre suas sobrancelhas perfeitamente esculpidas.

— Ai, nossa, isso é demais? — ela murmura. — É cedo demais, você precisa de mais tempo? Eu posso te dar mais tempo, se quiser, eu só… eu só senti que deveria te beijar, então beijei.

Afastando-me um pouco mais, levantando as sobrancelhas, digo:

— Você, a princesa Flora Ghislaine Mary Baird, está realmente dizendo que pode ter se precipitado? Tipo, você está admitindo isso?

Ela encosta a testa na minha por um breve momento, e fico me perguntando por que o perfume do mesmo sabonete que todos nós usamos aqui tem um cheiro tão diferente em sua pele do cheiro que tem na minha ou na dos outros.

— Eu me precipitei? — ela pergunta, e respiro fundo antes de negar com a cabeça.

— Não. Pela primeira vez desde que te conheci, acho que você escolheu o momento certo.

CAPÍTULO 33

Acho que eu tinha me esquecido da sensação de estar completamente apaixonada por alguém.

Com Jude, existia aquela bagagem esquisita de sermos amigas há tanto tempo, de manter um tipo de segredo, de ainda tentar entender o que tudo aquilo significava. Com Flora, é apenas...

Bom, tem momentos como este em que estamos fazendo nossas corridas ao redor de Gregorstoun, e ela olha para mim com um sorriso iluminado, as bochechas rosadas, os cabelos grudando no rosto mesmo com esse frio congelante, e meu coração parece tão grande dentro do peito que eu mal posso contê-lo.

— Você vai cantar dessa vez, Quint? — Flora provoca, virando-se para correr de costas, e aceno com a cabeça para ela.

— Talvez. Se você cair de bunda, eu definitivamente vou cantar uma canção sobre isso e os perigos da arrogância. Que nem um Oompa-Loompa.

— Qual é o seu problema com todas essas referências de Willy Wonka? — ela pergunta se virando para correr como uma pessoa normal, eu diminuo o passo um pouco e Flora chega ao mesmo ritmo que eu.

— Talvez "Veruca Salt" possa ser nosso "sempre" — brinco, e ela ri.

Então, quando passamos por uma subida no caminho, ela se aproxima e segura minha mão, me puxando para atrás de uma formação rochosa para me dar um rápido, mas intenso beijo na boca e, sim.

Talvez eu não tenha esquecido como é essa sensação, porque não sei se eu já senti algo *sequer* parecido com isso.

Afastando-se, ela observa meu rosto por um longo momento, então acaricia meu lábio inferior com o polegar, acionando uma cascata de arrepios pelo meu corpo.

Então me aproximo para beijá-la e, dessa vez, não há nada de rápido nisso.

Penso que nós estamos sendo muito discretas sobre nossa nova situação, mas percebo que estou errada quando, na hora do almoço, Sakshi e Perry se sentam cada um de um lado meu, quase que ao mesmo tempo. Eles são bons nisso, tão bons que às vezes imagino se eles treinam com frequência.

— Conta tuuudooo — Saks cantarola, abrindo sua garrafa de água mineral enquanto Perry se inclina sobre mim para roubar um pão da bandeja de Sakshi.

— Ou não — ele me diz, olhando feio para Saks —, porque não é da nossa conta.

Saks revira os olhos.

— Francamente, Perry, não aja como uma senhorinha puritana. Millie é nossa amiga e nós apoiamos a felicidade dela, o que significa que precisamos saber tudo o que está acontecendo. Então. Conta tudo.

Corando, eu mexo os ombros e continuo empurrando os feijões no prato.

— Não tem muito o que contar — digo, e Saks solta um suspiro profundo, levando a mão aos cabelos.

— Não tem muito o que contar? Millicent...

— É Amelia, e você sabe disso.

— Você está namorando uma *princesa*. — Saks continua falando como se eu nem tivesse dito nada, gesticulando com uma mão na frente do rosto, e fico surpresa em como ouvir essas palavras me atinge como um soco no estômago.

— Não — digo, sacudindo a cabeça. — Não é isso que...

— É absolutamente isso que está acontecendo — Sakshi afirma, e até Perry acena com a cabeça, com a boca cheia de pão.

— É mesmo, Millie — ele diz, e eu olho alternadamente para os dois.

— Eu gosto da Flora — digo num tom de voz baixo. — E ela gosta de mim. Mas o que isso significa ainda é... algo que estamos descobrindo.

Saks torce o nariz um pouco.

— Ô, querida — ela diz. — Não funciona assim. Não com essa gente.

Então eu noto Flora entrando no refeitório e sinto meu coração dar um breve pulo dentro do peito só de vê-la.

Saks segue meu olhar e então solta uma risadinha, me cutucando com o cotovelo.

— Ah, você está toda apaixonadinha — ela provoca, e eu a empurro de volta.

— Paraaaa.

— Ela não te merece — Perry diz, mas ele está sorrindo também, e Saks se estica sobre mim para dar um tapinha no braço dele.

— Muito leal da sua parte, Peregrine — ela diz, e ele sorri para ela, e de repente eu percebo que não sou a única pessoa apaixonadinha da mesa.

Então Saks se mexe na cadeira, pega o garfo e complementa:

— Sabia que descobriram quem estava soltando informações de Flora para os jornalistas? Era a Elisabeth! Minha antiga colega de quarto que virou colega de quarto de Flora, dá pra acreditar? — Ela sacode a cabeça. — De todas as pessoas que poderiam ter sido, era a cavaleirinha.

Ela abaixa o tom de voz.

— Aparentemente ela descobriu que os jornais pagam bem pelas fofocas da vida de Flora e ela queria uma nova… o que era mesmo, Perry? Uma sela luxuosa? — Ela dá de ombros. — Não sei, não gosto de cavalos, para o horror do meu pai.

— Ela não tem, tipo, doze anos? — pergunto. — Uma garota qualquer do sétimo ano estava vendendo fofoca?

Mexendo nos próprios feijões sobre a torrada, Saks olha para mim.

— Eu te falei, querida — ela diz. — É outro mundo.

Mais tarde, naquele dia, estou sentada no meu quarto com Flora. Sakshi nos deixou sozinhas para que pudéssemos ter alguma privacidade, e estou na cama enquanto Flora está sentada na escrivaninha, as duas trabalhando em nossos artigos para a aula de literatura da sra. Collins, mas, de vez em quando, nós damos uma espiada uma na outra por cima do notebook até que, finalmente, Flora fecha seu computador com um gesto sonoro e se joga na cama para se deitar ao meu lado.

Rindo, fecho o meu notebook e me inclino para afastar seus cabelos do rosto. Ainda é uma sensação estranha me aproximar e tocá-la dessa maneira, mas eu gosto.

Flora também gosta, eu acho, e ela se vira para deitar de costas e olhar para mim com seus cílios longos naqueles olhos dourados.

— Você está me distraindo — digo a ela, que ignora, estendendo a mão para entrelaçar nossos dedos perto de seu ombro.

— Qual é a graça de pegar uma amiga de colégio se não dá pra distraí-la do dever de casa?

As palavras são leves, provocativas, mas elas fazem com que uma parte daquele brilho dourado que eu estava sentindo se dissipe.

Amigas que se pegam.

Amigas que se beijam.

Mas Flora não é Jude, eu me recordo, e me inclino, ainda tímida enquanto a beijo.

Mas Flora definitivamente não é tímida e me beija de volta colocando a mão na minha nuca, e logo não estamos apenas nos beijando, mas nos pegando além disso, e meu artigo, notebook e meu próprio nome já estão praticamente esquecidos.

Não é apenas por causa do beijo (embora eu goste bastante do beijo), mas por tudo.

O jeito como os dedos de Flora dançam sobre qualquer extensão de pele descoberta, transformando lugares que eu nunca achei muito sensuais – a dobra do braço, os espaços entre os dedos, minha testa – em pontos pulsantes de desejo.

Como o som normalmente imperioso quando ela diz "*Quint*" é tão diferente quando é sussurrado rente à pele suada do meu pescoço.

Ou como ela *me* deixa tão diferente. Mais corajosa e confiante, veloz em tocá-la em todos os lugares que ela deseja que eu a toque.

Esse é um daqueles momentos em que sinto que não consigo *parar* de tocá-la, mesmo ainda vestidas por completo, e eu provavelmente continuaria ali agarrada a ela para sempre se meu celular não começasse a apitar de repente.

Afasto o rosto do de Flora e torço o nariz.

— Esse é o meu celular.

Ainda deitada na cama, com o rosto rosado, Flora ajeita o cabelo para trás.

— E daí?

— E daí que ele deveria estar na secretaria, né? — digo, e Flora me dá aquele sorriso tão cheio de si.

— É mesmo?

Com um resmungo, saio da cama enquanto o celular apita de novo, o ruído claramente está saindo da primeira gaveta da minha escrivaninha.

— Obrigada por me incluir na sua vida de crimes — digo, mas Flora não se sente, o que não é uma surpresa, nem um pouco culpada pelo que fez.

Eu vejo agora que as notificações são do e-mail pessoal que ainda mantenho, não do que o colégio me deu, e são ambas do Lee.

Sinto um pouco de culpa. Não falo com Lee há duas semanas, mesmo sentindo vontade. É só que as coisas ficaram tão…

E então eu vejo os assuntos dos e-mails.

O primeiro: MAS O QUE DIABOS MILLIE

E o segundo: VOCÊ ESTÁ NAMORANDO UMA PRINCESA, MAS O QUÊ

Abrindo o primeiro e-mail, vejo que Lee me mandou um link de algum blog chamado *Cortem-lhes as cabeças*. Adorável.

Tem uma foto do nosso "Dia de Ação de Graças" – acho que Flora estava certa sobre o cara ter tirado a foto com o celular –, mas também tem meu nome.

Meu nome está bem ali.

E o segundo e-mail tem outro post de blog, dessa vez com um comentário de Lee:

Millie, você tem ESCONDIDO O JOGO? *Eu sabia que você tinha um crush,* MAS UMA PRINCESA? QUE É A SUA COLEGA DE QUARTO???? *O que está acontecendo? Responda imediatamente. Quero saber pra* ONTEM.

— Quem é Lee?

Eu me viro e me assusto um pouco, já que Flora está bem atrás de mim.

— Meu melhor amigo — respondo, distraída, enquanto mexo no cabelo. — Como é que as pessoas já sabem dessas coisas?

Flora levanta um ombro, voltando para a cama.

— Eles sempre sabem — ela diz antes de se acomodar de novo com seu notebook. — E, sinceramente, dessa vez isso me deixa feliz. Talvez agora minha mãe entenda que eu sou gay e não estou "passando por uma fase".

Olho para ela e fico pensando como isso é esquisito, ver meu nome num blog aleatório qualquer. Eu sou... ninguém. Eu nunca fui mencionada na internet a vida toda exceto quando fiquei em segundo lugar na competição de geografia do meu distrito no oitavo ano.

Mas é claro que Flora não entenderia nada disso já que sua imagem é pública desde antes de ela nascer. Literalmente. Havia uma parte naquela revista cheia de fotos da rainha Clara grávida.

E eu entendo o que ela quer dizer, sobre isso talvez finalmente forçar o assunto de que ela está fora do armário publicamente.

Então só coloco meu celular de volta na gaveta da escrivaninha, me prometendo que responderei Lee mais tarde.

Sento na cama, puxando meu computador para perto, e Flora se vira para me olhar.

— Tudo bem? — ela pergunta, e eu balanço a cabeça concordando.

— Sim — digo. — É só... esquisito.

Flora não diz nada por um minuto, então ela se levanta e se senta com os dois pés apoiados no chão e as mãos apoiadas na beira do colchão.

— Você quer ir pra casa comigo esse fim de semana?

— Pra onde, Edimburgo? — pergunto, e, quando ela balança a cabeça afirmativamente, eu pergunto: — Para o *palácio*?

— Essa é a minha casa, sim. Minha mãe vai dar uma pequena festa pra Alexander e sua noiva, e eu pensei que... bom, se você passar algum tempo com a minha família, coisas desse tipo — ela gesticula em direção ao meu celular — podem não parecer tão estranhas. Somos todos terrivelmente chatos, no fim das contas.

— Então eu seria o seu... par. Nessa festa.

— Se você quiser ser — Flora diz com calma. — Ou você pode ser minha ótima amiga e ex-colega de quarto, Quint, que está ali pra me manter afastada das encrencas.

Solto um riso de deboche ao ouvir isso.

— Ser seu par seria definitivamente mais crível do que ser a Pessoa Que Mantém Flora Afastada de Encrencas.

Outro sorriso e ela cruza as pernas nos tornozelos, balançando o pé.

— Isso é um sim?

Penso na rainha Clara e na última – e única – vez que a vi, e na vez que vi Seb naquela situação toda da briga no pub. Até agora, minhas impressões da família de Flora não são as melhores, mas talvez ela esteja certa. Talvez se eu estiver no meio deles, isso não parecerá tão… bizarro.

— É um sim.

CAPÍTULO 34

A viagem para Skye foi uma coisa, mas isso – viajar até o palácio com Flora por um fim de semana – é completamente diferente. Para começar, o transporte. Um carro nos leva de Gregorstoun até Inverness, onde pegamos um trem, que não é qualquer trem. A família Baird tem o seu próprio trem, adornado com o brasão da família por toda parte e com assentos que são mais confortáveis do que qualquer outro em que já me sentei. Flora está ao meu lado, nossos dedos entrelaçados enquanto observamos a paisagem rural correr veloz, e estou animada, feliz e quase me mijando de tão nervosa ao mesmo tempo. Quando Flora e eu fomos para Skye, éramos apenas amigas.

Agora, definitivamente somos mais do que isso, mas será cedo demais para ser assim tão... oficial? Isso não é uma visita qualquer aos familiares, afinal de contas. É uma festa para o casamento real que se aproxima. Eu irei ao casamento como par de Flora? E, falando em casamentos, como será com Flora no futuro? Quer dizer, é cedo demais para pensar em *casamento*, mas existe algum título para uma garota que se casa com uma princesa? Será que...

— Você está fazendo a sua Cara de Quint Pensativa.

Olho para o lado e Flora está encostada no descanso de braço e bem próxima a mim, seus lábios levemente franzidos e os olhos espremidos.

— Porque eu sou Quint e estou pensativa — respondo, mas, quando ela se inclina para me beijar, todos aqueles pensamentos são afugentados para longe.

Quando o trem chega à estação Waverly, um carro nos espera.

Também nos espera um punhado de fotógrafos. Não o mar de *flashes* que eu estava imaginando, mas, ainda assim, eu me sinto muito consciente do fato de que estou vestindo jeans, um suéter e tênis, e que eu provavelmente deveria ter feito algo que não fosse um rabo de cavalo em meu cabelo.

Flora me empresta um par de óculos escuros e eles parecem grandes e ridículos demais no meu rosto, mas sou grata por eles enquanto nos acomodamos no banco de trás do carro.

— Ufa — digo assim que a porta se fecha atrás da gente e estamos avançando velozes por uma rua estreita, passando por um mar de lojas para turistas. — Eu nunca me senti tão olhada.

— Como se atreve? Eles estavam olhando pra *mim* — Flora responde, sorrindo, e eu rio, afofando a franja e tentando ajeitar o cabelo.

— A gente vai ter uma chance de se arrumar melhor antes que eu conheça os outros integrantes da realeza, né? — pergunto, e Flora movimenta a cabeça positivamente, já digitando em seu celular.

— Glynnis é a responsável por isso tudo, então é provável que alguns cabeleireiros estejam nos esperando em Holyrood.

Ela está brincando.

Pelo menos eu acho que ela está brincando.

Mas não tenho tempo de perguntar nada porque de repente o carro está chegando ao palácio, atravessando grandes portões de ferro forjado, e preciso me conter para não amassar o nariz na janela enquanto Holyrood se avoluma à vista.

— Nossa — murmuro, absorvendo o visual das pedras de coloração quente sob a luz da tarde. — É tão...

— Sim — Flora diz com alegria, e, quando ela estende a mão para apertar a minha, eu sinto o mesmo misto de excitação e terror que está me acompanhando desde a viagem de trem.

Glynnis está nos aguardando na entrada, tão reluzente e polida como sempre, e percebo que Nicola também nos aguarda, de pé, a alguns metros dela. Ela não está tão bem aprumada como sua mãe, mas está bem arrumada, vestindo uma camisa de botões e uma saia adorável.

— Oi de novo — digo a ela, acenando, e ela acena de volta antes de se aproximar.

Enquanto Flora e Glynnis confabulam sobre algo, Nicola chega perto de mim e diz:

— Isso vai ser muito mais intenso do que Skye, mas eu prometo que ninguém é tão assustador como parece.

— O que isso significa? — pergunto, mas ela só me dá um tapinha no ombro com um olhar complacente antes de voltar para o lado da mãe.

— Amelia — Glynnis diz, gesticulando para que eu me aproxime e estalando os dedos para um empregado que aguardava perto do carro.

— Ralph vai conduzi-la aos seus aposentos — ela informa, antes de se inclinar e dizer ao empregado —, a Suíte

Darnley. Se a mala de roupas não estiver lá, chame Charles e diga para ele que me ligue.

— Roger, madame — ele diz, e não sei se ele está querendo dizer que entendeu o que é para fazer ou se está corrigindo seu nome.

De qualquer maneira, tudo parece mais com um código.

Então Glynnis se dirige a mim.

— Celeste fará o seu cabelo às três, então Veronica entrará para fazer sua maquiagem às quatro. Quando você estiver vestida, enviarei alguém ao quarto com uma seleção de joias.

Engulo em seco.

— Joias?

A palavra falha em algum lugar, e minha mão vai ao pescoço, lembrando do colar de diamantes que Flora usou em Skye. Será que usarei algo desse tipo? Eu... não sei se me sinto segura usando algo assim. Passaria a noite inteira com a mão no pescoço, com medo de que um objeto que custa o mesmo que a casa do meu pai – se não custar mais – mergulhe na minha tigela de sopa.

Glynnis vê meu gesto e dá uma risada, sacudindo a cabeça.

— Apenas alguns brincos, nada muito valioso.

De qualquer forma eu imagino que Glynnis e eu não temos a mesma noção sobre o significado de "valioso", mas estou aliviada o suficiente para acenar com a cabeça e dizer:

— Parece ótimo!

— Esmeraldas — Flora diz para Glynnis, que, movimentando a cabeça, faz uma anotação em seu iPad, sempre presente.

— Vá em frente — Flora me diz, me empurrando de leve com a mão. — Descanse, e eu te encontro às cinco na sala de estar cor-de-rosa, onde servirão drinques.

Quando eu olho para ela sem reação, ela completa:

— Alguém vai te buscar, não se preocupe.

Com outro sorriso, ela vai embora com Glynnis e Nicola, e sou deixada para trás para seguir Ralph-ou-talvez-Roger até meu quarto.

Não tenho muito tempo para ficar admirando os arredores, na verdade, subimos uma série de escadas e atravessamos vários corredores estreitos, virando para um lado e outro até chegarmos a um quarto que não é tão bonito quanto o quarto em Skye, mas ainda assim muito mais agradável do que qualquer coisa que já vi.

E, claro, tem uma bolsa sobre a cama com roupas para mim.

Abrindo o zíper, eu dou de cara com o vestido que usei em Skye.

— Olá, você — digo, acariciando o tecido e me lembrando daquela dança com Flora na estufa.

Talvez esse vestido seja como um amuleto de boa sorte?

Definitivamente, sinto que precisarei de um.

CAPÍTULO 35

De um jeito esquisito, é como se eu estivesse naquela noite em Skye de novo.

Uso o meu vestido verde, Flora usa outro vestido de baile, desta vez dourado, estamos em outro castelo e mais pessoas vestem estranhos uniformes fora de moda.

Deveria parecer mais do mesmo, e talvez seja para Flora. Afinal, esse é o tipo de coisa ao qual ela já se acostumou. Mas, para mim, tudo é diferente.

Flora me dá o braço enquanto nos aproximamos de um par de enormes portas douradas, e eu respiro fundo.

Ela olha para mim.

— São apenas pessoas — ela diz. — No fim das contas, são gente comum.

Olhando para ela, eu levanto as sobrancelhas.

— Você realmente acredita nisso?

— Por Deus, não — ela responde imediatamente, dando uma tremidinha. — Terrivelmente assustadores, todos eles, inclusive eu.

Isso me faz rir, e, quando ela segura minha mão por um segundo, eu a aperto rapidamente.

Flora pode estar brincando, mas sem dúvida esse momento *Entrando numa fria* é mais intenso do que o normal.

Não que tenhamos assumido nosso relacionamento publicamente, claro.

Se é que temos algum relacionamento.

Pelo amor de Deus. Eu? Namorada Real? A ideia é tão ridícula que sinto vontade de rir.

Mas, quando a mão de Flora se desenlaça da minha, meus dedos quase instintivamente querem se curvar no espaço vazio para segurá-la por mais tempo. E isso parece... muito mais do que amizade.

Mas então as portas se abrem e eu não tenho mais tempo para pensar em nada.

É a sala de estar particular da família, mas ainda assim está lotada. Todos esses vestidos de baile e kilts preenchem bastante espaço, eu acho, e sinto que vou começar a tremer e suar.

Então, ouço:

— Ah, aí está ela.

Ainda não tinha conhecido o irmão mais velho de Flora, mas eu reconheço o príncipe Alexander quando ele se levanta e atravessa a sala para abraçá-la, beijando-a nas duas faces.

E então ele olha para mim.

Tenho um momento de pânico. Eu sei que devo fazer uma reverência para a rainha, e isso significa que eu também provavelmente deveria fazer o mesmo para um príncipe, mas o quanto devo me curvar? Nem tanto quanto eu me curvaria para a rainha, certo?

Coloco um pé atrás do outro, pronta para me abaixar, mas Alex me interrompe sacudindo a cabeça e sorrindo.

— Não precisa disso quando estamos em família — ele diz, estendendo a mão para me cumprimentar.

Um pouco envergonhada, eu aperto a mão dele de volta, então olho para Flora, que está sorrindo.

Junto a Alex está uma bela garota loira e eu me dou conta de que essa deve ser sua noiva, Eleanor. É bom ver outra americana nesse lugar, então eu provavelmente abro um sorriso grande demais enquanto a cumprimento também.

— Oi, sou a Millie. Amelia. Tanto faz, na verdade.

— Eleanor — ela responde. — Ellie. Tanto faz também, na verdade.

Seu sorriso é genuíno e acolhedor, e eu me pergunto se não poderia passar a noite inteira conversando apenas com ela e Alex para não ter que lidar com mais ninguém da realeza.

— Você é do Texas, né? — Ellie pergunta, e eu aceno positivamente com a cabeça.

— Sim, fora de Houston. Como você sabe?

Alex aperta a mão de Ellie, sorrindo para ela.

— Ellie toma pra si o trabalho de saber quase tudo — ele diz. — Eu estaria perdido sem ela, sempre esquecendo nomes ou quem é de onde.

— Você daria um jeito — Ellie diz para ele, mas Flora olha para mim e diz só mexendo a boca: *não, ele não daria*.

É assim que as coisas são por aqui? Apenas... meio que normais? As coisas comuns de família?

Então eu olho para as pinturas gigantescas nas paredes, as armas luxuosas, as armaduras e me lembro de que nada aqui é normal e eu provavelmente deveria manter isso em mente.

Inclinando-se um pouco, Alex diz a Flora:

— Tia Argie quer falar com você sobre algo. Se eu fosse você, resolveria isso o mais rápido possível.

Resmungando, Flora revira os olhos e então me diz:

— Vou ali resolver isso. Tudo bem você ficar sozinha um pouco, né?

Olho ao redor para o mar de joias reluzentes e taças de champanhe.

— Ah, sim — digo com a voz fraca. — Estou em casa.

E então ela desaparece numa nuvem de seda e perfume caro e, quando olho para o lado para falar com Alex e Ellie, eles desapareceram também.

Deixando-me apenas... ali, plantada.

— Eeei, você está com uma cara de perdida de quem está lidando com essa loucura toda pela primeira vez.

Eu olho de relance e vejo uma ruiva que parece vagamente familiar, e ela me oferece um *macaron* num guardanapo.

— Come isso — ela encoraja. — O açúcar vai ajudar.

Ela é americana e eu me lembro de repente de que essa é a irmã mais nova de Ellie, a Daisy. Acho que ela está aqui para essa festa pré-casamento também e a deixo colocar o doce na minha mão, mas eu não como, apenas observo a multidão de gente socializando e todas as joias brilhando sob a luz das lâmpadas.

— Eu fui a um jantar — digo a ela. — No norte. Tinha gente rica lá, mas... isso é diferente.

Acenando com a cabeça, Daisy dá uma mordida em seu próprio *macaron*.

— É, a Experiência Completa do Palácio é um evento e tanto. Mas, ei, você não fez nada vergonhoso, nem causou uma briga numa partida de polo...

— Ou insultou uma duquesa — um garoto completa, se aproximando e ficando ao lado de Daisy.

Ele é um pouco mais alto do que ela, com cabelos cor de areia e um rosto perfeito para aquela revista *Prattle* de que Flora gosta tanto. Tenho quase certeza de que ele é um dos amigos de Seb e, a julgar pelo modo como Daisy o abraça pela cintura, ele também deve ser seu namorado.

— Aquilo foi só uma vez — ela diz, com um dedo levantado. — Uma. *Uno*.

— E existe algum pré-requisito sobre quantos aristocratas alguém precisa insultar antes que possa ser considerado "um incidente"? — o rapaz contesta, e Daisy olha para cima, claramente fingindo pensar sobre o assunto.

— Três — ela decide. — Três duquesas enfurecidas e temos um problema. Uma é só casualidade.

Ele sorri para ela, e sua expressão muda de leve, deixando-o mais novo, mais bonito. E também completamente apaixonado.

Daisy está tão apaixonada quanto ele, a julgar pela maneira como ela olha para ele, e eu me pego vasculhando a sala com o olhar atrás de Flora. Nós somos tão óbvias assim? Será?

— Ahhhh, então *você* é a *crush* da Flora!

Eu levo um pequeno susto, virando minha cabeça para Daisy, que abriu um sorriso largo para mim.

— O quê? Nããão, somos colegas de quarto. Ou fomos.

— Não dá pra ser ambos? — ela pergunta antes de se virar para o namorado. — Miles, luz da minha vida, tormento da minha paciência, você pode ir buscar pra mim e...

— Millie — digo, e ela acena com a cabeça.

— Ótimo, Millie. Você poderia ir buscar duas bebidas pra mim e pra Millie, por favor? Do tipo não alcóolica, por favor.

— Aquilo *também* foi só uma vez — ele murmura, mas dá um beijo na testa dela antes de sair em direção à mesa de bebidas.

— Sério, conta tudo — ela diz assim que ele vai embora. — Porque Ellie e Alex estavam comentando sobre Flora estar louca por alguém. E, preciso dizer, estou aliviada porque você parece normal e legal. Essa família precisa de mais pessoas normais e legais. Eu sou *normal*, mas legal ainda me escapa um pouco. Desculpa, isso é demais?

Eu nego com a cabeça.

— Não, estou aliviada também. Bom saber que tem mais alguém que entende como tudo isso é esquisito.

— É um vasto oceano de esquisitices, minha amiga, com certeza.

Por um momento, nós ficamos um pouco ali de pé, observando as pessoas se movimentando para lá e para cá. E então Daisy me cutuca com o cotovelo, acenando com a cabeça na direção de Miles, que está perto do bar com Spiffy e Dons.

— Mas às vezes — Daisy diz — você conhece alguém que faz tudo valer a pena.

Tento sorrir para ela, mas claramente não estou fazendo isso direito porque Daisy apoia a mão em meu braço, seus lábios pressionados com simpatia.

— Exceto que é diferente quando sua pessoa é, tipo, chips de batata com molho em vez da enchilada toda.

Olhando de relance para ela, levanto as sobrancelhas.

— Chips com molho?

Daisy torce o nariz.

— Hm, é, não diz para o Miles que o chamei assim. Não acho que ele entenderia isso como um elogio.

— Mas é uma boa metáfora — admito, e Daisy sorri, orgulhosa de si.

— Também acho. Mas, enfim, a questão é que estar com Miles foi estranho no começo, e ele é apenas o melhor amigo de um príncipe. Vendo o que acontece com a minha irmã e Alex... — ela sacode a cabeça. — Ela diz que ele vale a pena, e eu acredito nela e entendo. Ou acho que entendo, até onde é possível.

Isso é bom de ouvir, para ser sincera, mesmo sem estar certa de que tenha entendido. Observar e viver são duas coisas diferentes. Mas ela é a primeira pessoa que pelo menos entende que é esquisito. Perry e Saks vivem nesse mundo há muito tempo também, então eles não têm a mesma perspectiva que eu, de que isso não é... como as pessoas vivem, não mesmo. É o mundo deles. É o mundo de Flora.

Mas não é o meu.

Mas Flora? Ela é *minha*. Ou pelo menos no momento ela é.

Sinto a mão de Daisy em meu braço de novo, e ela chega mais perto.

— Tente não pensar muito nisso. É o melhor conselho que posso dar. Apenas... se deixe levar.

Olhando ao redor da sala, para os vestidos caros, joias resplandecentes e espadas de verdade penduradas nas paredes, isso não parece possível.

— Você acha que alguém nessa sala já se deixou levar alguma vez em suas vidas? — pergunto, e Daisy acompanha meu olhar antes de sacudir a cabeça.

— Provavelmente não, e é por isso que eles precisam da gente.

Miles retorna, segurando dois cálices de água e, enquanto ele os oferece para nós, se desculpa, dizendo:

— Eu sei que essa não é a opção mais excitante de bebida, mas é só o que temos sem álcool.

— "A opção mais excitante de bebida": *como* eu posso gostar tanto de você? — Daisy murmura, mas ela pega a água assim mesmo antes de apontar com a cabeça para mim e dizer:

— Essa é a Millie. Ela é a *crush* da Flora.

— Eu sei — ele diz, nos surpreendendo. — Eu li sobre isso mais cedo. — Ele sorri com franqueza. — Parabéns e tudo mais.

— Você leu sobre isso? — pergunto. — Onde?

Graças a um amigo esperto do colégio com um iPhone, a revista *People* tem essas imagens exclusivas da princesa Flora da Escócia se aconchegando à sua colega de quarto americana, Amelia Quint. Já se comentava por aí que a princesa e a texana são mais do que amigas, mas essas fotos das duas se beijando parece acabar com qualquer dúvida sobre a natureza de seu relacionamento.

Porém, não deixe seu coração se apegar *demais* a esse novo Romance Real agora que o irmão de Flora e sua própria Garota Americana, Ellie Winters, estão se aproximando do casamento.

"Flora era doida por Tam", uma fonte diz à *People* com exclusividade, se referindo a lady Tamsin Campbell, antes considerada o par do príncipe Sebastian, "e elas provavelmente vão ficar juntas no fim das contas. Flora só terminou com ela porque surtou quando as coisas ficaram sérias demais. Sinceramente, a maioria de nós acha que esse caso com a colega de quarto é só um plano para fazer ciúmes em Tam."

Pobre Amelia!

("EXCLUSIVO: FLORA E AMIGA AQUECEM O CLIMA DAS TERRAS ALTAS!", *People*)

CAPÍTULO 36

Estou sentada em um pequeno banco decorado sob a luz fraca do corredor, olhando meu celular.

Não é uma foto ruim. Na verdade, estou... bem na foto. Não tão bem quanto Flora, claro, mas também não sou uma super-humana. Mas é fofa, estamos de mãos dadas ali perto da rocha, sorrindo uma para a outra. A próxima foto capturou o momento em que Flora tirou o cabelo do meu rosto e, está bom, não posso olhar para essa porque minha cara de apaixonadinha é meio ridícula.

Mas continuo encarando aquela frase sobre Flora ter "dispensado" a Tam. Flora me contou que Tamsin havia terminado com ela, e não o contrário. Será isso verdade? Então lembro de quando vi Tam em Skye. Ela parecia fria e distante, sim, mas será que era mágoa e não arrogância?

— Aí está você.

Levanto o olhar e vejo Flora vindo em minha direção pelo corredor, seu vestido esvoaçando suavemente de um lado para o outro, como um sino, enquanto ela anda. Quantos vestidos assim será que ela tem? Fico imaginando.

Aproximando-se, ela segura minha mão.

— Está quase na hora do jantar. Será no estilo do jantar do lorde Henry, então não sentaremos juntas, mas me certifiquei de que você ficará perto da Daisy pra ter alguém com quem conversar, pelo menos, e... o que foi?

Eu realmente gostaria de não ter uma dessas caras transparentes em que tudo que estou pensando se torna imediatamente óbvio, mas é a minha maldição. Era a da minha mãe também, pelo que meu pai contou.

— Podemos conversar em algum lugar reservado só por um segundo?

Ela olha por sobre o ombro para o salão de baile atrás de si, mas então faz um movimento com a cabeça me guiando do banco em direção ao fim do corredor.

— Será um pequeno escândalo se nos atrasarmos, mas não me importo — ela diz, abrindo um sorriso que mostra as covinhas em suas bochechas. — Você certamente tem sido uma boa influência pra mim, Quint... eu não provoco uma confusão há séculos.

Nós paramos no fim do corredor, e seu sorriso se transforma em algo mais malicioso.

— Eu deveria dar um jeito nisso — ela murmura, e então chega mais perto, me beijando com suavidade.

Ainda com a cabeça a mil, eu não resisto e levanto a mão para tocar em seu pulso, segurando sua mão em meu rosto por mais tempo.

Quando Flora se afasta do beijo, ela ri um pouco, deslizando o polegar sobre meu lábio inferior, fazendo uma chuva de arrepios me percorrer.

— Por que essa cara tão séria? — ela pergunta, e eu tento sorrir, mas acho que não consigo fazer isso muito bem.

Ainda segurando minha mão, Flora abre uma porta pesada ao fim do corredor e uma lufada de vento gelado me atinge. Ela está me levando para o pátio no terraço que vi mais cedo, assim poderemos ter essa conversa desconfortável num local bem romântico.

Ótimo.

Pisamos no terraço, e já começo a tremer. Flora também, mas ela ainda sorri.

— Eu sei que não é bem a melhor estação pra isso — ela diz —, mas este é um dos meus lugares favoritos. Olha como a Arthur's Seat fica linda vendo daqui.

Eu olho para a direita e lá está a colina pedregosa se erguendo em direção às estrelas, iluminada pelas lâmpadas do parque, uma forma escura contra o céu azul-marinho.

— Eu sabia que você ia gostar daqui — Flora diz, um pouco cheia de si. — Vulcões e tudo mais. Rochas avançadas, de verdade.

Sinto um nó apertado na garganta ao observar Arthur's Seat e, por apenas um momento, penso em esquecer de tudo. Apenas beijá-la novamente, dizer a ela bem aqui que eu a amo, e amo mesmo, e então voltar ao jantar.

Virando-me, encaro Flora, as mãos juntas à minha frente, e ela me olha, seus ombros se retesando um pouco.

— Quint? — ela pergunta. — Sério, o que foi?

— Foi você que terminou com Tamsin? — pergunto, e Flora fica sem reação.

— O quê?

Respiro fundo.

— Tamsin — digo. — Você agiu como se ela tivesse terminado com você. Como se entendesse o que eu passei com a Jude, mas... não foi isso que aconteceu?

Flora torce o nariz.

— Por que isso importa? — ela pergunta, e sinto o coração afundar.

— Então... isso é um sim. Você que terminou com ela.

— Só porque ela queria ser absurdamente discreta sobre a gente — Flora contesta. — O que me fez sentir um pouco rejeitada, então na *minha* cabeça...

— Não é assim que o mundo funciona, Flora — digo a ela agora, me aproximando. — Você não pode dizer "Bom, pra *mim*, aconteceu *assim*" e esperar que a realidade *seja* dessa maneira.

Flora abana o ar com a mão enluvada.

— Quint, isso é ridículo. Tamsin não tem nada a ver com a gente.

— Ela tem, sim — digo —, porque tinha essa... essa coisa que tínhamos em comum. A coisa que me fez sentir segura pra gostar de você.

Flora está perplexa como eu nunca vi antes, com uma mão na cintura e a cabeça inclinada de leve para o lado.

— Segura? O que isso significa?

Com um suspiro, olho para o céu acima de nós. A noite está clara e fria, as estrelas cintilam no céu preto como nanquim, Arthur's Seat se ergue à minha esquerda, e eu quase quero sacudir a cabeça e esquecer tudo isso. Aqui em cima, no terraço de um palácio com uma princesa sob o céu estrelado por um vulcão antigo, como um conto de fadas que nunca pensei em imaginar.

— Eu não quero ser sua distração — digo, enfim. — Eu não posso ser essa pessoa de novo. Alguém divertida pra passar o tempo até que a pessoa que você realmente quer volte.

— Isso é sobre a Maldita Jude? — Flora pergunta.

Ela cruza os braços contra a barriga, e não acho que seja por causa do frio. Flora está tão linda em seu vestido dourado, diamantes e esmeraldas reluzentes, mas, assim como as estrelas, o palácio e a noite inteira, é um lembrete de como nossas vidas são diferentes.

— Talvez? — digo. — E sejamos sinceras agora, Flora. As Tamsins e Carolines e Ilses do mundo são muito mais o seu tipo — digo finalmente. — Eu sou baixinha, falo diferente, não tenho ideia de como é possível alguém jogar polo…

O rosto de Flora esfria e os ombros curvam para trás.

— É esse o tipo que você acha que eu gosto, é? Você acha que estou interessada apenas em garotas como Tamsin?

— Eu acho que "a princesa e a garota da bolsa de estudos" parece bom na teoria, mas é difícil demais na realidade — respondo, e Flora sacode as mãos novamente.

— Você nem está mais com bolsa, pelo amor de Deus, e sinceramente, isso é tão…

— Espera, o quê?

Eu me aproximo dela, o vento noturno repuxando fios de cabelo do meu penteado.

— Como assim eu não estou mais com a bolsa de estudos?

Um pouco da frieza de Flora se dissipa, e ela se remexe sem sair do lugar, seus olhos desviando dos meus.

— Pode ser que eu tenha coberto suas despesas pelo restante do ano — ela diz.

— Você… pagou pelo colégio? E não me contou? Nem me *perguntou*?

Seu olhar encontra o meu, o lábio inferior fazendo um beicinho de leve.

— Ah, sim, mil desculpas por ter feito algo legal pra você. Que vilã que eu sou.

Eu nego com a cabeça.

— Não, Flora, não é essa a questão, a questão é que você fez isso sem me perguntar se eu queria. Eu ganhei aquela bolsa. Eu batalhei muito por ela. Era importante pra mim, mas você só a enxergou como... o quê? Algo vergonhoso? Algo meio sujo.

— Tudo bem — ela diz, me encarando. — É nisso que você quer acreditar, não é? Que eu não aguentaria namorar alguém que não fosse da minha classe social.

Sacudindo a cabeça, ela se afasta movimentando a saia e exalando seu perfume.

— Sinceramente, Quint, se é isso que você pensa de mim, então eu nem sei por que você gosta de mim, em primeiro lugar.

Eu não sei o que responder. De alguma maneira isso tudo ficou tão embolado e fora de controle tão rápido que nem sei mais com o que ficar brava. Mas eu *estou* brava. E machucada e confusa.

Flora, por outro lado, está apenas brava.

— Enfim — ela diz com um suspiro. — Essa cena toda é desnecessária e, francamente, chata. Por que não voltamos pra dentro, e você pode ir se esconder no seu quarto ou algo assim? Mando um carro te levar de volta pra Gregorstoun de manhã.

— Flora, podemos... — começo a falar, mas ela já está andando em direção às portas, a saia resvalando sobre o chão de pedra, a tiara reluzindo.

E, assim, ela se vai, de volta para o palácio. De volta para sua vida.

E sou deixada do lado de fora.

CAPÍTULO 37

Acordo na manhã seguinte com olhos pesados e o início de uma dor de cabeça intensa. E isso não é nada comparado à dor em meu peito. A ideia de descer as escadas para tomar café da manhã e sentar à mesa com Flora me faz querer me esconder debaixo das cobertas. O que aconteceu na noite passada? Nós brigamos por causa de Tamsin ou por causa da bolsa de estudos?

Mas então eu penso que, se nossa primeira briga terminou assim tão mal, talvez nunca teríamos dado certo. Talvez sempre todas as brigas terminassem dessa maneira.

Finalmente consigo levantar, mas, quando chego à sala de jantar particular da família, está vazia exceto por alguns amigos de Seb, Daisy e seu namorado. Os garotos apenas olham de relance para mim quando entro, mas Daisy me dirige um sorriso simpático, e eu mexo os dedos acenando para ela antes de ir ao bufê e pegar algo para comer.

O café da manhã escocês não é exatamente o meu favorito, mas agora, quando não consigo imaginar voltar a ter apetite, é bem menos atraente. Mesmo assim, coloco alguns cogumelos, um tomate grelhado e uma torrada em meu prato antes de ir até a mesa.

Quando me sento, vejo Daisy cutucar Miles – bom, chutá-lo por debaixo da mesa, é o que parece –, e ele limpa a garganta murmurando um "certo", antes de se inclinar e dizer:

— Millie, desculpa ter mencionado a história ontem. Achei que você sabia, ou não se importava, ou sei lá... Bom, todos nós estamos acostumados a ler coisas sobre a gente na imprensa, seja verdade ou não, ao longo dos anos, e eu esqueço que não é assim pra todo mundo.

— E você é um tolo — Daisy completa, ao que Miles suspira, fechando os olhos brevemente antes de dizer:

— E eu sou um tolo.

Sorrindo apesar de tudo, mexo nos cogumelos com o talher.

— Não é não — digo a ele. — Não foi nada.

— Parece que foi um tantinho demais — Daisy diz. — Já que você vai embora essa manhã?

— Não é sobre isso — digo, o que tecnicamente é verdade. — É só que...

Eu como um cogumelo para evitar falar por um segundo.

— Não é pra mim — digo finalmente, agitando o garfo no ar. — Essa coisa toda. Deixo para os profissionais.

Daisy abre a boca para dizer algo, mas agora é a vez de Miles chutá-la debaixo da mesa e, olhando para ele, ela massageia a canela.

Eu enfio mais um pedaço da torrada na boca e faço um ruído me desculpando antes de basicamente sair correndo da sala de jantar.

Quando chego ao quarto em que fiquei, vejo que minhas coisas já estão arrumadas. A realeza claramente é muito eficiente em te mandar para fora assim que seu tempo acaba.

Dessa vez, não recebo ajuda para carregar a bagagem, ninguém, na verdade, até que saio pela porta de trás e encontro Glynnis à minha espera.

— Aí está você — ela diz. — O carro acabou de chegar.

E lá está ele, um carro preto aguardando na entrada.

— Quando Flora vai embora? — pergunto, mas Glynnis apenas me dá aquele sorriso duro, seus lábios muito vermelhos.

— Sua Alteza Real vai retornar aos estudos aqui em Edimburgo. Com o casamento se aproximando, é realmente melhor que ela fique perto de casa agora.

A manhã é fria, cinza e está chuviscando, o que se adequa ao meu humor enquanto estou em pé no pórtico, esperando o carro se aproximar. Se eu soubesse que a noite passada seria a última que eu poderia falar com Flora...

O pensamento faz minha garganta apertar, mas a última coisa que quero é começar a chorar na frente de Glynnis. Afinal, tenho uma longa viagem de volta às Terras Altas durante a qual vou poder sentir pena de mim mesma à vontade.

Para minha surpresa, Glynnis apoia a mão de unhas perfeitas em meu braço.

— Sinto muito por te ver partir, Amelia — ela diz e, estranhamente, eu acho que ela está sendo sincera. — Eu achei que você ficaria conosco por mais tempo.

Eu não sei o que responder, então apenas dou de ombros meio sem jeito, tentando sorrir.

— Não sou exatamente ideal para a realeza — digo a ela, mas Glynnis apenas me dá um tapinha, seu sorriso ficando um tiquinho triste.

— Bom, vamos lá, então — ela diz, gesticulando para o carro, e eu arrumo a mochila em meu outro ombro, fazendo um gesto afirmativo com a cabeça.

E lá vou eu.

De volta para o Gregorstoun. De volta à normalidade. Bom, tão normal quanto o Gregorstoun consegue ser, eu acho.

O carro tem um cheiro luxuoso de couro misturado ao cheiro leve de queimado do aquecedor no máximo, e já estou puxando o cachecol enquanto me acomodo no assento detrás quando um movimento captura minha atenção.

Observo as grandes janelas no segundo andar que dão para essa passagem de carros privada, e vejo Flora em uma delas, ainda vestindo seu robe, os cabelos soltos e bagunçados ao redor dos ombros. Seu rosto é uma forma oval pálida através do vidro grosso, mas eu a reconheceria em qualquer lugar, estou certa disso.

É tão esquisito olhar para ela e saber que talvez eu nunca mais a verei – quase tenho certeza de que nunca mais a verei –, exceto em revistas ou às vezes na TV. Mas não é melhor assim? Ela nunca foi minha de verdade, e essa coisa toda foi um sonho em que caí por acaso. Um conto de fadas onde ela era a princesa na torre e eu era... Tá bom, eu não era o sapo, exatamente, mas perto disso. E, algum dia, Flora vai encontrar sua princesa também.

Apenas não serei eu.

Outro relance do vermelho do seu robe, e ela desaparece.

A viagem de trem de volta para o colégio não é tão agradável como foi na ida, nem de perto. Desta vez estou num vagão comum, ao lado de um estranho, e estaria mentindo se dissesse que não passei boa parte da viagem pesquisando histórias sobre Flora em meu celular.

Estou percebendo rapidamente que essa será a pior parte de tudo – com Jude, eu precisava lidar com ela apenas no colégio e no Facebook. Com Flora? Poderia passar a vida inteira encontrando inúmeras fotos da Garota Que Eu Gostava.

Assim que o trem chega em Inverness, eu telefono para o colégio para que enviem o sr. McGregor para me buscar e me levar de volta a Gregorstoun.

Estou à espera de outra história sobre a Truta Assassina ou sobre o Legado McGregor Cruelmente Roubado, mas tudo que o sr. McGregor diz quando eu entro no carro é "coragem, menina", o que quase me faz chorar de novo.

Está chovendo, e a visão do colégio, que antes parecia tão bonito e especial para mim, agora parece sombria.

Quando finalmente chego, vou direto para o quarto de Sakshi. A porta está entreaberta, então eu não bato – eu apenas a empurro e chamo:

— Ei, estou de volta...

E dou de cara com a visão de Sakshi e Perry entrelaçados na cama, se beijando.

Eu dou um grito, *eles* dão um grito, voando para cantos separados – ambos completa e integralmente vestidos, graças a Deus – e tropeçando para fora da cama.

— Mille! — Saks exclama. — A gente estava só... Perry e eu somos...

— Eu sei o que vocês estavam fazendo — respondo, e então, por pior que tenha sido o dia, cubro a boca com a mão, as risadas transbordando de mim.

E então eles dois começam a rir também, com suas roupas amassadas e os cabelos uma bagunça.

— Você ficou chocada? — Sakshi pergunta, entrelaçando seu braço com o de Perry.

Eles são tão diferentes que seria ridículo, Sakshi tão glamorosa e maravilhosa e Perry tão... nada dessas coisas, mas eles parecem certos juntos. Perfeitos, na verdade.

Rindo, me jogo para cima deles, envolvendo-os num abraço que é dificultado pelo fato de que Saks é tão mais alta do que eu e Perry, mas a gente dá um jeito.

— Não, não estou chocada, estou é animada pra cacete — digo, e Perry solta uma gargalhada, dando tapas nas minhas costas.

— Falou que nem um escocês de verdade agora — ele provoca, e eu me afasto, ainda sorrindo.

— Quem diria? — Sakshi pergunta com um suspiro. — Nós três encontrando o amor em Gregorstoun.

Eu tento sorrir. Eu tento mesmo.

Mas posso sentir minha expressão oscilando, meus olhos ardendo e, de repente, as lágrimas estão escorrendo por meu rosto.

— Peregrine — Saks diz, apontando para a porta. — *Fora*.

Quinze minutos mais tarde, Saks e eu estamos sentadas no chão, com um pacote de biscoitos de chocolate já pela metade no espaço entre a gente.

— Ah, querida — Saks diz, quebrando um biscoito ao meio —, eu sinto muito.

Quero reagir e dizer que não, que tudo está bem, estou bem, está tudo muito, muito bem, mas isso seria uma mentira, então deixo que ela me puxe para perto e apoio minha cabeça em seu ombro.

— Flora sempre partiu corações — ela diz, acariciando meus cabelos, mas eu mexo a cabeça, me afastando.

— Não, esse é o problema. Ela não partiu meu coração, Saks. Eu... Eu acho que posso ter partido o dela.

Os olhos de Sakshi ficam arregalados.

— Ah, não — ela murmura. — Essa pode ser uma primeira vez para a Flora.

Inclinando a cabeça para trás para encarar o teto, eu reclamo:

— Você deveria estar fazendo eu me sentir melhor — eu a lembro, e ela dá um tapinha no meu braço de novo, tamborilando.

— Claro, claro. Quer dizer, como você poderia adivinhar que Flora tem um coração que pode ser partido? E provavelmente já estava na hora. Como eu disse, ela sempre teve uma reputação e tanto de ser do tipo pegar-e-largar.

Penso em Flora me surpreendendo com o Dia de Ação de Graças falso, escolhendo o vestido perfeito para mim. Em como ela parecia feliz de me ter ao seu lado em Edimburgo.

Meus olhos estão ardendo de novo e eu os enxugo com as costas da mão.

— Ela é muito mais do que pensam sobre ela — digo, enfim. — Ela é engraçada, inteligente e gentil. Bom, nem sempre esse último, mas ela tenta, é o que quero dizer. E ela só tem essa casca dura porque por dentro ela é toda marshmallow, basicamente, então ela precisa de uma cobertura protetora, sabe? Mas quando você consegue ir além disso, ela apenas... ela...

Saks ainda está sentada, encostada na cama, e está me observando um tantinho boquiaberta.

Consciente do que estou dizendo, eu me levanto, espalmando as mãos na parte de trás dos jeans.

— Ela é apenas muito melhor do que as pessoas imaginam — digo, finalmente, e Saks se inclina para a frente, me fazendo a pergunta que eu estava com medo que ela fizesse.

— Então, querida, por que você a deixou?

CAPÍTULO 38

Os próximos dias conseguem, de alguma maneira, ser ainda piores do que eu achei que seriam.

O colégio parece vazio sem a Flora aqui e, como eu esperava, fiquei tempo demais procurando por ela no Google.

Até configurei um alerta, o que parece um tipo especial de atitude patética.

Toda vez que falo com o meu pai por Skype percebo que ele sabe que algo aconteceu, mas eu ponho a culpa da minha tristeza geral no colégio, no clima, em estar com saudades de casa, o que é verdadeiro em parte. Voltar para casa no Natal parece muito bom agora, e começo a contar os dias com uma grande caneta vermelha em meu calendário.

Mas ainda tenho vinte e nove dias pela frente, e agora me arrasto de volta para meu quarto depois de uma aula à tarde e jogo a mochila sobre a cama.

Com um suspiro – de uns tempos para cá me tornei a campeã dos suspiros –, abro o notebook. Tem um e-mail do Lee, uma chamada perdida por Skype do meu pai e...

Outra mensagem da Jude pelo Hangout.

Essa diz apenas:

Pensei em você hoje. Espero que esteja se divertindo aí na Bela Escócia!

A mensagem foi enviada há apenas três minutos e, sem me deixar pensar demais sobre o que responder, eu respondo:

Oi. Sim, as coisas estão boas por aqui.

Ela responde em um instante.

Muitos unicórnios?

Sorrindo, eu digito de volta:

Uma surpreendente falta deles, infelizmente.

E ela responde:

Que pena!

Encaro a tela, imaginando o que dizer em seguida, quando chega outra mensagem.

Saudades.

O cursor fica piscando na tela. Essas palavras da Jude são definitivamente bem-vindas, e percebo que sinto saudades dela também.

Mas... não como eu sentia antes. Eu sinto falta da minha *amiga* Jude, não da minha *quase-namorada* Jude. Porque, por mais que eu tenha sentido algo real por ela – e por mais que vê-la de volta com Mason tenha sido muito doloroso –, sempre estive na corda bamba com ela. Eu nunca soube o que a gente realmente era ou como ela se sentia, não importava o que Jude dizia sobre sermos um "nós".

Flora não havia nos chamado de nós, mas eu *sentia* que éramos.

Meus dedos se movem velozes.

Não estou mais com raiva. Sobre o que aconteceu nesse verão. Eu nem sei se estava brava, eu acho. Machucada? Não sei. Mas eu gostaria que fôssemos amigas novamente, se for possível.

E então, após um momento, acrescento:

Mas apenas amigas desta vez.

Desta vez a resposta dela leva um tempo para chegar.

Desculpa, Millie. De verdade. Desculpa muito mesmo.
E eu gostaria que voltássemos a ser amigas também. ☺

Eu vou responder com uma carinha feliz de volta, mas tem mais.

Além disso, eu vi que você tem uma nova namorada chique agora, lol. EVOLUÇÃO. ☺

Meus dedos deslizam sobre as teclas, imaginando como eu deveria contar a Jude o que aconteceu com Flora, mas, antes que eu comece, ouço uma batida na porta.

Já volto.

Digito, então saio da cama para abrir a porta.

Preciso de um momento para que minha mente absorva quem estou vendo.

É Seb.

Ele está meio desgastado, sua camisa um pouco amarrotada, seu rosto com a barba por fazer, mas é ele, definitivamente, encostado no batente da porta.

— Colega Quint — ele diz com um sorriso fraco.

— Irmão Seb — respondo, e seu sorriso se alarga.

Eu espanto o choque e o chamo para dentro.

Logo percebo que não tenho ideia do lugar em que ele deve se sentar, já que as únicas opções são a cama – boa, maior – e a cadeira da escrivaninha – provavelmente mais apropriada. No fim das contas, eu não preciso oferecer porque Seb toma essa decisão ele mesmo, sentando-se pesadamente na ponta da minha cama, seus cotovelos apoiados nas coxas abertas.

— Então — ele diz com um longo suspiro. — Isso é ridiculamente constrangedor, mas estou aqui pra falar sobre você e Flora.

— Imaginei que fosse isso — digo a ele, sentando-me na cadeira da escrivaninha e apoiando um braço no encosto.

Seb balança a cabeça afirmativamente, mas ele ainda está olhando ao redor do quarto.

— Quem está dividindo o quarto com você agora? — ele pergunta, observando a cama de Sakshi com seus travesseiros de cores vívidas e os lençóis listrados.

— Saks — respondo, e ele balança a cabeça mais uma vez, esfregando a nuca com a mão.

— Ela está por aqui? Será que ela se importaria…

— Não — digo friamente, me virando para encará-lo por inteiro. — Podemos resolver isso logo?

Seb se inclina para trás, sua expressão um pouco surpresa.

— Resolver logo o quê?

— Seja lá o que isso for — digo, pensando que queria estar mais perto da cômoda para poder me distrair com minhas amostras de rochas.

A hematita, talvez. Ugh, mas, não, eu acabaria lembrando de quando a mostrei para Flora e...

— Você acha que eu estou chateado com você? — Seb pergunta. — Que eu vim aqui pra fazer o papel de irmão protetor? — Rindo com escárnio, ele nega com a cabeça. — Acredite em mim, amor, sou um desastre. Estou aqui porque... — Deixando as palavras se perderem, ele suspira e olha ao redor de novo. — Você não teria nada pra beber aqui, teria?

Eu olho para ele sem reação.

— Tipo álcool? Não, eu, uma garota de dezessete anos, não tenho *álcool* no meu *quarto do colégio*.

Seb murmura uma palavra rude para si mesmo e relaxa um pouco a postura antes de perguntar:

— Você está apaixonada pela minha irmã?

Eu não sei como responder isso e meu instinto inicial é negar. Dizer a ele que Flora foi uma grande amiga e colega de quarto, mas só isso.

Mas então percebo: eu não quero que a primeira vez que eu admita, em voz alta, que estou apaixonada por Flora seja para ninguém *que não seja* Flora.

E digo o seguinte:

— Isso é pessoal.

Os olhos azuis de Seb ficam arregalados.

— Então, você está.

— Então, isso não é da sua conta — disparo de volta.

Lá fora, no corredor, há o murmúrio corriqueiro ao qual me acostumei aqui no Gregorstoun. O ruído dos passos no piso, o murmúrio de vozes, o uivo ocasional do vento. Dentro do quarto, consigo ouvir o tique-taque do relógio de Saks.

— Se é só isso que você veio aqui me perguntar — digo, pegando o notebook que deixei sobre a cama —, eu acho que você tem sua resposta. E tenho dever de casa pra fazer, então...

— Ela está muito triste — Seb diz. — Sem você. Eu nunca a vi desse jeito.

Esse é um golpe que vai direto ao coração, e engulo em seco antes de dizer:

— Bom, eu também não estou exatamente dançando pelas ruas.

— Então por que você foi embora?

Eu olho para ele, meus dedos mexendo com a barra da minha blusa, e ele levanta a mão em um gesto elegante e diz:

— E não me diga que isso é pessoal. Quer dizer, é pessoal, claro, mas ainda assim eu gostaria de saber.

Penso em contar da situação toda sobre a Tamsin, sobre as despesas do colégio, sobre como eu não sou nem de longe alguém ideal para ser a namorada de uma princesa.

Mas, no fim das contas, apenas digo:

— Nós éramos muito diferentes. Era muito difícil. Eu entendo como eu era uma diversão... conveniente, eu acho, mas ela nunca ficaria com alguém que nem eu.

— Bobagem — Seb diz, sentando-se com as mãos apoiadas nos joelhos. — Uma completa bobagem.

Olhando para ele sem conseguir reagir, limpo a garganta antes de dizer:

— Não é bobagem. É a verdade. Quer dizer, olha pra mim.

— Estou olhando — ele responde —, e eu enxergo uma garota perfeitamente adorável por quem minha irmã está completamente doida, e que está jogando fora uma chance ótima porque não tem coragem o suficiente pra tentar.

— Isso não é justo — digo, mas Seb apenas dá de ombros, batendo de leve nos bolsos da camisa buscando algo.

Ele tira um cigarro e eu me inclino para a frente, tirando-o de seus dedos e rasgando no meio, as pequenas migalhas de tabaco caindo no chão.

Para minha surpresa, isso faz Seb abrir um sorriso largo.

— Está vendo? — ele diz. — Você é exatamente do que ela precisa. Você diz que não foi feita para a vida da realeza, mas olha só pra você. Não tem medo de mim, sobreviveu a um fim de semana inteiro num castelo, fica bem de tartã e, pelo que Flora disse, é inteligente pra cacete.

— Ela disse isso? — pergunto num tom de voz baixo, e Seb se inclina para a frente, colocando uma mão no meu joelho.

— Ela é meio rebelde. Todos nós somos. Bom, todos nós exceto Alex. Mas ela se preocupa com você. Ela deixou você se aproximar. Ela confiou em você — suas mãos me apertam um pouco. — Agora retorne o favor.

Com isso, ele se levanta, coçando o peito distraidamente, e resmunga:

— *Agora* eu vou procurar uma bebida.

E então ele vai embora, e eu fico paralisada na cadeira, suas palavras correndo em círculos dentro da minha cabeça.

Atravesso o quarto, vou até a cômoda e pego o quartzo rosa, sentindo o peso frio na palma da mão. Lembro do rosto de Flora observando a pedra quando estávamos tão próximas. Lembro da sensação de sua mão na minha quando dançamos em Skye. Lembro... de tudo.

E então coloco o quartzo de volta na cômoda e saio em direção à porta.

Eu não ando pelo corredor, estou marchando, respiro fundo, me preparo e bato na porta de Perry com os nós dos dedos, sabendo que encontrarei Saks ali.

Como imaginado, ela abre a porta, seu cabelo preto puxado para trás num rabo de cavalo alto.

— Millie! — ela exclama, seus olhos brilhantes. — É verdade que o Seb veio te ver? O que ele disse? O que *você* disse? Foi esquisito? Você contou a ele que já estou em outra? Ele...

— Saks — digo, levantando a mão. — Podemos falar disso tudo depois. Mas agora eu preciso da sua ajuda.

Ela me olha encostada no batente da porta.

— Com o quê?

Dizer em voz alta vai transformar em realidade, o que é vagamente aterrorizante, mas agora eu sei que essa é a única coisa que posso fazer.

— Eu fiz uma besteira — digo de uma vez. — Tipo, uma besteira monumental. Com a Flora.

Saks balança a cabeça concordando.

— Sim, nós sabemos.

Faço uma careta e coloco a mão na cintura.

— Tá bom, ótimo, fico feliz em saber que todo mundo concorda que eu cometi um erro.

Outro aceno de cabeça, dessa vez com uma expressão exageradamente triste.

— Você realmente cometeu um erro.

Reviro os olhos.

— Anotado. Mas não é pra reconhecer isso que eu preciso de ajuda.

Endireitando os ombros, eu olho para o rosto de Sakshi.

— Eu vou conseguir ela de volta.

CAPÍTULO 39

Eu nunca matei aula nem um dia na minha vida. Eu também nunca saí sem avisar, ou peguei um carro "emprestado" ou menti para um adulto, mas, nesta manhã, estou fazendo todas essas coisas de uma tacada só.

Falo tudo isso para Saks, que se revira no assento do passageiro do carro que Perry está dirigindo, sua testa franzindo.

— Mas você está fazendo tudo isso por um bom motivo! — ela diz, então segura a mão de Perry, um sorriso iluminando seu lindo rosto. — Amor verdadeiro.

Amor verdadeiro. Certo.

Mas aquele pensamento só faz meu estômago se retorcer também. Flora. Eu verei Flora e direi a ela como me sinto.

Verdade, é muito mais assustador do que a ideia de ser pega com o carro do jardineiro.

Quando Perry disse que tinha um jeito de nos levar até Edimburgo, eu esperava um plano elaborado envolvendo trem e ônibus, mas, quando ele chegou com o antigo Land Rover pela parte detrás do colégio, onde eu e Saks esperávamos, foi um leve choque. Perry jurou que o sr. McGregor tinha falado que ele poderia usar o carro quando quisesse, mas não sei se algo que foi dito depois de quatro cervejas tem validade.

Então aqui estou eu agora, no banco detrás de um carro-emprestado-mas-também-talvez-roubado e, meu Deus do Céu, isso é insano.

— Talvez fosse interessante falar sobre como exatamente eu vou encontrar a Flora? — pergunto.

O tecido do assento do carro está rasgado e as placas metálicas do chão estão enferrujadas. Será que vamos conseguir chegar inteiros em Edimburgo?

Saks acena com a mão mostrando suas elegantes unhas feitas.

— Tudo sob controle, querida. Esqueceu que eu sou filha de um duque? Isso vale alguma coisa. Eu vou me apresentar no palácio, com você e Perry como meus convidados — ela fala enquanto desliza a tela em seu celular —, e vou dizer... Ai, saco!

— O.k., mas estou certa de que mencionar testículos não vai nos levar muito longe no palácio — digo, mas Saks nega com a cabeça e sua expressão está arrasada.

— Não! Saco porque a família real não está no palácio hoje. Tem alguma exposição no museu sobre os casamentos reais escoceses, e eles estão indo pra lá esta manhã, então haverá um cortejo pela rua Mile. Droga! Eu sabia que deveria ter olhado a agenda deles, mas eu estava um tanto quanto — outro aceno com a mão — envolvida nisso tudo, eu acho.

— Que alegria saber que minha vida amorosa é tão envolvente — resmungo, me inclinando para a frente para pegar o celular de Saks da sua mão.

E lá está o anúncio sobre a exposição, completo, com o nome de Flora em negrito.

— Estamos a meio caminho de lá — Perry diz, olhando de relance para Saks. — Mas também podemos ir pra Edimburgo e esperar um pouco. Eles vão ter que voltar para o palácio em algum momento.

Sim, eles vão voltar, tenho certeza, e isso é um grande plano, comer alguma coisa lá na cidade e esperar.

Ou...

Engolindo em seco, eu devolvo o celular para Saks.

— Na hora que a gente chegar, o cortejo vai estar começando — digo. — A gente pode ir pra lá.

Saks se vira no assento para me encarar, seus olhos escuros arregalados.

— Millicent Quint — ela exala. — Você está me dizendo...

Eu balanço a cabeça.

— Estou.

Soltando um grito agudo, Saks bate palmas e Perry olha para o lado, claramente confuso, os nós dos dedos no volante.

— O quê?

— Um Grande Gesto Romântico! — Saks exclama. — Millie vai declarar seu amor em público! Ai, meu Deus, eu acho que vou chorar.

— E eu acho que estou prestes a vomitar, então, por favor, não — digo, me acomodando no banco detrás, uma revoada inteira de borboletas dentro do peito.

Talvez seja isso que faz essa viagem parecer muito mais rápida do que imaginei, porque, antes que me dê conta, estamos chegando à cidade.

Enquanto estaciona o carro, Perry gesticula para que eu saia.

— A parada está descendo a rua Mile — ele diz —, então tudo que você precisa fazer é chegar ao começo dela, esperar Flora, e dizer que a ama.

Eu o encaro e percebo o contato das palmas das minhas mãos suadas com o trinco da porta.

— Certo — digo, mas a voz sai entrecortada, então eu limpo a garganta e falo mais uma vez. — Certo.

— Moleza! — Saks diz, e então, graças a Deus, ela abre a porta. — Mas eu vou com você, só pra garantir.

— Bom, eu não vou perder isso — Perry diz, desligando o carro, e sorrio para os dois, me sentindo emocionada de repente.

— Vocês são bons amigos de verdade, sabia? — digo, e eles sorriem.

— Claro que sabemos — Saks responde, e então estamos a caminho de uma das pequenas ruas laterais que dão na rua Mile.

O caminho está cheio de bloqueios, e uma multidão já se reuniu ao redor deles no frio ar de outono. Estamos na parte detrás, mas consigo ouvir flautistas e percussionistas, e quando fico na ponta dos pés vejo a família real fazendo seu caminho em direção a St. Giles.

Flora está com o cabelo preso para trás e avança entre seus irmãos pela multidão. Ela está sorrindo e cumprimentando as pessoas, aceita um buquê de flores e agradece antes de entregá-lo a um homem de terno preto.

Só de olhar para ela meu peito já dói. Ela é boa demais nisso, mesmo que ela diga que não é. Mas eu posso ver o modo como as pessoas olham para ela, posso dizer por causa do seu sorriso, que é sincero. Ela nunca se pareceu tanto com uma princesa para mim, nem quando estava toda arrumada com tiaras e faixas.

Mas ela não é apenas uma princesa.

Ela é a *minha* princesa.

E ela está longe demais para que eu consiga chamar sua atenção.

Olho para Sakshi e Perry e balanço a cabeça.

— Isso é estúpido — digo. — Eu posso só mandar um e-mail pra ela ou...

— NÃO! — eles gritam em uníssono antes de olhar um para o outro e abrir um daqueles sorrisos derretidos que eles trocam o tempo todo agora.

Então Perry segura minha mão.

— Millie, isso requer um grande gesto. E-mails não são grandiosos. E-mails não são nem medianos.

— Meu namorado está certo — Saks diz, e então, sim, mais uma vez, sorrisos fofos.

Eles realmente estão tocando os narizes, e seria insuportável se eu não amasse os dois, mas Sakshi rapidamente se concentra e diz:

— Não é um momento e-mail. Enfim, o que o Perry disse. Você está conquistando a mulher que ama de volta, e isso significa que um e-mail não vai bastar. Então.

Ela se abaixa e pega um buquê de flores das mãos de uma garotinha. Quando a menina de cabelos tão claros quanto os de Perry abre a boca para protestar, Saks vasculha dentro da bolsa cor-de-rosa Chanel, tira sua carteira e o celular e entrega a bolsa para a garotinha.

— Uma troca justa — ela diz, e a garota, claramente dotada de bom gosto, aceita a bolsa entusiasmada, esquecendo as flores.

— Saks — digo, mas ela sacode a cabeça.

— Era da temporada passada mesmo. Agora, pegue essas flores e vá atrás da sua princesa.

As flores em minhas mãos estão um pouco murchas, as pétalas roxas definitivamente já viram dias melhores, mas o buquê tem um laço vibrante com a estampa xadrez da família Baird, o que parece ser um bom sinal.

E, pensando um pouco, eu pego no bolso da calça o pedaço liso e brilhante de quartzo rosa que peguei antes de sairmos do colégio.

A multidão está mais apertada agora, se aglomerando perto dos bloqueios, e os Baird estão se movendo pela rua, próximos de onde estou, mas, infelizmente, estou presa atrás da multidão. E ser do tamanho de uma criança do sétimo ano definitivamente não ajuda.

Por sorte, eu tenho Sakshi.

— PERDÃO! — ela fala bem alto, seu sorriso iluminado em contraste com seus cotovelos afiados enquanto ela abre caminho à força pela multidão.

Perry está atrás de mim, o vagão dessa locomotiva que está me levando até a linha de frente, e abaixo a cabeça, seguindo Saks o melhor que eu posso. Conforme a multidão se abre, eu ouço os murmúrios começarem.

A maioria é sobre como Sakshi é maravilhosa, o que é válido, mas eu ouço meu nome algumas vezes. *Amelia. Millie. É ela. A garota que está namorando Flora.*

Nesse momento, as palavras não me fazem sentir desconfortável ou querer me esconder fora de vista. Elas me fazem querer levantar a cabeça. Sim, essa sou eu.

Millie, a garota que namora a Flora.

Chegamos quase no limite do bloqueio. Está frio, cinzento e venta muito, e eu quase tropeço no paralelepípedo quando ouço o grito de Saks:

— Flooooraaaa!

Estou ainda a dois metros de Saks, escondida atrás dela, mas ouço a resposta de Flora:

— Sakshi!

E então, de repente, Sakshi desaparece, e estou ali de pé, no bloqueio, cara a cara com Flora, e tenho nas mãos um punhado de flores.

O sorriso que Flora estava exibindo para Saks se apaga e sua expressão fecha por um segundo até que ela olha para baixo e vê as flores.

Um canto da sua boca se curva para cima de leve, um sorriso típico dela, mas seus olhos ainda me olham com suspeita.

— São pra mim?

— São — digo, oferecendo-as. — Eu roubei de uma criança. Bom, Saks roubou, e elas não são tão bonitas quanto eu gostaria que fossem, mas quem pede não escolhe, né? Ou... quem rouba não escolhe, eu acho.

A multidão começa a se afastar um pouco de mim e vejo os guarda-costas de Flora nos observando com atenção. Logo atrás de Flora, Seb fica na ponta dos pés para ver o que está acontecendo.

Quando ele me vê, abre um sorriso largo, e talvez seja isso o que me dá a coragem para seguir em frente.

— Flora, eu sinto muito. Sobre tudo. Sobre não ser corajosa o suficiente ou... ou forte o suficiente, ou seja lá o que foi que me deu. Porque eu...

Nunca me senti tão ciente de outras pessoas olhando para mim e, mesmo que o restante da família real continue a andar, a atenção da multidão parece bem focada em mim e em Flora neste momento. Mas só me preocupo com a atenção de uma única pessoa: Flora. Contanto que ela esteja olhando para mim, eu não me importo com mais ninguém.

— Eu te amo, Flora — digo, e, mesmo com aquela multidão ao nosso redor, os guarda-costas e as outras pessoas da realeza, parece que somos apenas nós duas.

Como se estivéssemos de volta no nosso quarto em Gregorstoun ou no meio da charneca sob as estrelas.

— E, sim, às vezes você me enlouquece, e nós definitivamente teremos que conversar sobre a situação toda do dinheiro, mas... vale a pena. Você vale a pena.

Flora ri, um riso verdadeiro que mostra seus dentes, e sua mão segura a minha com firmeza.

— Eu sinto muito também — ela diz. — Eu deveria ter te contado a verdade sobre Tam e definitivamente não deveria ter pagado suas despesas do colégio sem te contar, mas...

Ela dá de ombros.

— O que posso dizer? Eu sou uma bagunça.

— Não é não — respondo imediatamente, então repenso. — Tá bom, você é, mas também é gentil, doce e adorável, e eu já falei aqui aquela história toda sobre "te amar"? Porque sério. Apaixonada demais.

— Então eu sou o seu tipo de bagunça — ela diz, e ponho a mão no bolso, tirando o quartzo rosa.

— Você é — digo, pressionando a rocha na palma de sua mão.

Ela a olha por um longo momento antes de levantar a cabeça para encontrar meus olhos.

— Essa é uma excelente pedra — ela diz, enfim, sua voz falhando um pouco, e eu sorrio.

— Você já tem todas as joias luxuosas do mundo — digo — mas eu posso te oferecer pedras de verdade. E ler mapas pra você. E tem um universo inteiro de roupas pra lavar que você nem faz ideia que existe. Toalhas são apenas o começo.

— Bom, como resistir a uma oferta dessas? — Flora diz, jogando o cabelo um pouco, e meu coração parece tão grande dentro do peito que chega a ser surpreendente que eu não tenha explodido.

— Beija ela, garota! — Um homem grita da multidão, e Flora desata a rir, cobrindo a boca com a mão enluvada enquanto lágrimas brilham em seus olhos.

— Ele está falando comigo ou com você? — ela pergunta, e eu dou um passo à frente, balançando a cabeça.

— Não sei — respondo, apoiando a palma da mão em sua bochecha. — Mas é um bom conselho, então vou segui-lo.

E é isso que eu faço.

AGRADECIMENTOS

Como sempre, meu muito obrigado para a equipe da Penguin, que arrasa além da conta em cada livro. Eu me sinto muito privilegiada de poder trabalhar com mulheres tão brilhantes!

Agradeço a minha editora, Ari Lewin, e minha agente, Holly Root: elas não deixam a gente colocar GIFs nos agradecimentos, o que é uma pena, porque eu preciso de muitos GIFs da série *The real housewives* – você sabe, aqueles em que alguém está chorando e sendo um desastre num vestido luxuoso e outras pessoas, mais responsáveis, a estão segurando? – para expressar tudo que vocês tem feito por mim. Obrigada por ajudar esses livros – e eu! – a sermos o melhor que podemos ser.

Muito obrigada aos leitores que me acompanharam nessa jornada selvagem e animal (literalmente! ovelhas!) para o universo da realeza. Seu entusiasmo significa o mundo para mim.

Agradeço a minha família, sempre, por tudo.

E, por último, mas não menos importante, para todas as garotas como Millie, que ainda estão se descobrindo, ou as garotas como Flora, que se sentem bem seguras sobre quem são e quem elas querem ao seu lado: este livro é para vocês, com amor.

CONFIRA NOSSOS LANÇAMENTOS,
DICAS DE LEITURAS E
NOVIDADES NAS NOSSAS REDES:

@editoraalt

www.facebook.com/globoalt

Este livro, composto na fonte Fairfield,
foi impresso em papel Pólen Soft 70 g/m² na AR Fernandez.
São Paulo, Brasil, maio de 2022.